说封神

讲透封神演义
背后的真相与人心

[小卞博士]
卞恒沁 著

浙江教育出版社·杭州

图书在版编目（CIP）数据

说封神：讲透《封神演义》背后的真相与人心 / 卞恒沁著. -- 杭州：浙江教育出版社，2025. 1. -- ISBN 978-7-5722-8945-3

Ⅰ．I207.419

中国国家版本馆 CIP 数据核字第 2024C3K613 号

责任编辑	赵露丹	美术编辑	韩　波
责任校对	马立改	责任印务	时小娟
产品经理	袁依萌	特约编辑	夏　冰

说封神：讲透《封神演义》背后的真相与人心
SHUO FENGSHEN JIANG TOU FENGSHENYANYI BEIHOU DE ZHENXIANG YU RENXIN

卞恒沁　著

出版发行　浙江教育出版社
　　　　　（杭州市环城北路 177 号　电话：0571-88900883）
印　　刷　三河市中晟雅豪印务有限公司
开　　本　880mm×1230mm　1/32
成品尺寸　145mm×210mm
印　　张　10.75
字　　数　231 千字
版　　次　2025 年 1 月第 1 版
印　　次　2025 年 1 月第 1 次印刷
标准书号　ISBN 978-7-5722-8945-3
定　　价　59.80 元

如发现印装质量问题，影响阅读，请联系 010-82069336。

目录

序　章
《封神演义》的知名度为什么这么高？

- ① 《封神演义》的价值在哪里？ ・002
- ② 《封神演义》的作者是谁？ ・010

第一章
《封神榜》的奥秘

- ③ 为什么要立《封神榜》？ ・018
- ④ 成神和成仙，哪个更好？ ・024
- ⑤ 《封神榜》上的雷火二部：雷部只负责打雷吗？火部正神和安禄山有关？ ・031

06 《封神榜》上的瘟部：瘟神到底是谁？·038

07 《封神榜》上的斗部：斗部首领是猪八戒之母？·044

第二章
封神之战的幕后大佬

08 昊天上帝：古代中国的最高神到底是谁？·052

09 女娲娘娘：女神为什么喜欢使唤女妖精？·061

10 元始天尊：他和盘古是什么关系？·072

11 通天教主："截教"的"截"到底是什么意思？·077

12 鸿钧道人：为什么他比元始天尊还厉害？·084

13 西方二圣："西方教"就是佛教吗？·089

第三章
家喻户晓的正面人物

14 周文王：周人是怎样崛起的？·102

15 周武王：武王伐纣到底有没有历史进步性？·114

16 伯邑考：文王长子究竟是怎么死的？·127

17 姜子牙：他年轻时到底在干什么？·135

⑱ 哪吒：外国小孩为什么来中国闹海？· 144

⑲ 李靖：托塔天王和唐朝名将是不是同一人？· 156

⑳ 杨戬：二郎神为什么和太监同名？· 165

㉑ 雷震子：雷公为什么是一只鸟？· 179

㉒ 阐教十二上仙：他们到底是何方神圣？· 189

第四章
邪魅迷人的反派角色

㉓ 商纣王：他到底做错了什么？· 202

㉔ 苏妲己：九尾狐真的曾是祥瑞？· 210

㉕ 闻仲：原型是元末贤相？· 216

㉖ 申公豹：为什么说他是悲剧人物？· 223

㉗ 殷郊："太岁神"原本应该是男一号？· 230

第五章
各显神通的配角们

㉘ 黄飞虎与崇黑虎：正史中确有来历？· 240

㉙ 陆压与云中子：原型都是吕洞宾？· 248

㉚ 杨任与比干：忠臣为何结局不同？ · 255

㉛ 赵公明与三霄娘娘：他们为什么是兄妹？ · 264

㉜ 邓婵玉与土行孙：美女为什么总是配矮子？ · 271

㉝ 龙须虎与邬文化：龙与巨人的传说？ · 276

㉞ 哼哈二将与韦护：佛寺护法神是什么来历？ · 284

㉟ 千里眼与顺风耳：其实原本是门神？ · 292

㊱ 魔家四将：和佛教四大天王是什么关系？ · 302

㊲ 九龙岛四圣：和孙悟空是老相识？ · 308

㊳ 梅山七怪：二郎神的好兄弟来自湖南？ · 314

终　章
《封神演义》的精神意义

㊴ 民族性：《封神演义》如何影响了中国文化？ · 322

㊵ 世界性：《封神演义》为何与特洛伊传说如此相似？ · 329

在开始正式讲述《封神演义》的背后故事之前,我们需要先俯瞰这本古典名著,了解其价值所在。

序章

《封神演义》的知名度为什么这么高？

01 《封神演义》的价值在哪里？

> 太白旗悬独夫死，战亡将士幽魂潜。
> ……
> 大小英灵尊位次，商周演义古今传。(《封神演义》第一回)①

本书是对《封神演义》的解读。《封神演义》在中国可以说是家喻户晓，即使没读过《封神演义》原著，没看过相关影视作品，也至少听说过姜子牙、杨戬、哪吒、妲己这些人物。但《封神演义》这部小说却呈现出一个诡异的悖论：较低的文学性和极高的知名度之间的矛盾。

《封神演义》的文学价值较低，这个不少学者都有所提及。鲁迅先生就曾在《中国小说史略》中做出如下评价：

---

① 本书中所引《封神演义》原文，均出自（明）许仲琳：《封神演义》，中华书局，2009年。

> 书之开篇诗有云,"商周演义古今传",似志在于演史,而侈谈神怪,什九虚造,实不过假商周之争,自写幻想,较《水浒》固失之架空,方《西游》又逊其雄肆。

大意就是说,《封神演义》似乎志在演绎历史,但神怪说得太多,九成都是虚造,不过是借着商周之争,写了一部幻想小说,相比《水浒传》来说写得太浮太虚,相比《西游记》来说,想象力又没有后者那么汪洋恣肆。

再如当代著名红学家梁归智就曾指出:《封神演义》里的人物一般是作为观念的"化身"而存在,服务于作者的观点和思想表达,但本身缺乏有血有肉的性格。和《封神演义》同属于神魔小说的《西游记》,在人物塑造方面要高明得多,所以能跻身四大名著之列。[1]

其实,在清末民初时期,曾经有过"六大名著"的说法,即在四大名著之外,增补《儒林外史》《聊斋志异》(这一席位有时也属于《金瓶梅》)两部名著,这里依然看不到《封神演义》的影子。

细思之下也合理,《儒林外史》对人物的深入骨髓的工笔细描,在《封神演义》里根本看不见影子。仅大家熟悉的《范进中举》这一回,其中所写的世态炎凉,就已经盖过《封神演义》中的任何篇章了。

---

[1] 梁归智:《神仙意境》,生活·读书·新知三联书店,2022年。

这就引出了一个问题：文学性如此有限的《封神演义》，为什么会有如此之高的知名度？在我看来，有两点原因：

首先，《封神演义》凝聚了民间自行制定的一套神明谱系。中国古代的众神都是怎么冒出来的？主要有三种途径：一是官封，二是教封，三是文封。

所谓"官封"，就是朝廷主持的封神。典型者如关羽，本是蜀汉大将，死后被重重加封，封号最终在清朝光绪年间定型——忠义神武灵佑仁勇威显护国保民精诚绥靖翊赞宣德关圣大帝，足足二十六个字。

所谓"教封"，就是宗教主持的封神，在古代中国主要就是道教来主持。很多我们熟悉的神都是来自道教。比如玉皇大帝，本来是道教的"六御"（后来简化为"四御"）之一。再比如太上老君，那是道教的"三清"之一。道教作为多神教，编织出庞大的神明谱系。

所谓"文封"，就是文人通过小说话本等文学作品编写神谱。其实在元代话本《武王伐纣平话》中，就已经随处可见作者自封的神祇，比如下面这段，讲的是太子殷交（在《封神演义》中改为"殷郊"）在法场被劫走以后纣王的反应：

纣王闻奏，心中大怒，敕令左将军虾鰕吼领兵五百赶太子并胡嵩此人是游魂神。鰕吼是大耗神，右将军佶留此人是小耗神。

短短几句话，出来三个神，且这三个神并不在道教神谱之上，而是作者自封的，这就是"文封"。《西游记》里其实也有这种"文封"，只不过封的是佛。佛教里本来确实有旃檀功德佛和斗战胜佛，但并不是唐僧和孙悟空。这两尊佛本来都出自《大宝积经》，位在"三十五佛"之列。而且"斗战胜"也并不是说打妖怪战无不胜，而是说成佛之路要战胜各种私心杂念。《西游记》把这两个佛号给了唐僧和孙悟空，这也是一种"文封"。

《封神演义》的文封就更加系统全面，足足封出了一份涵盖365位"清福正神"的《封神榜》。这张榜上各类神祇的姓名也逐渐被百姓接受，融入民间信仰。例如，四川江油有乾元山，山上有金光洞，据说是太乙真人的修行地。山中还有哪吒墓，山下居然还有"陈塘关村"，据说就是《封神演义》中哪吒的诞生地。问题是陈塘关明明在海边，哪吒才有机会去戏弄龙王一家。四川又不靠海，这里的"陈塘关村"显然是附会《封神演义》而来。虽是附会，从中也能看出《封神演义》在民间影响之深。

民间自己编一套神谱，这件事有什么意义？它体现的其实是人民群众的自主性。在古代中国，官封和教封多少都具有训谕的意味：我立一尊神，让百姓都过来拜，这本身就是一种彰显权力的政治行为。但有很多神，在老百姓生活中根本用不着。比如道教的"三清"——玉清元始天尊、上清灵宝天尊和太清道德天尊（太上老君），跟老百姓的生活日用有什么关系呢？老百姓要拜神，一般都是为了解决眼前的特定问题。求雨，要拜龙王。求子，要拜观音。大家都想发财，所以中国的财神特别多。

因为特定的文化背景，全国各地还会产生一些地方信仰。某些口耳相传很"灵"的神祇，就会享受百姓的香火。比如《聊斋志异》里有一篇《青蛙神》,讲的是江汉之间信仰青蛙神,当地百姓要是触怒了青蛙神,家里就会到处有青蛙跳跃,没几天就会遇上祸事。还有一些地方信仰是,当地如有人冤死,百姓恐惧其冤魂作祟,就会为其设香火拜祭,久后自然成神。比如前面提到的关羽,死后消受民间香火,最初并非由于受尊敬,而是因为他中计冤死,还身首异处,百姓怕他冤魂作祟,所以当作凶神来崇拜。民间对凶神关羽的恐惧甚至一直延续到唐代,五代时期人孙光宪在《北梦琐言》中写下这么一段:

> 唐咸通乱离后,坊巷讹言关三郎鬼兵入城,家家恐悚。罹其患者,令人寒热战栗,亦无大苦。弘农杨玭挈家自骆谷路入洋源,行及秦岭,回望京师,乃曰:"此处应免关三郎相随也。"语末终,一时股栗,斯又何哉?夫丧乱之间,阴厉旁作,心既疑矣,邪亦随之。关妖之说,正谓是也。

这段话说的是唐代后期,战乱频繁,长安街市上传说关羽会带着鬼兵入城,家家恐惧。但据说遇上鬼兵的,也就是身子发冷、发热或发抖,没什么大碍。有人走到秦岭,回望长安,说:"这下关羽跟不过来了吧。"他刚说完,就开始打战。因为战乱时期,世上阴气本来就重,心存疑心,当然疑心生暗鬼。所谓"关妖",正是活在人心里啊!

虽然不太光彩,但这个能让"家家恐悚"的"关妖",才是关羽信仰的本来面目。

对于这类民间的自发信仰，朝廷会怎么办呢？在主流的儒家文化看来，一切不符合礼制的祭祀都属于"淫祀"，即非分的祭祀。对于淫祀，一是收编，二是消灭。对于关羽信仰，官方就选择了收编，毕竟关羽本来也算是忠臣良将，有表彰的价值。对于一些比较邪门的淫祀，官方就选择了消灭，比如唐代狄仁杰在南方为官时，就曾经捣毁供奉邪神的神庙一千七百余间。同时，官方还会编订祀典，规定什么神能祭，什么神不能祭。比如，宋代朝廷就编写了《正祠录》，各州衙门也编写了州祀典。

平心而论，官方的这些举动在某些情形下，不失为对于平民的一种保护，因为地方豪强可能利用邪神祭祀，对平民进行欺压和剥削。比如，战国时期魏国的西门豹治理邺城，整顿"河伯娶媳妇"的陋习，普通平民也从中获益。但在精神层面，朝廷大举消灭淫祀的行为也确实会让某些百姓感到信仰不能自主，被迫要去礼拜朝廷祀典中的神祇。于是，为了对抗朝廷的《正祠录》，民间就产生了《封神榜》。

1990年版电视剧《封神榜》的主题歌名叫《神的传说》，其中有几句歌词很是把握住了《封神演义》的神韵：

> 听万民百世轻唱
> 只留下神的飘逸
> 神的传说，神的传说
> 只留下神的飘逸
> 神的传说

能够让"万民百世轻唱",缘于《封神演义》以"文封"形式,归结了一套民间自立的神明谱系,这是小说知名度高的首要原因。

第二个原因,是《封神演义》中沉淀了中国乃至世界的诸多文化元素。

《封神演义》的作者谙熟中国文化,在书中还原了中国文化的基本架构。

元始天尊执掌的阐教,暗指道教。通天教主执掌的截教,历来争论颇多,但本书将在后面的篇章中详解,它暗指的其实是中国原始的巫术信仰。巫术信仰的特点之一是数量多,各地都可能拥有地方特色信仰,所以截教弟子众多,能够摆下"万仙阵";特点之二则是崇拜自然物,动物、植物、石头,都可能被老百姓拿来拜一拜,所以截教弟子很多是飞禽走兽,还有石矶娘娘这样的顽石修炼成仙。

小说里还有一个"西方教",教主是准提道人和接引道人,法宝都是七宝妙树、十二品莲台之类,口头禅是"你与我西方有缘"。它的原型再清楚不过,就是佛教。

小说第十五回还提到一个"人道"。《封神榜》的诞生,就是阐教、截教和人道的"三教并谈"。人道指的就是凡人,凡人上《封神榜》的典型人物是武成王黄飞虎。这个"人道"究竟是什么?从小说暗喻的文化结构来看,它指的应该就是儒教。因为儒家最讲世俗主义,讲究以人为贵。孔子曰:"敬鬼神而远之。"(《论语·述而》)《孝经》里也说:"天地之性,人为贵。"《封神演义》作者以"人道"暗指儒家,很是把握住了儒家的精髓。

所以,《封神演义》架构起一个包括儒释道三教以及原始巫术信仰在内的信仰体系,这与中国传统文化的基本结构相吻合,也与中国人在文化浸润下生长出的心理结构相契合,这是老百姓对《封神演义》故事耳熟能详、津津乐道的重要原因。

在这样一个文化架构之下,《封神演义》还收罗了中国文化的诸多要素。例如,姜子牙的门人龙须虎是一个独腿怪兽,头似驼,项似鹤,须似虾,耳似牛,身似鱼,手似鹰,足似虎。本书中还将详解,这个怪兽的原型其实来自《山海经》中描述的上古怪兽"夔"(读作"魁")。再如,中国家喻户晓的传说——哪吒出生时是一个大肉球,这其实反映了世界各民族早期神话中的一个共通故事模型:伟人以卵的形态诞生,又破卵而出,其中包含了上古人类对于"胚胎"的认识。在中国神话与民间传说中,不只是哪吒,还有《三教源流搜神大全》中的殷商太子殷郊、《南游记》中的华光天王,甚至《诗经·生民》中记述的周人始祖后稷,出生时都是肉球。

《封神演义》中类似这样的文化元素还有很多:九尾狐到底是什么妖怪?申公豹的原型是谁?魔家四将和佛教四大天王是什么关系?本书将为你逐一抽丝剥茧,展开小说背后的壮阔图景。

02

《封神演义》的作者是谁？

和中国很多古典名著类似，《封神演义》的作者，是一笔糊涂账。

关于这个问题，清代学者梁章钜在笔记集《归田琐记》中引用乡人林樾亭的话，说了这样一个故事：

> 昔有士人罄家所有，嫁其长女者，次女有怨色，士人慰之曰："无忧贫也。"乃因尚书武成篇，"惟尔有神，尚克相予"语，演为封神传，以稿授女。后其婿梓行之，竟大获利。

这个故事是说，从前有个读书人把所有财产都给大女儿做了嫁妆，二女儿当然不高兴。这个读书人就宽慰她说："别怕，你不会受穷的。"然后他就从《尚书·武成》一篇中的"惟尔有神，尚克相予"一句，演绎出《封神传》一书，把书稿送给了二女儿。二女儿的夫婿后来把书稿拿去出版，竟然赚了一大笔钱。

《封神演义》成书于明朝，清朝的梁章钜却仍然搞不清作者为谁，还记录了这样一个道听途说的故事，可见，《封神演义》作者的身份实在是扑朔迷离。

在目前市面上常见的《封神演义》版本中，书名下面的作者一般都署名"许仲琳"，这位又是何方神圣呢？这个名字出自明代万历年间金阊舒载阳刊本，这一版本藏于日本内阁文库，书中卷二题作"钟山逸叟许仲琳编辑"，这是许仲琳成为《封神演义》作者的孤证。问题是史学考证讲"孤证不立"，而且即使许仲琳确有其人，也可能只是给《封神演义》做过编辑工作，并不能证明他就是作者本人。

关于《封神演义》的作者，还有一种观点认为是李云翔。因为前面提到的舒载阳刊本中有一篇序文，里面有这么一段：

> 余友舒冲甫自楚中重资购有钟伯敬先生批阅《封神》一册，尚未竟其业，乃托余终其事。余不愧续貂，删其荒谬，去其鄙俚，而于每回之后，或正词，或反说，或以嘲谑之语，以写其忠贞侠烈之品，奸邪顽顿之态，于世道人心不无唤醒耳。

"钟伯敬先生"就是钟惺，万历年间的进士，晚明时期的文学家，这里说他批阅了《封神演义》，但还没完成。李云翔受朋友所托，对《封神演义》继续进行了修改，"删其荒谬，去其鄙俚"，还在每回后面加了一些唤醒世道人心的评论。所以，现在某些版本的《封神演义》也会把作者标注为许仲琳和李云翔合著。为什么不加上钟惺？因为他在当时名气太大，很多人冒用其名。说他批注了《封神演义》，可信度实在不高。

还有一种说法，虽然同样缺乏直接证据，但间接证据却有不少。因此，本书也比较倾向于这种观点：《封神演义》的作者是江苏兴化的道士陆西星。近代学者、1908年中国第一部宪法性文件《钦定宪法大纲》的实际代笔者董康曾经编纂过一部综论古代戏曲的《曲海总目提要》，里面有这么一句："《封神传》系元时道士陆长庚所作。未知的否。"这里的"元时"应为"明时"之误，因为明代江苏《兴化县志》记录了陆西星的生平来历：

> 陆西星，字长庚，生而颖异，有逸才，束发受书，辄悟性与天道之旨。为诸生，名最燥。九试不遇，遂弃儒服，冠黄冠，为方外之游。

陆西星，字长庚。古人的名和字一般都有关联，《小雅·谷风之什·大东》里面说："东有启明，西有长庚。"这说的是金星早晨出现在东方，就叫启明星；夜晚出现在西方，就叫长庚星。所以"西星"就是"长庚"。陆西星本是儒家读书人，后来做了道士（"冠黄冠"），说他是《封神演义》的作者，有三点间接证据。

首先是文本用语上的吻合。陆西星是江苏兴化人，而《封神演义》中出现了不少兴化方言。比如，兴化方言将头顶周围的皮称作"顶瓜皮"，而在《封神演义》第五十五回"土行孙归伏西岐"中有这么一段：

> 惧留孙用手一指："不要走！"只见那一块土比铁

还硬，钻不下去。惧留孙赶上一把，抓住（土行孙）顶瓜皮，用捆仙绳四马攒蹄捆了，拎着他进西岐城来。

除了方言，《封神演义》中的某些人名也疑似与兴化地名有关。例如，《封神演义》中有一位神秘的逍遥散仙陆压，而《兴化县志》记载，在嘉靖四十三年，陆西星第九次乡试不中，移居荒郊野外，南邻"陆鸭村"。这个"陆鸭"有可能是"陆压"的灵感来源。

其次是风土人情上的吻合。《封神演义》中不少知名桥段，在兴化当地风土和陆西星本人的现实生活中都可以找到对应。比如，兴化境内有钓鱼镇钓鱼庙村，村东有一条古渭水河，河边有姜太公庙，据说姜太公曾在古渭水河钓鱼。《兴化县志》里说："姜太公庙。在县东北二十公里，旧名钓鱼庙。相传太公避居于此地。"《孟子》中说："太公辟（避）纣，居东海之滨。"兴化县所处的江苏省确实正在"东海之滨"。而且，即使兴化的姜太公庙只是附会古籍而建，也可能会给居住在此地的陆西星一些灵感启示。

而且，万历年间修订的《兴化县新志》还记载，明宣宗宣德五年，兴化东岳庙来了一位名叫姜可常的全真道士，善于祈雪，百姓来求雨，他施法祈雪，不久后便"雪飞数尺"，雪化而为水。这不禁让人联想到《封神演义》中的如下片段：

子牙上台，披发仗剑，望东昆仑下拜，布罡斗，行玄术，念灵章，发符水。但见：子牙作法，霎时狂风大作，吼树穿林，只刮的飒飒灰尘，雾迷世界。滑喇喇天摧地塌，骤沥沥海沸山崩。幡幢响如铜鼓振，众将校两眼难睁。一时把金风彻去无踪影,三军正好赌。

……

话说子牙在岐山布斗,刮三日大风,凛凛似朔风一样。三军叹曰:"天时不正,国家不祥,故有此异事。"过了一两个时辰,半空中飘飘荡荡落下雪花来。纣兵怨言:"吾等单衣铁甲,怎耐凛冽严威?"正在那里埋怨,不一时,鹅毛片片,乱舞梨花,好大雪!(《封神演义》第三十九回)

姜子牙这一场祈雪,与《兴化县新志》中记录的姜可常祈雪事件如出一辙。类似这样的偶合之处,实在不能不让人怀疑,兴化道士陆西星才是《封神演义》真正的作者。

最后一个原因,是《封神演义》中的道教文化知识实在过于专业,疑为出自道士之手。虽然儒家读书人也可能兼通道教文化,但《封神演义》以阐教为中心,实际就是以道教为中心,甚至连西方教(原型是佛教)的教主都叫准提道人和接引道人,这明显是道教历史上曾经提出的"化胡为佛"[①]的观点,即佛教出自道教,儒家读书人不太可能编织这样一套世界观。我们可以对比一下《西游记》,它对儒释道三教都是冷眼旁观并不时嘲讽的态度,并未明确以哪一家为正宗。

更何况,《封神演义》中还有诸多道教科仪[②]的细节,越发显

[①] 化胡为佛,指道教中老子西出函谷关,到西域(包括天竺)化身佛陀释迦牟尼,对西域人、天竺人进行教化的传说。道教在建立、发展过程中,为了打击佛教而编造了"老子化胡说",意图把道教抬高到佛教之上。
[②] 道教科仪,指道教做法事的规矩和程式。

得作者应是一位道士。例如，第九十九回中，姜子牙在瘟部封了"主掌瘟癀昊天大帝"吕岳，下面又封了六位正神：东、西、南、北四方"行瘟使者"，以及"和瘟道士"和"劝善大师"。这其实是出自南宋道教科仪《无上黄箓大斋立成仪》，其中对瘟部正神序列做了如下设置：

> 天符都天总管金容元帅大帝
> 地符副帅至圣魔王
> 五方五炁行瘟使者
> 和瘟匡阜真人
> 劝善明觉大师

这个序列与《封神演义》中的瘟部序列相比，除了多了个二把手"地符副帅至圣魔王"，以及行瘟使者从四位变成五位以外，其他设定几乎如出一辙，可见《封神演义》作者非常熟悉道教诸般科仪，这似乎又可以投射到道士陆西星身上。

总之，《封神演义》作者是江苏兴化道士陆西星，这种说法虽无直接证据证明，但可以列举许多不乏趣味的间接证据。而且，从道家和道教立场上把握《封神演义》，才更能体会这部小说的底层价值观：天地不仁，以万物为刍狗；圣人不仁，以百姓为刍狗。无论是天地众仙还是人间圣人，在封神大战之中的所作所为都是为了"应数"，即顺应天数，到点了就得死。死后魂归《封神榜》，这也是定数。至于是非善恶，并不重要。即使是无道的纣王，死了也一样封神；即使是有道的武王姬发，也得舍身入红砂阵。百姓的生死劫难，也只是实现天数的代价。悲夫！悲夫！

一卷《封神榜》，隐藏着理解《封神演义》全书的关键锁钥，也蕴含了传统中国的诸多文化元素和思想观念。

第一章

《封神榜》的奥秘

03 为什么要立《封神榜》?

元始天尊赐给姜子牙的那一卷《封神榜》,是理解《封神演义》的关键。

好端端的,为什么要立《封神榜》?

为什么要大费周章,进行这一场封神活动?

这源于一场复杂微妙的博弈,原著对此有一段云里雾里的描述:

> 话说昆仑山玉虚宫掌阐教道法元始天尊因门下十二弟子犯了红尘之厄,杀罚临身,故此闭宫止讲。又因昊天上帝命仙首十二称臣,故此三教并谈,乃阐教、截教、人道三等,共编成三百六十五位成神。又分八部:上四部雷、火、瘟、斗,下四部群星列宿、三山五岳、布雨兴云、善恶之神。此时成汤合灭,周室当兴,又逢神仙犯戒,元始封神。姜子牙享将相之福,恰逢其数,非是偶然。所以"五百年有王者起,其间必有名世者",正此之故。(《封神演义》第十五回)

这一段令人费解，原因是黑话太多，又没有详解。下面我就来一一为你解释。

元始天尊门下十二弟子，也就是《封神演义》中所谓的阐教十二上仙：广成子、赤精子、黄龙真人、惧留孙、太乙真人、灵宝大法师、文殊广法天尊、普贤真人、慈航道人、玉鼎真人、道行天尊、清虚道德真君。这十二位的原型来历，我在后面的篇章中还将细说。

这十二位上仙犯了"红尘之厄"，这"红尘之厄"又是什么？简单说来，就是十二位上仙要到红尘俗世经历一番杀伐历练，因此说他们"杀罚临身"。这里所谓的"厄"，类似佛教说的"劫数"，并非已经发生的祸事，而是注定要到来的灾难。

电影《封神第一部：朝歌风云》里有一个片段，阐教十二上仙在玉虚宫中端坐，周边血雾缭绕，血雾中隐约可见士兵们相互攻杀，这里描绘的就是"红尘之厄"。这对应到故事中，就是在说十二上仙注定要参与兴周灭商的人间大战。元始天尊因为红尘之厄即将来临，所以"闭宫止讲"，让弟子们潜心修炼，准备迎接劫难。

后面又是一句没头没脑的话：

> 又因昊天上帝命仙首十二称臣，故此三教并谈，乃阐教、截教、人道三等，共编成三百六十五位成神。

昊天上帝是谁？这是商周神话中就已存在的主宰万物的最高神。后文中还将细讲。昊天上帝命仙首十二称臣，这里的"仙首十二"是否就是前面说的阐教十二上仙,这个有争议,但这个争议不重要。我倾向于认为仙首十二就是十二上仙,这个不用想得太复杂。《封神演义》的作者长于架设结构,短于打磨文字,所以经常留下一些文字纰漏,引人争论。这些争论大多没有原文依据,不提也罢。

昊天上帝为什么要令仙首十二称臣?结合后来元始天尊的反应,一般认为是天庭人手不够,昊天上帝想把元始天尊的玉虚宫收编,类似某些机关人手不足,就要收编下属事业单位。元始天尊当然不干——我在我的玉虚宫是老大,为什么要给自己找个上级领导?于是他就耍了个滑头,找来截教和人道,搞了个"三教并谈"(这里的三教也有问题,按《封神演义》后面的说法,三教应该是阐教、截教和西方教,前后没对上,这也是作者的文字疏忽),列出一份共分八部、包含三百六十五个成神编制的《封神榜》。这样成神的指标就不能让阐教一家来完成,截教和人道也得共同完成任务。成神听上去是美事,为什么元始天尊要拿出来分享呢?因为成神就要死人,阐教弟子要死掉才能上《封神榜》。元始天尊就觉得,不能光死我阐教弟子啊,截教和人道你们也来分担点指标吧。恰好正赶上人间"成汤合灭,周室当兴",这就是创造死魂灵,完成指标的机缘。

总结一下:昊天上帝手下缺人,想要收编元始天尊的玉虚宫,但元始天尊耍滑头,和截教、人道(在小说后文中实际是西方教)搞三方会谈,共同拟定《封神榜》,把人间的商周大战变成了天界的大型招聘会。

这就又有个问题:截教等势力凭什么要配合?这涉及成仙指

标的问题。

　　阐教、截教都有不少弟子,这些弟子素质参差不齐,难保都能成仙。那些素质太差、严重拉低升仙率的弟子,也需要一个出路。让他们参与商周大战,死后上《封神榜》,在天庭谋一个铁饭碗,也不失为一个好去处。这里我们其实可以看出《封神演义》作者的人生观和择业观:第一等的选择是自己有本事,做自由职业(成仙),且自逍遥没人管,美滋滋;第二等的选择才是进编制,端铁饭碗(成神),衣食不愁,地位也有,就是没了自由,要听天庭的使唤。这种观念在官本位的中国传统社会显得非常清新前卫。所以很多学者据此猜测《封神演义》的作者是明朝后期的江苏道士陆西星。

　　明朝后期江南地区商品经济发达,许多儒生不愿去挤科举做官的"独木桥",选择下海从商。明朝歙县丰南的地方志《丰南志》中就说:"士而成功也十之一,贾而成功也十之九。"意思是说,读书人当官能成功的只有十分之一,去经商能成功的却有十分之九。这也很正常,科举考试录取率极低,但读书人能写会算,又懂得结交官府,经商成功的概率比当时普遍不识字的一般百姓更高。众多读书人抵挡不了经商的诱惑,也就不难理解了。陆西星是江苏兴化人,又是道士,思想作风大概比一般读书人更飘逸。他推崇自由身,厌弃铁饭碗,这是时代、地域和个人三重因素使然。

　　最后再说一个很多朋友关心的问题:负责主持封神的姜子牙,为什么自己上不了《封神榜》?人死了才能上《封神榜》,姜子牙既然活着主持了封神,《封神榜》上当然没他的位置。

那你可能会问：姜子牙给自己预留一个席位，等自己死了再上任，行不行呢？

民间确实有各种传说，比如说姜子牙本来把玉皇大帝的位子留给了自己，封神封到玉皇大帝时，众人问姜子牙谁来坐这个位子，姜子牙不好意思说正是在下，只得含糊其词地说"有人坐，有人坐"，结果一个叫张友仁的部将兴奋地跳出来受封，还说："谢谢啊，给我这么大一馅饼！"

这当然只是个段子。

河北万全县地方志《万全县志》中还有这么一个说法：姜子牙封神完毕，天帝甚喜，决定给他封一神位，然神位已满，无位可封，只得将姜子牙封到墙角，做墙角之神。于是后世百姓筑墙完毕，总要在墙角手书四字"太公在此"。这也是从《封神演义》中衍生出的民间传说，可见其在民间影响之大。

抛开这些传说，回归《封神演义》小说原文，姜子牙不能给自己封神，这事也并没有那么玄乎。前面说过，《封神榜》是三教联合制定，元始天尊盖章认证的，姜子牙只是一个执行者，他哪有权力在《封神榜》上动手脚呢？而且姜子牙在《封神演义》中的人设，是一个资质平庸、仙缘浅薄之人。按原著中元始天尊的评价，就是"你生来命薄，仙道难成，只可受人间之福"。可以想见，姜子牙平时学习成绩应该不太行，不然班主任元始天尊也舍不得让他下山。而且姜子牙面对封神重任，还苦苦哀求："望老爷大发慈悲，指迷归觉，弟子情愿在山苦行，必不敢贪恋红尘富贵，望尊师收录。"元始天尊于是板起脸来："你命缘如此，必听于天，岂得违拗？"姜子牙下山以后，日子也一度很悲催,做啥生意都亏。所以电影《封神第一部:朝歌风云》让黄渤来饰演姜子牙,他的扮相也是个糟老头子。观众们可能觉得不习惯。其实,这虽然不符合历史上姜太公的形象,但和《封神演义》中的姜子牙倒颇为吻合。

按照《封神演义》的宿命论观点,姜子牙既然已经命定了"只可受人间之福",那自然不能成神,更不能成仙。不过,一个资质平庸的阐教弟子,赶上了封神的机遇,就可以成为"兴周八百年之姜子牙",享将相之福,这也说明《封神演义》的世界观就是神仙打架,凡人遭殃,天地不仁,万物刍狗。只为了天庭能够办一场大型招聘会,便惹出"鹿台聚敛万姓苦,愁声怨气应障天",惹出"太白旗悬独夫死,战亡将士幽魂潜"。就连独夫民贼纣王,死后也封了天喜星,专管人间婚配嫁娶之事。

因为天地眼中,本就无善无恶,只是人间两派立场有别而已。

没有立场之别,如何掀起人间大战,打得血流漂杵?

不能掀起大战,又如何批量制造幽魂,充实天庭队伍?

但如若站在人间立场来看,只是可怜了多少无辜的黎民百姓哟!

04 成神和成仙，哪个更好？

《封神演义》和《西游记》有一个很大的区别：

《西游记》里登场的多是神，《封神演义》里登场的多是仙。

孙悟空的老朋友们：高高在上的玉皇大帝、爱管闲事的太白金星、托宝塔的李靖、使大斧的巨灵、脚踩风火轮的三坛海会大神、身携哮天犬的二郎显圣真君。这些统统都属于"神"。

而在《封神演义》里，登场的除了凡人，就几乎都是仙。阐教的碧游宫有十二上仙，截教的三霄娘娘分别叫云霄娘娘、琼霄娘娘和碧霄娘娘，她们住的地方叫三仙岛。

为什么《封神演义》里很少看到"神"？

原因很简单：神还没封出来呢。天界缺神，才要封神，不然还立什么《封神榜》？

"神"和"仙"是中国神话小说里的两类常见群体，那他们分别是怎么来的？谁的地位更高呢？

我们先来看二者的来历。"神"这个字在西周金文中一般写成这样：

左边的形状是"示"字，是祭祀神灵的祭台，所以很多与祭祀有关的字都是示字旁。比如神祇、福祸、祈祷。"神"字右边这个形状，一般认为是一道闪电。古人见到闪电，心生畏惧，认为这是神的力量。古代很多文明都有这样的观念，比如日本人把"雷"称作"かみなり"，读作"kaminari"，字面意思就是"神的吼声"。古希腊神话中的主神宙斯，手中也握着一束雷电。

在《封神演义》里，人死了才能成神，这个设定其实来源于现实。

中国的"神"到底是什么？它在本质上有两种起源：一是百姓为了追求心理寄托，自行祭拜的神灵，后来被朝廷加封，变成了国家正神；二是国家为了树立道德模范，把死去的人物追封为神。

第一种起源的典型代表是城隍神。今天的中国人民早已习惯了城隍庙的存在，但在中国历史上，城隍神的存废长期以来都是个被争论的问题。"城隍"一词可以追溯到《周易·泰卦》："城复于隍，勿用师"。"城"就是城墙，"隍"就是城墙外的壕沟，即护城河。"城复于隍"，就是城墙倒在了壕沟里。

《北齐书·慕容俨传》里说，北齐将领慕容俨守卫郢城（今湖北省荆州市一带），遭到南朝梁军围攻，梁军用荻洪（用荻草制成的用于堵塞河道的障碍物）堵住了郢城的水路供应。危急关头,部将对慕容俨说:城中有一座城隍祠,据说很灵验,要不您带头去祈祷一下?于是慕容俨率众前往祈祷城隍保佑,没过多久,狂风大作,洪涛涌起,把堵塞河道的荻洪冲断,于是水路畅通,郢城得救。这是史料中最早的关于城隍显灵的记录。

城隍神在南北朝时期获得香火,这很符合历史的逻辑。南北朝时期战乱不断,生灵涂炭。老百姓战战兢兢地躲在城墙后面,面对城外汹涌的攻城大军,很自然地要寻找保护神。城墙和壕沟给人安全感,拟人化后就变成了城隍神。但城隍神是百姓自发崇拜的神,到底是正神还是邪神,儒家士大夫经常为这事争论。

北宋程颢、程颐兄弟(程朱理学的"程"就是指这兄弟俩)的《二程集》中有这么一则故事:范文甫即将赴任河清尉,向程颐请教:"城隍该不该受祭祀啊?"("城隍当谒否?")

程颐说:"城隍不合礼制,你要说城隍是土地神,但土地神和五谷神才是正牌的土地神,从哪儿又冒出城隍这么个土地神?"("城隍不典。土地之神,社稷而已。何得更有土地邪?")可见城隍神不受程颐待见。

但也正是在宋朝,城隍神被正式纳入国家祭典。南宋学者赵与时的《宾退录》里就说,当时城隍神的祭祀几乎遍布天下,朝廷对各地城隍神或者是赐予匾额,或者是给予封爵(今其祀几遍天下,朝家或赐庙额,或颁封爵)。朝廷这么做,原因无非是城隍神祭祀太兴盛,反正消灭不了,还不如收编算了。

明太祖朱元璋进一步把城隍神祭祀加以体系化,册封京师、府、州、县四级城隍,每一级都有对应的爵位和服饰,各地主官必须定期主祭。从此,"城隍庙"就成了古代中国城市的标配,至今仍可见于某些地名，并且活跃在人们的记忆与生活中。

城隍神是民众自发祭祀被国家追认的典型。

神的另一种来源是国家主动设立道德模范典型，典型代表是南宋名将岳飞。

岳飞率军民抗金，遭秦桧等人构陷而被冤杀。南宋孝宗为岳飞平反，后世帝王有不少也看重岳飞"尽忠报国"的道德品质，将他树立为道德模范。明神宗万历四十三年（1615年），朝廷下诏封岳飞为神："咨尔宋忠臣岳飞，精忠贯日，大孝昭天，愤泄靖康之耻，誓清朔漠之师，原职宋忠文武穆岳鄂王，兹特封尔为'三界靖魔大帝'。"

为什么偏偏是这一年？

当时努尔哈赤在东北地区骚动不断，不仅将满人军民编制为八旗，还在1616年正式建国称"大金"（史书一般称"后金"），并自诩"北朝"，与"南朝"大明分庭抗礼。正是因为感受到了压力，万历皇帝才要抬出抗金的岳飞来振奋士气。岳飞被朝廷封神以后，道教随即跟进，将岳飞列入"护法四元帅"①之一，并一步步追加他的封号，最后定型为道教的"显应东岳速报司镇守南天岳元帅忠忧护国伏魔荡寇天尊"。

前面说的这两种来源殊途同归，总之成神靠的是封赐。那"仙"又是什么呢？怎样才能"成仙"呢？中国文化里为什么在

---

① 关于道教的护法四元帅，至少有三种说法：一是岳飞、赵公明、温琼、康席；二是马灵耀、赵公明、温琼、岳飞；三是马灵耀、赵公明、温琼、周广泽。

"神"之外还要列出"仙"这个序列呢?

中国人信神封神,是为了求保佑。中国人求仙修仙,则是为了求长生。

《说文》里说:"仙:长生仙去。"凡人通过修炼,长生不老,飞升而去,这个就叫"仙"。早在先秦时期,华夏就已经产生了仙人传说。《庄子·逍遥游》中说:"藐姑射之山,有神人居焉,肌肤若冰雪,绰约若处子;不食五谷,吸风饮露;乘云气,御飞龙,而游乎四海之外。"这里的"神人"实际就是后世所谓的"仙人"。

山东半岛一带,仙人信仰尤盛,这可能是因为海上云雾缥缈,神秘莫测,又偶见海市蜃楼等自然现象,容易引发幻想。秦汉之际,这一带盛产所谓"方士",自称能够与仙人沟通,秦始皇即曾委托方士,出海为其求取长生之药。

西汉史学家刘向著有《列仙传》,记录了不少上古时期的仙人,比如神农时的赤松子,能够水火不侵;善于养生的彭祖,能够"导引行气",活了八百多岁;甚至一些真实历史中的人物,也被编造出一些神异事迹,而被传为"仙人",比如老子、吕尚(姜子牙),甚至是与《列仙传》成书时间相去并不遥远的汉武帝近臣东方朔。

东汉末年,道教兴起之后,"仙人"被纳入道教体系。东晋道士葛洪在著作《抱朴子》中专设《论仙》一篇,将仙人分为三等:天仙、地仙、尸解仙。

"上士举形升虚,谓之天仙",意思是上等修行者跺跺脚就飞上天了,所以叫天仙。

"中士游于名山,谓之地仙",中等修行者成天待在山里,所以叫地仙。

"下士先死后蜕,谓之尸解仙",下等修行者无法突破肉体这副皮囊的束缚,一定要等到肉体死了,皮囊坏损,元神才能蜕变成仙,所以叫尸解仙。

道教还发展出很多尸解之方,北宋《云笈七签》中就提到"或刀,或剑,或竹,或杖,及水火兵刃之解"。电影《双瞳》中那个修仙的女孩最后主动追求死于警察黄火土的枪下,其实就是在追求"兵解"。死了才成仙,这似乎和"长生"的初衷相违背,这里不宜展开论述,各位也不要去学。

关于"仙"的来源和分类,后世又不断加以丰富和完善,到了清代王建章的《仙术秘库》中凝结为后世最为常见的说法:"法有三乘,仙分五等"。

五等仙即天仙、神仙、地仙、人仙、鬼仙。

所谓鬼仙,就是生前有功德,死后一念不灭,可以自由往来人间与地府,代表是打鬼的钟馗。所谓人仙,其实就是修真的普通人,通过修炼,可以身强体健,延年益寿,算是个入门者。前面提到的据说活了八百岁的彭祖,就是典型的人仙。在道教传说中神龙见首不见尾的张三丰,其实也是人仙。

所谓地仙,就是再高一个层次,可以长生住世,逍遥自在。《西游记》里五庄观观主镇元子,就是搞人参果种植的那位,被称为"地仙之祖"。中国民间著名的"八仙",也是地仙的典型代表。

所谓神仙,标志是已经完成了"三花聚顶,五气朝元"(这八个字在神魔小说中经常出现,后面的章节中会解释),精神已经至纯至净，达到忘却肉身的境界，他们一般不住在人间，而是住在海外仙山。

《封神演义》中的仙人，虽然作者没有明说，但大部分应该处于"神仙"这一级别，因为他们一般隐居在某某山或某某岛，且碧游宫十二上仙在九曲黄河阵中被削去了"顶上三花"，说明他们原本已经达到了神仙的层次。

所谓天仙，全名大罗天仙，又称大罗金仙，就是修炼到满级，已经可以白日飞升，经历天地浩劫而无碍。阐教领袖元始天尊、截教领袖通天教主，以及他们的师父鸿钧道人，都已修到天仙的境界。

这里顺带一说：长生不老，可以说是全人类共同的追求。所以外国神话中也有类似"仙人"这样的存在。比如，印度神话中有一类群体叫"Rsi"，他们法力无边，但又不属于"神"的范畴，所以一般也被译为"仙人"。

那么神和仙到底谁的地位更高呢？这个其实要看作者的创作意图。

在《封神演义》里，仙的地位更高，众仙都向往逍遥自在，死了才会无奈被封神，受天庭的管束。而在《西游记》里，神的地位更高，玉皇大帝、王母娘娘、托塔天王、太白金星这些都是天神，而仙人们也以参加天神组织的蟠桃会为荣。这倒不是因为《西游记》更推崇神的权力，而是因为《西游记》借用神话，隐喻着现实的权力世界。天神们其实就是人间的帝王将相，他们地位虽高，但其政治手腕和人情世故，与人间政治无异。

关于神和仙的区别，就讲到这里。

05

《封神榜》上的雷火二部：
雷部只负责打雷吗？火部正神和安禄山有关？

《封神演义》的作者应该有这样的野心：要编制一套体系严密、职责清晰的众神谱系。可惜作者的逻辑和文笔都不太过硬，在细节上也不太讲究，导致这套神谱出现了不少逻辑上的混乱。

《封神演义》在介绍《封神榜》谱系的时候倒也干脆，说众神"又分八部：上四部雷、火、瘟、斗，下四部群星列宿、三山五岳、布雨兴云、善恶之神"（第十五回）。这一段看似简洁明了，其实疑点颇多。

比如雷部究竟是做什么的？姜子牙封神时宣读了元始天尊敕命："今特令尔督率雷部，兴云布雨，万物托以长养，诛逆除奸，善恶由之祸福。"（第九十九回）这么看来，雷部是管"兴云布雨"的，问题是前面又说了下四部中包含"布雨兴云"，所以下雨到底归谁管？而且，姜子牙封神时还在"斗部"下面封了五斗群星、二十八宿、天罡地煞等一大批星官，这些不就是下四部的"群星列宿"？那么"斗部"和"群星列宿"不就成了一回事？

姜子牙还封了财神、痘神、太岁神等等，甚至还给西方教（原型就是佛教）封了看门的哼哈二将、护法的四大天王，这就更是和八部中的哪一部都不沾边了。

所以，《封神演义》里的八部正神之说，看看就好，作者自己写着写着就忘了，跟后面照应不上。不过，如果按照第九十九回姜子牙封神的过程，我们还是可以整理出作者制定神谱的大概思路。

姜子牙当众宣读的《封神榜》中，雷、火、瘟、斗四部是明确存在的。雷部管的是"兴云布雨，万物托以长养，诛逆除奸，善恶由之祸福"，说白了就是两件事：一是下雨滋养万物，二是雷劈奸邪小人。中国古人很早就有雷电崇拜，上一节就提到，"神"字的右半边就是闪电的象形。到了北宋末年，"雷部"的观念开始形成。这主要是因为道教中的神霄、清微诸派崇尚雷法，且认为雷部不仅负责行雨，还可以"主天之灾福，持物之权衡，掌物掌人，司生司杀"（《无上九霄玉清大梵紫微玄都雷霆玉经》）。中国老百姓诅咒坏人要遭"天打雷劈"，就来自这种观念。

道教神话中雷部的主神是九天应元雷声普化天尊，在《封神演义》中，闻仲闻太师死后就被封了这尊神。闻太师是《封神演义》中的重量级人物，后面会单开一节来说他。此外，姜子牙还封了邓忠、辛环、张节、陶荣、庞洪、刘甫等二十四员雷部正神。其中，邓、辛、张三位又合称"雷霆三帅"，他们在道经中的大名一般叫邓伯温、辛汉臣、张元伯，但《封神演义》改写了他们的名字。这也是作者的一贯套路：在官方和宗教神话的基础上，把神明的姓名去名留姓，另起新名，这样既能"以文封神"，又不至于偏离神话原貌太远。

比如小说里纣王太子殷郊下山时收的两名跟班，一名温良，一名马善。温良的法宝是白玉环，后来被哪吒的乾坤圈打碎了。这位温良的原型其实是道教护法四帅之一的温琼温元帅。根据《三教源流搜神大全》的说法，温琼的母亲怀他的时候梦见天神送给自己一只玉环，所以将他取名叫"琼"，意为美玉。这只玉环在《封神演义》里就变成了温良的法宝。

马善的来头就更大，原型是护法四帅之一的马元帅，又称华光天王或华光大帝，大名马灵耀，额头上有第三只眼。民间所谓"马王爷三只眼"指的就是他。《三教源流搜神大全》里说马灵耀是"以五团火花投胎"。《南游记》中描述他身上藏有金砖、火丹，随时用火降妖伏魔，所以民间常在八九月间举行"华光醮"，祈祷免除火灾。在《封神演义》里，马善被周军大将南宫适连斩三刀，却是"这边过刀，那边长完"，根本斩不断，燃灯道人道破他的真身，乃是琉璃灯的灯火成精。既然是一团火，当然刀砍不断。这也坐实了马善的原型就是喜欢玩火的华光天王马灵耀。

有意思的是，《封神演义》写到火部正神的时候，却没有借用现成的马灵耀，而是创造了一位火系魔法师：罗宣。

罗宣本是截教弟子，乃是火龙岛上修炼的焰中仙，曾经火烧西岐城。他一身的火系法宝：

> 罗宣见子牙众门人不分好歹，一涌而上，抵挡不住，忙把三百六十骨节摇动，现出三首六臂，一手执照天印，一手执五龙轮，一手执万鸦壶，一手执万里起云

烟，双手使飞烟剑……(《封神演义》第六十四回）

这些法宝看似混乱，但在《封神演义》成书的明代，其中某些其实有现实中的明军火器作为原型："万鸦壶"放火鸦伤人，疑似来自火器"神火飞鸦"。明代茅元仪所著军事百科全书《武备志》中对此有详细描述：

神火飞鸦：用细竹篾为篓，细芦亦可，身如斤余鸡大，宜长不宜圆。外用绵纸封固，内用明火炸药装满。又将棉纸封好，前后装头尾。又将裱纸裁成二翅，钉牢两旁，似鸦飞样。身下用大起火四枝斜钉，每翅下二枝。鸦背上钻眼一个，放进药线四根，长尺许，分开钉连四起火底内，起火药线头上另装扭总一处，临用先燃起火，飞远百余丈，将坠地，方着鸦身，火光遍野……

至于罗宣的"万里起云烟"，在小说中是一种火箭。明军使用过大量各色火箭，仅在《武备志》中所记就有"火箭""神机箭""火弩流星箭""燕尾箭"等，此处不再赘述。

罗宣主管的"火部"当然管的是火，对于火的崇拜，在华夏乃至世界各民族中都可以追溯到远古时代。因为中国幅员辽阔，关于火神的说法也不统一。除了前面提到的华光天王，民间比较常见的说法是"火德真君"或"火德星君"。为什么是"星君"？古代中国有金木水火土五星崇拜，这五星的名字至今未变。《太上洞真五星秘授经》中就把五星称为五星君，并称"南方火德真

《武备志》中神火飞鸦示意图

君,主长养万物,烛幽洞微。如世人运炁① 逢遇,多有灾厄疾病之尤,宜弘善以迎之"。其实,除了火星崇拜,火德星君崇拜也可能来自另一颗天体"大火星",又称"心宿二",西方一般称之为天蝎座 α(α Scorpii)。南宋《路史》中说:"乃命遏伯长火,居商丘,祀大辰而火纪时焉。"就是说尧让遏伯这个人管火,居住在商丘,祭祀"大辰",也就是大火星,以"火"来纪时。为什么"火"可以用来纪时?大火星(心宿二)是一颗恒星,根据地球与大火星的相对位置,可能制定出一套历法,这与根据地球

---

① "气"的古字,道教多用以指人的元气。

相对太阳的位置制定太阳历相似。所以，火神崇拜不仅来自对"火"这种自然物的崇拜，也来自对"火星"或"大火星"等星宿的崇拜。在《封神演义》的火部里，因为罗宣原本的部下只有一位接火天君刘环，阵容实在可怜，所以就从二十八宿中抽来了尾火虎、室火猪、翼火蛇、觜火猴四位，来充实一下办公人员。

除了"火德星君"，被民间供奉为火神的还有祝融、阙伯，他们都是传说中上古时期掌管火的火官。《汉书·五行志》中说："帝喾则有祝融，尧时有阙伯，民赖其德，死则以为火祖，配祭火星。"古代还有一位著名火神叫"回禄"，火灾在古代又叫"回禄之灾"。这位"回禄"大神是谁呢？一般认为"回禄"即"回陆"，是吴回与其子陆终的合称。

根据《史记》的说法，吴回是帝喾时期的火官："共工氏作乱，帝喾使重黎诛之而不尽。帝乃以庚寅日诛重黎，而以其弟吴回为重黎后，复居火正，为祝融。"（《史记·楚世家》）意思是说，帝喾让重黎去诛杀作乱的共工氏，重黎没有斩尽杀绝，帝喾就把重黎也杀了，让他的弟弟吴回代替他做了掌火的"祝融"。这里的祝融不是人名，而是官职或称号。吴回的儿子据说叫陆终，于是父子二人合称"回陆"，后来演化为"回禄"，合并为一位人格化的火神。《西游记》第十六回讲金池长老放火想要盗取袈裟，就写道："南方三炁逞英雄，回禄大神施法力。"

既然中国神话中有这么多的火神，为什么《封神演义》的作者不选择现成的化用一下，而要杜撰一位名不见经传的罗宣来承此大任呢？罗宣其实并非凭空捏造，他也有原型，还和大唐叛将安禄山有某种联系。"罗宣"和"禄山"其实都源于波斯语"roxshan",意为"光明"。这个词伴随着祆教经中亚一同传入中国。祆教本名为琐罗亚斯德教,本为古代波斯帝国的国教,传入中国以后称祆教、火祆教或拜火教。《倚天屠龙记》中的明教,又叫摩尼教,也吸收了祆教的一些教义。祆教崇拜火与光明,所以波斯语中的 roxshan 也融入了汉语语汇。唐代河北地区盛行祆教信仰,安禄山的"禄山"就来自这个词,所以他的名字如果意译的话,应该叫"安光明"(格调瞬间降了不少)。同理,《封神演义》以罗宣(roxshan)为火部正神,其实是受到外来的祆教影响的结果。有意思的是,罗宣还有个部下叫刘环,曾经帮助罗宣一起攻打西岐城,死后被封为"接火天君"。《封神演义》作者在这里其实玩了一个不太高级的谐音哏:刘环者,"硫黄"也,而接火的引线一般都要经过硫化处理,所以他是接火天君。

说完了雷火二部,下面我们再来看瘟部和斗部。

06

《封神榜》上的瘟部：
瘟神到底是谁？

书接上节，这一节我们来讲瘟部。

《封神演义》中描述瘟部的职责是"凡有时症，任尔施行"，说白了就是负责在流行病时节负责散布瘟疫。在道教神话中，负责散布瘟疫的是"五瘟"，又称"五瘟使者"或是"五瘟鬼"。南宋道士路时中在《无上玄元三天玉堂大法》中就说：

> 东方青瘟鬼刘元达，木之精，领万鬼行恶风之病；
> 南方赤瘟鬼张元伯，火之精，领万鬼行热毒之病；
> 西方白瘟鬼赵公明，金之精，领万鬼行注忤之病；
> 北方黑瘟鬼钟士季，水之精，领万鬼行恶毒之病；
> 中央黄瘟鬼史文业，土之精，领万鬼行恶疮痈肿。

这五位瘟鬼还各有其分工，其中有大家的老熟人赵公明，他也是财神中最有名的一位，后面的篇章还将细说他的故事。

而北方黑瘟鬼钟士季，就是《三国演义》中和邓艾"二士争功"的钟会,士季是他的字。其中还有一段缘故:钟会在蜀汉灭亡以后,于公元264年在成都发动叛乱,失败被杀。公元276年(西晋咸宁二年)正月,洛阳暴发大瘟疫。这场瘟疫在东晋干宝的《搜神记》中被记录成一段厉鬼复仇的故事:

> 上帝以三将军赵公明、钟士季各督数鬼下取人。

钟会的厉鬼回洛阳复仇这个不难理解,这里面有赵公明什么事呢?说来好笑,在某些传说里,赵公明因为姓赵,所以被讹传成了蜀汉大将赵云赵子龙的弟弟,他带着钟会一起回来复仇了。

在民间传说中,"五瘟鬼"又被简称为"五鬼",令人啼笑皆非的是,"五瘟鬼"还被称为五方"生财神",据说能给人带来财运,即"五鬼运财"[①]。很多中国神祇都有类似的命运,不管原先你是什么神,最后总归要变成财神。

在道教神话中,五方财神还有一位领导,也是瘟部主神,称号为"天符大帝"。据《太上洞渊辞瘟神咒妙经》载:"五帝使者奉天符文牒行于诸般之疾。"这位天符大帝,也就是《封神演义》中瘟部主神吕岳的原型。吕岳是通天教主的弟子,本是九龙岛的炼气士。他出场时就是一个"毒系法师"的人设,一身的生化武器:手提止瘟剑,携带列瘟印、瘟疫钟、定形瘟幡、瘟瘟伞、瘟

---

① 关于"五鬼运财",还有一种说法是"五阴将",即曹十、张四、李九、汪仁、朱光。

丹。这些多是用来散布瘟疫的，真造孽。

姜子牙率领的周军就曾大批被吕岳的瘟丹毒害，幸亏杨戬向神农求得仙草仙药才得救。吕岳手下还有周信、李奇、朱天麟、杨文辉四位弟子，后来被姜子牙封为东南西北方"行瘟使者"，这很明显是对应道教神话中的五瘟使者，只是少了中央的那位使者。

而且，《封神演义》里这四位行瘟使者的法宝也很有意思，分别是头疼磬、发躁幡、昏迷剑、散瘟鞭。头疼磬一敲，可使人头痛欲裂；发躁幡一摇，可使人浑身发热；昏迷剑一指，可使人昏迷不醒；散瘟鞭一抽，可使人颠倒迷狂。得过流感的朋友应该很熟悉类似的感受。

更有趣的是，吕岳还有两位师弟：陈庚和李平。陈庚曾协助吕岳布下"瘟瘟阵"，后来被周军阵营中的杨任用五火神焰扇烧死，死后被封为"劝善大师"。李平就比较搞笑了，他在吕岳布下瘟瘟阵时勇敢闯阵，本意是劝说吕岳回心转意，不要助纣为虐。但周军中的杨任却不管三七二十一，祭起五火神焰扇只管一扇，把本该是友军的李平扇为灰烬。李平魂归《封神榜》，被封为"和瘟道士"。

"劝善大师"与"和瘟道士"这两个看上去随意的神号，其实在宗教和民俗中也有出处。

"劝善大师"最直接的出处应是唐代高僧僧伽大师，又称"泗州大圣"，是江苏南通狼山广教寺的鼻祖。顺带一说，僧伽大师还有两位徒弟：木叉和惠岸。在《西游记》里，他们被合成了一个人：哪吒的二哥木叉（在《封神演义》里是"木吒"），做了观音的弟子,法号惠岸。

为什么要借用这两个名字?

因为僧伽大师被传为观音菩萨的化身。僧伽大师曾于唐高宗时在长安、洛阳一带游历,为百姓医病施药,后又南游江淮,继续为人民服务,受到百姓的爱戴。南宋道教科仪《无上黄箓大斋立成仪》中记录了天庭瘟部诸官吏,其中就有僧伽大师,被称为"劝善明觉大师"。僧伽大师生前为人治病,死后被封为治疗瘟疫的劝善大师,这也很合理。

"劝善大师"的名号在民间深入人心,地方戏"目连戏"也疑似引用了这一名号。目连戏是以《佛说盂兰盆经》中佛陀弟子目犍连拯救亡母出地狱的故事为母本而创制的地方戏,因为目犍连在汉地又称目连,所以这些地方戏统称为"目连戏"。目连戏在全国各地有不同的剧目,明代徽州祁门人郑之珍编写了目连戏《劝善记》,讲述善人傅相斋僧布道,扶贫济困,获封"天曹至灵至圣劝善大师"。傅妻刘氏受人怂恿,违誓开荤,不敬神明,被鬼使拘入地狱,备受折磨。其子傅罗卜为替母赎罪,皈依沙门,赐名大目犍连。大目犍连为寻其母,勇闯地狱,终于感动神明,赦刘氏回到人间。刘氏悔改前非,笃信神明,全家同升天界。

在这出戏中,善人傅相受封的"天曹至灵至圣劝善大师",应该也来自"劝善明觉大师"泗州大圣。问题是,目连戏和瘟部有什么关系呢?民间演出目连戏,往往带有驱除瘟鬼的目的。在目连戏演出的戏台上,经常放着巫傩神像,"傩"的功能本就是驱逐瘟疫。在湖南等地,甚至还有巫师组成的目连戏班,一边演出目连戏,一边进行驱瘟的傩祭。清朝乾隆年间,以郑之珍《劝善记》为脚本,又编撰了宫廷大戏《劝善金科》共二百四十出。其中,五本十九出的名目就叫《五瘟使咄咄齐来》,这挑明了目连戏和驱瘟之间的联系。"劝善大师"如此知名,于是也出现在《封神演义》瘟部正神的名单中。

那么《封神榜》上李平受封的"和瘟道士"又是什么角色呢?其实就是道教所说的"匡阜真人"。在前面提到的《无上黄箓大斋立成仪》中,瘟部的主管是"天符都天总管金容元帅大帝",也就是天符大帝。下面的办事人员还有五方五炁行瘟使者、和瘟匡阜真人、劝善明觉大师等。

可以说,《封神演义》里瘟部的编制,基本就是参考这份科仪来的。

匡阜真人的事迹,在元代成书的《历世真仙体道通鉴》中有所记载:

匡阜先生,姓匡名续字君平,南楚人也……生而神灵,儿时便有物外志……

匡续于周朝时在庐山的南障山中修行,庐山因此得名"匡庐"。汉武帝时册封匡续为"南极大明公",并在南障山为其立祠。匡阜真人在民间传说中,可能是为了适应人民群众的生活需要,逐渐演变成了抗击瘟疫的神。明代完本的《三教源流搜神大全》中就说,匡阜真人"收伏五瘟神为部将"。后来匡阜先生在道教中又被尊为"和瘟匡阜真人",这大概是因为在抗击瘟疫过程中需要有一位能够和五瘟使者谈判的神,用软手段制服瘟疫。

"和瘟"者,类似古代说的"和番"(中原王朝与外族、外国修好),就是与五瘟使者谈和平的意思。《封神演义》里让李平来当这个和瘟使者也很合适,因为他就是为了大地的爱与和平才被杨任扇死的。

所以瘟部其实很有意思:在天符大帝统领下,五瘟使者负责行瘟,劝善大师与和瘟道士(匡阜真人)负责治瘟,坏事好事都是他们在干,阴阳并存,刚柔并济。

07

《封神榜》上的斗部：
斗部首领是猪八戒之母？

斗部的"斗"即星斗之意，斗部就是漫天的星官。但在中国文化里，星官并不是只管星星的，而是兼管人间祸福生死。因为古人相信，天体的运动和闪耀，其实是上天在表达自己的意志，读懂其中的规律，也就能把握这种"天意"，所以古代研究天体的学问叫"天文"，即天的文字。

《封神演义》中，斗部的首领是"斗母"，坐镇斗府，居周天列宿之首。领受此职的是金灵圣母，她本是通天教主的弟子，曾在万仙阵中以一身对抗文殊广法天尊、普贤真人和慈航道人，其实就是一人和文殊、普贤、观音三位对打，不落下风，比吕布更勇猛，可惜被燃灯道人用定海珠偷袭，命丧阵中。

金灵圣母的法宝之一是"七香车"，也就是她日常乘坐的战车。某些学者认为，此处的"七香车"疑为"七猪车"传抄之误，因为小说里的七香车本是西岐三宝之一，曾经由文王之子伯邑考进献给纣王，什么时候又到了金灵圣母手里？而且"七猪车"在原文中更为对仗贴切。在通行本《封神演义》中，原文是

"七香车坐金灵圣母，分门列户；八虎车坐申公豹，总督万仙"（参见崇文书局2018年版《封神演义》第586页）。这里的"七香"如果改为"七猪"，和后面的"八虎"岂不更对仗？所以，某些版本（如中华书局版）在勘误之后，改为了"七猪车"。最重要的是，金灵圣母是照着斗姆元君的模样来写的，而斗姆元君本就驾着七头猪拉着的车。这个形象并不是原来就有的，而是从佛教借过来的。

按照道教的说法，斗姆元君"为北斗众星之母"，《玉清无上灵宝自然北斗本生真经》中说她先后生下勾陈天皇大帝、紫微北极大帝，以及北斗七星。这里并未提到她有一辆七猪车。这些小猪是怎么冒出来的呢？其实是从佛教的摩利支天那里借过来的。摩利支天本是印度教的二十四诸天之一，后又被佛教借用，称为摩利支天菩萨。她有多种法相，其中一种就是坐在猪背上，或是坐在猪拉的拖车上，这些猪被称为"御车将军"。在元朝，因为全真教"三教合一"思想的影响，道教的斗姆元君吸收了佛教的摩利支天，产生了"先天斗姆紫光金尊摩利支天大圣圆明道姆元尊"这样的混搭神号，摩利支天的猪也借给了斗姆元君，于是后者也坐上了猪拉的小车。给斗姆元君拉车的猪有时是七头，有时是九头。这其实是源于"北斗七星"和"北斗九星"的差别。我们常说北斗七星，但其实我国古代也有北斗九星的说法，因为七星之外，还有"左辅"和"右弼"两颗星，只是这两颗星经常隐藏起来，肉眼看不到。道教典籍《道法会元》里把北斗九星又称为"九神"，九神者：天蓬、天任、天衡、天辅、天英、天内、天柱、天心、天禽。天蓬既为九神之首，所以是"天蓬元帅"。北斗九星一起给斗姆元君拉车，斗姆元君就有了九头小猪，为首的就是天蓬元帅，于是天蓬元帅在元朝就成了猪面人身，成为猪八戒的原型。所以，天蓬元帅变成猪，并不是《西游记》原创的故事。早在元代山西芮城永乐宫的壁画中，天蓬元帅就已经是猪面獠牙的长相了。

在《封神演义》中，"斗部"像一个幼儿园，园长是"斗母"，即斗姆元君，率领着众宝宝们，即群星列宿。斗母最信任的班长是中天北极紫微大帝，在道教神话里，这是斗姆元君的二儿子（大儿子是勾陈大帝）。在小说里，这一神职封给了文王长子伯邑考，这确实是一个称职的班长形象。群星之中，有不少都是大家熟悉的人物，比如土府星是土行孙，六合星是邓婵玉，还有姜子牙在凡间娶的那个经常嫌弃丈夫的马氏，居然也被封了"铁扫帚"（扫帚星）。值得注意的是天喜星，主管人间男女婚配之事，

元代山西芮城永乐宫壁画：天蓬元帅

这个看上去无足轻重的神位居然封给了纣王这个全书的第一大反派，大概是觉得纣王生前沉迷女色，那就索性让他去管人间的男女之事吧！又或者是因为封神大战的起因就是纣王作诗调戏女娲，那就让他以后天天看见男女婚配之喜，自己却只能孤独为神吧！总之，这里似乎藏了一点作者的恶趣味。

群星列宿之中，还有两个值得一提的概念："二十八宿"和"天罡地煞"。

"二十八宿"在《西游记》中经常出现。在下界强抢公主的黄袍怪，本是二十八宿之一的奎木狼。孙悟空在小雷音寺被关在金铙之内，是二十八宿中的亢金龙把角顶进铙缝，才把孙悟空救了出来。那么"二十八宿"到底是何方神圣？

中国古人把太阳运行的黄道面附近的群星分为四大星区，每个星区内部又分为七大星群，合起来就是"二十八宿"。古人在春分时节仰望星空，东部星空有角、亢、氐、房、心、尾、箕这七个星宿，组成一条龙的形象，所以叫东方青龙七宿；西部天空有奎、娄、胃、昴、毕、觜、参七个星宿，组成一只虎的形象，所以叫西方白虎七宿；南部天空有井、鬼、柳、星、张、翼、轸七个星宿，组成一只雀鸟的形状，所以叫南方朱雀七宿；北部天空有斗、牛、女、虚、危、室、壁七个星宿，组成一组龟蛇纠缠的形象，所以叫北方玄武七宿。

中国人熟悉的"四象"即"青龙、白虎、朱雀、玄武"，也是由二十八宿而来。古人在黄道面附近设置二十八宿，就可以描述太阳当前运行的位置，服务于生产、占卜等需要，这其实与西方星座的功能类似。古人也会用天上的二十八宿对应地上的地理方位，比如王勃的《滕王阁序》里说南昌"星分翼轸，地接衡庐"，翼、轸位于朱雀所辖的南部天空，南昌即位于这一带。

那什么又是"天罡地煞"呢？"天罡"原指北斗七星的斗柄。古人认为，北斗并不止七星或是九星，其中隐藏着众多看不清的小星，这些小星就被描述为"三十六天罡，七十二地煞"。

为什么是三十六和七十二这两个数字？

古人似乎很偏爱这两个数字，先秦的计谋大全叫"三十六计"，《史记·高祖本纪》里也说刘邦左边大腿上有"七十二黑子"。这其实源于历法。我国在远古时代实行过一年分为十个月的太阳历，这保留在据说是夏朝历法的《夏小正》中。学者将现存的《夏小正》与彝族十月太阳历进行对照，推断《夏小正》的原貌应该也是一年十个月的太阳历[①]。《夏小正》和彝族太阳历的始祖又都可以推演至远古羌历，即"彝夏太阳历"。既然一年是十个月，平均每个月约三十六天。那么七十二又是怎么来的呢？纬书《春秋合诚图》这样解释刘邦左边大腿上七十二颗黑子的由来：

> 七十二颗黑子者，赤帝七十二日之数也。木火土金水各居一方，一岁三百六十日，四方分之，各得九十日，土居中央，并索四季，各十八日，俱成七十二日，故高祖七十二颗黑子者，应火德七十二日之征也。

---

① 刘尧汉、陈久金、卢央：《彝夏太阳历五千年——从彝族十月太阳历看〈夏小正〉原貌》，《中国民族与地方史志》，1983（01），71-79页。

这段话的大意是说，一年按三百六十日计算，按"木火土金水"五行来分，每部分就是七十二日。刘邦左边大腿上的七十二颗黑子，其实应上了火德这部分的七十二日，所以汉朝是火德。这里面其实包含了古人以五行对应五季的思想。《孔子家语·五帝》说：

> 天有五行，木火金水土，分时化育，以成万物。

三国时期的王肃在此作注：

> 一岁三百六十日，五行各主七十二日也。化生长育，一岁之功，万物莫敢不成。

这两段话的意思结合在一起就是：一年三百六十日，按五行划分，各七十二日。

所以，中国人对"三十六"的偏好，来自上古十月太阳历中一月三十六日，而对"七十二"的偏好，则来自五行五季学说中一季七十二日。天罡数三十六，地煞数七十二，也是由此而来。

关于斗部就说到这里。《封神榜》中还有一些未能归类的神祇，如佛教护法神四大天王、佛寺门卫哼哈二将、财神、太岁等等，涉及很多重要知识，后面的篇章会逐一细讲。

从本章开始，我将逐一讲述《封神演义》中的重要人物。由于其中人物众多，光是封神就封了三百六十五位，所以本书不可能面面俱到，也没必要面面俱到。因为小说中很多人物只是拿来凑数的，既没有什么趣味，也没有多少文化背景知识可供挖掘。

　　本章讲述的是《封神演义》中那些暗中操纵局势的大神，他们也大多是中国神话中最受崇敬的古神。

第二章

封神之战的幕后大佬

08

昊天上帝：
古代中国的最高神到底是谁？

封神大业的缘起是昊天上帝"命仙首十二称臣"，这里的"昊天上帝"，是商周神话中即已存在的、主宰万物的最高神。某些朋友可能会感到困惑：中国神话中的最高主宰者不是玉皇大帝吗？这昊天上帝和玉皇大帝是什么关系呢？本篇就来解答这些问题。

"昊天"的原意其实很平实，"昊"就是广大，"昊天"就是指广阔无边的上天。《说文解字注》中说："元气广大，则称昊天。"《诗经·小雅》中说"欲报之德，昊天罔极"，意思是父母的恩德就像昊天一样广阔无边，没有尽头。

昊天上帝本质是对最高神的人格化，在这个名称出现之前，中国神话中就已经存在这样的最高神，一般称为"天帝""上帝"或者"帝"。《尚书》中的《商书·伊训》篇中就说："惟上帝不常，作善降之百祥，作不善降之百殃"，意思是上帝的脾气可不好说，你做好事，他就降下各种祥瑞；你做坏事，他就降下各种灾祸。这据说是商朝名臣伊尹给商王太甲的训诫。

到了周朝，"昊天上帝"这个名称正式出现，《诗经·大雅》中有一篇叫《云汉》，里面有这么几句：

> 昊天上帝，则不我遗。胡不相畏？先祖于摧。

《云汉》这首诗是在说大旱之下，百姓惊恐忧思。上面这几句的意思是说：昊天上帝什么都不愿赐给我，怎能不叫人害怕啊！（因为得不到祭祀）祖先们也要受连累！

所以，昊天上帝没那么神秘，简单理解为老百姓口中的"老天爷"其实也没什么问题。不过，百姓口耳相传，不等于官方也认可。秦朝官方祭祀的是四帝：白帝、青帝、黄帝、赤帝。刘邦斩白蛇起义时，就编造了"赤帝之子"刘邦斩"白帝之子"白蛇的传说。这个传说其实也有点讲究：当时已经形成了五方、五行和五色的对应关系，赤对应南方之火，白对应西方之金。刘邦原是楚人，属于南方之火。秦朝起于西陲，属于西方之金（但其实秦朝尊奉的是水德，色尚黑）。赤帝之子斩白帝之子，又正合"火克金"的五行之理，意味着刘邦是天选的灭秦之人。

《史记·封禅书》中说，刘邦占据关中与项羽打仗期间，曾经问左右：秦朝祭祀的上帝是谁啊？左右说：秦朝祭祀白、青、黄、赤四帝。刘邦忽然说了句没头没脑的话："我听说有五位上帝，秦朝怎么只祭祀四位呢？"左右都不知道刘邦想干啥，不敢插话。刘邦这时候又如同恍然大悟般说了一句："我知道啦！这是等我来才凑齐五位啊！"于是刘邦下令，增加一位"黑帝"，修建黑帝祠，凑成五帝。（《史记·封禅书》：〔高祖〕东击项籍而还入关，问："故秦时上帝祠何帝也？"对曰："四帝，有白、青、黄、赤帝之祠。"高祖曰："吾闻天有五帝，而有四，何也？"莫知其说。于是高祖曰："吾知之矣，乃待我而具五也。"乃立黑帝祠，命曰北畤。）

秦朝为什么唯独不祭祀黑帝？这可能是因为秦朝统一之后，自认水德，自居黑帝，所以不祭黑帝。刘邦看到秦朝不祭黑帝，有空子就钻，于是补立黑帝，还说自己和汉朝就是黑帝化身。他这么一来，汉朝在五行德性上也继承了秦朝的水德。到了汉武帝时期，这就出了问题，因为儒家开始崛起，秦朝被儒家指为"暴秦"，汉朝继承了秦朝的水德，莫非也是"暴汉"？于是从汉武帝开始，汉朝先是改成土德，最后定为火德，称为"炎汉"。

汉朝祭祀五方天帝，到了汉武帝时期，有一个叫谬忌的方士上书，说天神当中，以"太一"最为尊贵，汉朝祭祀的五帝只是太一的辅佐。(《史记·封禅书》：亳人谬忌奏祠太一方，曰："天神贵者太一，太一佐曰五帝。"）这里的"太一"就是仙侠作品中经常出现的"东皇太一"。

东皇太一原为楚地祭祀的天神。屈原的《九歌》中专门有一章，描绘祭祀东皇太一时的景象："吉日兮辰良，穆将愉兮上皇。抚长剑兮玉珥，璆锵鸣兮琳琅。"（良辰吉日好时光，庄严欢愉迎上皇。轻抚长剑玉为饰，佩玉相击声鸣响。）这里的"上皇"就是东皇太一。

汉人王逸在这里有一个注解，说"祠在楚东，以配东帝，故云东皇"，意思是祭祀东皇太一的祠在楚国东部，所以叫东皇。

那"太一"又是什么呢？闻一多先生有一篇文章，题目就叫《东皇太一考》，里面说："作为天神的太一，在古代哲学家的概念里，是宇宙的本体，一种不可思议的超自然力。"这个理解很准确。《淮南子·诠言训》中说"洞同天地，浑沌为朴，未造而成物，谓之太一"，意思是天地混沌未开之时的状态就是"太一"。《吕氏春秋·大乐》中说："太一出两仪，两仪出阴阳。"这里的"太一"就与《周易》说的"太极"相似了，因为《周易》中说"易有太极，是生两仪"。不管是"太极"还是"太一"，都是指宇宙产生之初化育万物的超自然力，与《圣经·创世纪》中的上帝相似。

汉武帝为什么要听信方士之言，祭祀东皇太一？

直接原因是他迷上了黄帝"登仙"的传说。《史记·封禅书》中说，方士公孙卿曾经对汉武帝说，黄帝曾经"郊雍上帝"，后来上帝派了一条龙，垂下龙须，让黄帝攀上龙须，把他接上天了。(《史记·封禅书》：黄帝郊雍上帝……有龙垂胡髯下迎黄帝，黄帝上骑。)汉武帝便也相信，祭祀至高的上帝，就可以和黄帝一样登天。

汉朝原先的五帝是并列关系，并无定于一尊的至高神。汉武帝听信方士，将东皇太一定为最高神，以为祭祀太一，自己就可以登仙。这一举动背后更深层的原因，则在于五帝在信仰上的并立，容易导致政治上的分裂。当初刘邦不就自称"赤帝"之子，要讨伐"白帝"吗？所以，汉武帝尊奉东皇太一，也可能有在信仰上实现"大一统"的企图。

不过，汉武帝这么做却导致了信仰上的混乱。自周朝以来，

"昊天上帝"虽未获得官方祭祀，但一直存在于民众的精神世界中。现在官方忽然搬出楚国古神东皇太一，那么谁才是至高神？说不清楚。所以后来王莽篡汉，就曾想把东皇太一和昊天上帝合并，将至高神命名为"皇天上帝太一"。

这里的"皇天上帝"也出自《尚书》，《尚书·周书·召诰》中有这么一句："皇天上帝，改厥元子。""皇天上帝"和"昊天上帝"其实基本是一个意思，"皇"也是"大"的意思，比如"皇皇巨著"。王莽定的这个称号，其实是把昊天上帝和东皇太一合而为一了。东汉建立以后，又索性把"太一"给拿掉，将至高神称为"皇天上帝"。

请注意，东汉王朝这么操作，其实也意味着回到了儒家信仰的轨道：无论是"皇天上帝"还是"昊天上帝"，都出自儒家五经之一的《尚书》，其实是儒家信仰中的至高神。东汉朝廷比西汉更尊奉儒教，司马光就曾经评价东汉"风化最美，儒学最盛"。东汉尊奉皇天上帝，和崇奉儒学是一致的。

到了三国时期，三国为了体现各自独立自主，就分开祭祀。蜀汉自居汉朝正统，仍然祭祀"皇天上帝"；曹魏另起炉灶，祭祀"皇皇帝天"；吴国也要标新立异，祭祀"皇皇后帝"。晋朝统一天下，为了显示新朝气象，就正式把最高神的名称定为"昊天上帝"。这个称号被南北朝中的北朝继承，又传给隋唐，于是"昊天上帝"作为至高神的地位终于稳固下来。

那么老百姓最熟悉的"玉皇大帝"又是怎么冒出来的呢？

简单说来，昊天上帝是儒家的信仰，玉皇大帝是道教的信仰。

道教兴起于东汉末年，在魏晋南北朝时期逐渐兴盛并走向系统化，到了唐宋时期，"三清六御"的说法逐渐成形。"三清"在后面的篇章还会细讲，六御是按照古人所谓"六合"（上下和东西南北四方）编制出的神谱，按照南宋道士留用光《无上黄箓大斋立成仪》的说法：

> （上有）昊天至尊玉皇上帝……（西有）勾陈星宫天皇大帝……（北有）紫微中天北极大帝……（东有）东极太乙救苦天尊……（南有）南极长生大帝……（下有）后土皇地祇。

其中"昊天至尊玉皇上帝"就是民间说的玉皇大帝，且已经获得了超然于其他五位的地位。在唐代，玉皇大帝因为位居六御之首，又代表六合中的"上"，在大众认知中地位已经和昊天上帝类似，成为天界至高神。以写诗通俗著称的白居易有一首诗叫《梦仙》，其中有这么几句：

> 须臾群仙来，相引朝玉京。
> 安期羡门辈，列侍如公卿。
> 仰谒玉皇帝，稽首前致诚。
> 帝言汝仙才，努力勿自轻。

《梦仙》全诗讲的是一个人梦到自己登天见到群仙，还得到玉帝肯定，说小伙子不错很有前途。诗里说群仙都像人间公卿大臣一样侍立("列侍如公卿"),仰头拜见玉皇大帝,磕头以表忠诚("仰谒玉皇帝,稽首前致诚")。

想象一下这个场景——这完全是人间宫廷的景象,玉皇大帝的威仪就如同人间帝王,和我们在《西游记》电视剧里看到的差不多。

所以,在唐宋时期,官方遵循儒家信仰,祭祀昊天上帝,道教和民间却认玉皇大帝,于是后者不可避免地要进入官方视野。北宋第三任皇帝赵恒上台以后,玉皇大帝终于获得了官方祭祀。

为什么是赵恒?

因为赵恒有"得位不正"的嫌疑。

北宋有所谓"金匮之盟"的政治神话,说宋太祖赵匡胤在太后杜氏的要求下立下盟誓,死后传位给弟弟赵光义,赵光义死后再传给弟弟赵廷美,再后面就传回赵匡胤的儿子赵德昭,避免因为继承人年幼,重蹈后周被篡位的覆辙。这一纸盟约藏在一个金匮里面,后来赵匡胤在"烛影斧声"中暴死,赵光义就以金匮之盟作为自己继位的证据。

这个故事本身就充满了阴谋感,那张盟约到底是真的还是赵光义自己伪造的,已经不得而知。就算真有这事,赵光义死后也应该传位给弟弟赵廷美,但他却传给了亲儿子赵恒,也就是宋真宗。所以,宋真宗估计没少被人戳脊梁骨。为了证明自己是天命所归,他就得找点合法性依据。

要说这小子也是个人才,他看到玉皇大帝的信仰深入人心,于是就说:我梦见仙人传我玉皇大帝的诏书,玉皇大帝让我当皇帝(令人想起《水浒传》中装疯的宋江:"我是玉皇大帝的女婿！")！① 为了把这个传说坐实，宋真宗还煞有介事地册封玉皇大帝为"太上开天执符御历含真体道玉皇大天帝"，甚至去泰山封禅，答谢玉帝的任命，也成功拉低了"泰山封禅"这项活动的档次。从此以后，玉皇大帝得到官方盖章承认，真正成为众神的领袖。

这就又导致了一个似曾相识的问题：昊天上帝和玉皇大帝都得到了官方承认，那到底谁才是老大？

到了北宋末期，书画皇帝宋徽宗决定把两者合并，给玉皇大帝上尊号为"太上开天执符御历含真体道昊天玉皇上帝"。你看，这个尊号里面既有"昊天"，又有"玉皇"，两者合而为一。

宋徽宗这么做，也有他个人的原因：他笃信道教，所以试图把道教和儒家信仰混同起来。但这种想法在中国历史上毕竟不是主流，于是在宋徽宗之后，昊天上帝和玉皇大帝又逐渐分离，儒家士大夫甚至把玉皇大帝视为不合礼制的异端加以排斥。

明朝初年，官方祭天就是祭祀昊天上帝，而在《明实录宪宗实录》卷一百五十六中则记录：明宪宗朱见深在皇宫之北建祠祭祀玉皇大帝（"皇上推广敬天之心，又于宫北建祠，奉

---

① 《宋史·志·卷五十七》：先是，大中祥符元年正月乙丑，帝谓辅臣曰："朕去年十一月二十七日夜将半，方就寝，忽室中光曜，见神人星冠、绛衣，告曰：'来月三日，宜于正殿建黄箓道场一月，将降天书《大中祥符》三篇。'朕竦然起对，已复无见，命笔识之。自十二月朔，即斋戒于朝元殿，建道场以伫神贶。适皇城司奏，左承天门屋南角有黄帛曳鸱尾上，帛长二丈许，缄物如书卷，缠以青缕三道，封处有字隐隐，盖神人所谓天降之书也。"……帝于大中祥符五年十月语辅臣曰："朕梦先降神人传玉皇之命云：'先令汝祖赵某授汝天书，令再见汝，如唐朝恭奉玄元皇帝。'……"

祀玉皇"），结果户部尚书兼翰林院学士商辂带着大臣们上奏，说"您这么干不合礼制啊"（"稽之于古，未为合礼"），明宪宗无奈，只好认错，下令把玉皇祠拆掉，把祭祀用具都送进仓库（"上命拆其祠，祭器等件送库收贮"）。可见，玉皇大帝在当时是不受官方待见的，官方承认的至高神是昊天上帝。

到了嘉靖十七年（1538年），嘉靖皇帝将昊天上帝的神号改为皇天上帝，于是北京天坛里供奉的主神位就变成了"皇天上帝"。但在这期间，深受道教影响的民间却坚持认为玉皇大帝才是至高神，官方和民间各论各的，这种情况一直延续到清末。

总结一下，"昊天上帝"的说法诞生于周朝，秦朝祭祀四帝，刘邦改为五帝，汉武帝开始祭祀"东皇太一"，王莽把昊天上帝和东皇太一合一，东汉又将两者拆开，祭祀"皇天上帝"，这延续至隋唐。随着道教兴起，"玉皇大帝"信仰逐渐深入人心，宋真宗为了政治需要，提升玉皇大帝的地位，而崇奉道教的宋徽宗索性把玉皇大帝和昊天上帝合一，但后世不认这个账，又将其给拆开了。明清官方继续祭祀昊天上帝或皇天上帝，老百姓认的却是道教的玉皇大帝。《封神演义》的时代设定是商周，所以把最高神设置成听上去更久远神秘的昊天上帝。

纵观历史，可见最高神的变动背后，总是离不开当时的政治需要。

09

女娲娘娘：
女神为什么喜欢使唤女妖精？

《封神演义》故事的缘起，也是全书第一回的回目，叫"纣王女娲宫进香"。

纣王看见女娲像美貌，起了邪念，在女娲宫壁上题了一首诗，最后两句是"但得妖娆能举动，取回长乐侍君王"。女娲娘娘看到后很生气，认为纣王这是性骚扰（事实上也确实是），于是展开了对纣王和殷商的报复。

这个报复的方式很有意思，女娲使出一个法宝叫"招妖幡"，悬开来，光分五彩，瑞映千条，没过一会儿，就引得"天下群妖俱到行宫听候法旨"，结果女娲娘娘让"各处妖魔且退"，只留下轩辕坟三妖，也就是千年狐狸精、九头雉鸡精和玉石琵琶精。女娲吩咐她们去迷惑纣王，颠覆成汤江山。

这段故事里面存在一个问题：女娲到底是不是正经女神？为什么布置工作都找不到正经的下属，喜欢使唤一群妖精去办事？

于是有人说，女娲其实是万妖之王，甚至认为在《封神演义》里面，阐教归元始天尊管，截教归通天教主管，西方教归准提、接引二道人管,人道归人间天子来管,妖怪世界就由女娲娘娘说了算。甚至在一些洪荒流小说里面,直接就把女娲娘娘称为"妖皇",把她从神变成了妖。

这可是天大的冤枉!不要说正经的中国神话,就是《封神演义》小说,也借殷商首相商容之口说道:"女娲乃上古之正神,朝歌之福主。"

既然女娲是"正神",是"福主",那我们就要搞清楚她使唤妖精有何正当理由,还她一个清白。

女娲究竟是一位怎样的女神?

我们都很熟悉"女娲造人"和"女娲补天"的故事。女娲造人故事的雏形最早见于《山海经·大荒西经》:"有神十人,名曰女娲之肠,化为神,处栗广之野,横道而处。"意思是女娲的肠子化为了神,这似乎是一个关于生育的隐喻,今天我国还有不少地方会说孩子是"从母亲肠子里生下来的"。宋代类书《太平御览》中引用了东汉学者应劭所著《风俗通义》中的一段佚文:

> 俗说:天地开辟,未有人民,女娲抟黄土作人,剧务力不暇供,乃引絙于泥中,举以为人。故富贵者黄土人也,贫贱者絙人也。

这里面还给富贵贫贱找了一套说辞:女娲用黄土捏出来的人,就是富贵者。女娲忙不过来了,就用绳子沾上泥,甩出来的泥点子也变成了人,这些就是贫贱者。

但你有没有注意到,这个故事中存在一个问题。所谓"抟黄土作人",这里的"抟"就是放在手里捏成团的意思。至于后面用绳子甩出的泥点子,自然也是圆形的。这些圆形的团团或者泥点子,怎么就变成有血有肉、形态立体的人了呢?

这个问题或可在考古学中寻找答案。

据民间传说,女娲炼石补天之处,就在陕西骊山之上,这可能源于古籍中关于女娲氏活动的记载。南宋郑樵的《通志》中说:

> 华胥生男子为伏羲,女子为女娲。

华胥氏的活动范围在今天骊山南麓的蓝田县境内,蓝田县西北侧还有个华胥镇。南宋罗泌的《路史》中则记载:

> (女娲氏)灭共工氏而迁之……治于中皇山之原,所谓女娲山也,继兴于骊。

这是说女娲氏消灭共工以后搬到了中皇山一带,中皇山位于今天河北邯郸西南部,属于太行山脉,又称"女娲山",山上有"娲皇宫"。女娲氏搬到了中皇山之后,继而又兴起于骊山一带。北宋学者宋敏求也在《长安志》中说"骊山有女娲氏治处"。

这些记载还得到了考古证据的支撑,1972—1979 年,考古学家在骊山北麓发掘了仰韶文化早期遗址:姜寨遗址。陕西历史博物馆保存着姜寨遗址的一件出土文物:鱼蛙纹彩陶盆。盆内可见对称的双鱼纹和蛙纹,作游泳状。

鱼蛙纹彩陶盆（姜寨遗址出土）

考古学家石兴邦据此指出，这个蛙纹是女娲氏的图腾，女娲氏是以蛙为图腾的母系氏族部落[1]。更有学者指出，"女娲"原先其实就是"女蛙"。民族学家何星亮就认为："娲即蛙当无疑义，而女与雌义同，所谓'女娲'，其实就是'雌蛙'。"[2]

为什么要把雌蛙当成神明来供奉呢？这其实是生殖崇拜的体现。雌蛙怀孕时腹鼓而多子，在母系社会，确实很适合作为女性生殖能力的象征。莫言有一部小说讲生育问题，书名就叫《蛙》。这样也就能解释前文提出的问题：女娲捏出的泥团团和甩出的泥点子为什么能变成人？

---

[1] 石兴邦：《女娲氏族探源》，《石兴邦考古论文集》，陕西师范大学出版社，2015年1月。
[2] 何星亮：《中国图腾文化》，中国社会科学出版社，1992年。

因为蛙卵就是圆球状。

女娲造人，本就是由雌蛙生子引申联想而来的神话。

这个观点也可以从民俗中获得支持。学者张自修经过调研发现，在陕西骊山周边，至今仍保留着女娲崇拜的习俗。每年正月二十日在当地被称为"补天补地节"，又称"女王节"，一些上了年岁的老人甚至直接说是"女娲生日"。在这一天，人们要制作烙饼和蒸饼，由家里的女主人抛向屋顶，象征"补天"；再把饼放在地上或者扔到井里，象征"补地"。这一地区还流行一种习俗，就是农历五月过"端阳节"，俗称为"女儿节"或"女娃节"，后者很可能原本其实是"女娲节"。在农历五月初一至初五，娘家要向已出嫁的女儿"送裹肚儿"，也就是肚兜，肚兜上最常见的图案就是青蛙（或蛤蟆），这自然也是在祝福女儿多子多福[1]。

这些民俗综合起来看，似乎都在向我们暗示历史的真相：女娲原本就是一只雌蛙。

其实，在前些年大火的国产动画电影《哪吒之魔童降世》中，李靖带着怀孕的殷夫人去庙里祭拜，希望早点生下孩子，性如烈火的殷夫人还对着神像怒骂："再生不出来就砸了你这破庙！"那尊挨骂的神其实就是女娲娘娘，因为她代表生育。制作团队是花了心思的。不过这里有一处细节：动画中的女娲娘娘塑像，是人首蛇身的造型。

---

[1] 张自修：《骊山女娲风俗及其渊源》，中国民间文艺研究会陕西分会编印，《陕西民俗学研究资料》第1集，1982年。

可能有读者会问：女娲本来不就是人首蛇身吗？怎么会是青蛙呢？在很多影视剧比如《仙剑奇侠传》中，女娲及其后人都是这个造型啊。

青蛙女神女娲为什么变成人首蛇身，这个历来争议不断。

这里细说一个我认为比较靠谱的原因：这是女娲和伏羲变成"配偶神"以后的结果。

大家可能很熟悉这样一个说法：伏羲和女娲在天上本是兄妹，到地上结为夫妻，从此生息繁衍。但其实在关于女娲的早期记载里面，她都是一位我行我素的独立女神。到了战国时期，伏羲和女娲是夫妻的说法才开始出现。"长沙子弹库楚帛书"被考证为战国时期楚国的文物，记录了上古时期的神话，其中有以下几句："曰故（古）有□雹戯……乃取（娶）□□子之子，曰女填，是生子四。"[①]

对"雹戯"的解释有多种不同的意见，我个人比较倾向于金祥恒的意见："雹戯"读音与"庖牺"近似[②]，而"庖牺"是对伏羲的另一种称呼。西晋皇甫谧在《帝王世纪》中说："取牺牲以充庖厨，故号庖牺氏，是为牺皇，后世音谬，故谓之伏牺（羲）。"而后文的"女填"，严一萍等学者则认为，指的就是

[①] 关于"长沙子弹库楚帛书"文字的解读，历来众说纷纭，这里把有争议的字眼作缺字处理，保留争议相对较少的字眼。
[②] 具体请见金祥恒：《楚缯书"雹戯"解》，《中国文字》第二十八册，台湾大学文学院中国文学系。

女娲[①]。伏羲娶了女娲，还生了四个孩子。楚帛书虽然文字晦涩、年代久远，但仍然能隐隐看出伏羲女娲神话的痕迹。

汉代以后，文献中伏羲女娲并称的痕迹就比较明显了。比如《淮南子·览冥训》中说："伏戏（羲）、女娲不设法度，而以至德遗于后世。何则？至虚无纯一，而不喋喋苟事也。"这段话的内容也很有意思：伏羲和女娲没创造什么法度，为什么可以给后世留下德？因为他俩最为"虚无纯一"，也就是近于老子说的"道"，不去纠结那些鸡毛蒜皮的破事。东汉的《风俗通义》里则认为他俩是兄妹关系："女娲，伏希（羲）之妹。"

到了唐代，伏羲和女娲更多以夫妻形象出现。比如，唐人卢仝的《与马异结交诗》中就有这么几句："女娲本是伏羲妇，恐天怒，捣炼五色石，引日月之针，五星之缕把天补。"同时，调和兄妹与夫妻这两种说法的文献也开始出现。唐人李冗的《独异志》中说：

> 昔宇宙初开之时，只有（伏羲与）女娲兄妹二人，在昆仑山，而天下未有人民。议以为夫妻，又自羞耻。兄即与其妹上昆仑山，咒曰："天若遣我兄妹二人为夫妻，而烟悉合，若不，使烟散。"于烟即合，其妹即来就兄。

[①] 严一萍：《楚缯书新考》，《甲骨古文字研究》第三辑，艺文印书馆，1990年。

这一段里，伏羲、女娲兄妹二人为了决定是否结为夫妻，还要拿昆仑山上的烟云来赌咒发誓。

说了半天，这位伏羲又是什么来历呢？

《周易·系辞下》当中对伏羲做了这样的介绍：

> 古者包牺氏（伏羲）之王天下也，仰则观象于天，俯则观法于地，观鸟兽之文，与地之宜，近取诸身，远取诸物，于是始作八卦，以通神明之德，以类万物之情。作结绳而为罔罟，以佃以渔，盖取诸离。

这一段中伏羲的生平事迹包括：始作八卦、结绳织网等等，与今人对伏羲的印象差不多。那伏羲的外表是什么样呢？《列子·黄帝》中说："庖牺（伏羲）氏……蛇身人面，牛首虎鼻。"《帝王世纪》中说得更简洁："（伏羲）蛇身人首。"为什么伏羲会是这样的造型呢？这与传说中他是雷神之子有关。《山海经·海内东经》中说："雷泽中有雷神，龙身而人头。"晋人郭璞在注释这句时引用了《河图》里的说法："大迹在雷泽，华胥履之而生伏羲。"意思是雷泽里有一个巨大的脚印（应该就是雷神的），华胥氏踩上去就怀孕了，生下了伏羲。这是一个典型的感应受孕的故事，周部族的始祖后稷（弃）在传说中也是这么被母亲姜嫄生下来的。

既然伏羲是母亲与雷神感应而生，自然也就承袭了雷神的造型"龙身而人头"，龙身与蛇身本就相近。其实，这个故事隐隐透露出伏羲真实的身世：他可能来自"雷泽"附近的部族，雷泽中可能栖息着鳄鱼和巨蟒之类的生物，受到这个部族的崇拜，伏羲也因此被传为"蛇身"或"龙身"。

说回我们的女娲娘娘。本来与伏羲并无关系的女娲，可能因为与伏羲同属上古大神，被强行与伏羲撮合成了夫妻。这里很可能还隐藏着一个幽暗的背景：父系社会时代到来以后，人们不能容忍一位独立的女性神，而必须把她变成一位男性神的妻子。

总之，女娲和伏羲成婚，也就出嫁随夫，连外形都变成了和伏羲一样的人头蛇身。汉代以后的文物中，经常可以见到这对夫妻交缠在一起的场景。比如上面这幅《伏羲女娲图》，现藏于新疆维吾尔自治区博物馆。

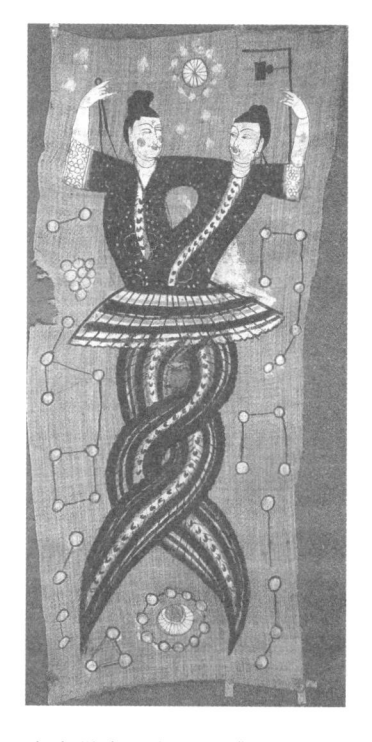

唐代绢本设色画作《伏羲女娲图》，1965年新疆阿斯塔那出土

这就是青蛙女神女娲被迫变成蛇身女神女娲的故事。

回到开头的问题：女神女娲为什么要使唤女妖精？这个问题的答案其实也和女娲的遭遇有关。在男权社会，女性神尤其是女性创世神的地位总是比较尴尬。掌握政治权力的男人们，不愿意承认人类是由一位女性创造的，所以女娲很少受到官方的正式祭祀，儒家士大夫甚至还拼命否认祭祀女娲的正当性，比如东汉的王充就在《论衡》中说：

> 雨不霁，祭女娲，于礼何见？伏羲、女娲，俱圣者也，舍伏羲而祭女娲，《春秋》不言。董仲舒之议，其故何哉？
> ……
> 俗图画女娲之象，为妇人之形，又其号曰"女"。仲舒之意，殆谓女娲古妇人帝王者也。男阳而女阴，阴气为害，故祭女娲求福佑也。

这段话估计会让现代女性气炸了肺。当时有一种民间习俗：在雨水过量不肯停歇时祭祀女娲。王充认为这在儒家祭礼中并无根据，甚至断言民间不去祭祀男神伏羲，却去祭祀女神女娲，是因为女人阴气重，这个阴气导致了阴雨连绵，老百姓才要祭女娲。这里女娲已经不是伟大博爱的造物主，而是妖气冲天的凶煞了。

清朝学者赵翼更过分，甚至声称女娲其实是男人，他在《陔余丛考》中专门写了一篇叫《女娲或以为妇人》，里面有这么几句：

> 女娲，古帝王之圣者，古无文字，但以音呼，后人因音而传以字，适得此"女娲"二字，初非以其为妇人而加此号也。

意思是说，女娲只是名字听上去刚好是"女娲"这两个字的音，并不是真的就是女人——这完全是无视历代文献资料的胡扯了。

女娲作为一位创造人类，还为呵护人类而炼石补天的女神，在男权社会却不能获得应有的地位，反而被极力否认甚至丑化。所以在《封神演义》中，她手下也没有神仙部属可供调派，而只能去召唤妖精。《仙剑奇侠传》中，赵灵儿作为女娲后人，舍身拯救人类，却被人类误会是妖精，这像极了女娲娘娘自身的命运。

最后我要再次为女娲正名：纵然被强行"嫁"给一个原本并无瓜葛的男人，在无情的岁月中改变了自身的面貌，甚至被迫面对无理的指责与误解，女娲仍然是华夏族群伟大的母亲。

⑩ 元始天尊：
他和盘古是什么关系？

在《封神演义》中，元始天尊的存在感很强。他是阐教的掌教（不过头上还有一位需要经常请示的大师兄老子），而命令姜子牙下山主持封神大计的也是他。第九十九回姜子牙当众念诵《封神榜》，每封一神都要毕恭毕敬地先加一句："今奉太上元始敕命"，给足了师尊面子。

这位元始天尊究竟是何方神圣？他所执掌的阐教又是什么来历呢？

元始天尊的身份还是比较清晰的，毕竟他就是道教尊奉的"三清"之一。所谓"三清"，指的是玉清元始天尊、上清灵宝天尊、太清道德天尊（也就是我们熟悉的"太上老君"），他们是道教神仙体系中的创世神，相当于基督教说的上帝。创世神为什么需要三位呢？主要有两种说法：第一种说法是至高天即"大罗天"生出始气、元气、初气三气，分别化作玉清境、上清境、太清境，分别由元始天尊、灵宝天尊和道德天尊执掌。第二种说法是天地开辟经历了洪元、混元和太初三个阶段：洪元就是天地未分，清浊未判，对应的是元始天尊；混元就是从洪元中分出了阴阳二气，阴阳相互作用，开始孕育天地，这对应的是灵宝天尊；太初就是阴阳二气最终形成天地，世界初步开辟，这对应的是道德天尊，也就是太上老君。这个用《道德经》里的话，就叫"道生一，一生二，二生三，三生万物"。所以，道教的"三清"，对应的其实就是道孕育天地的过程。

这些道教知识对于大多数读者而言可能价值不大，这里不再展开细讲。我们只需要知道，元始天尊生于混沌之先，本是元气之始，所以名为"元始"，他其实就是道教尊奉的最早的创世神，也是"道"的象征。

这样一位创世神，在中国神话谱系中出现的时间却很晚。最早出现"元始天尊"名号的是南北朝时期南梁陶弘景的《真灵位业图》，这本书是神仙世界的组织架构图，把神仙分成七个等级，其中第一等的主位就是元始天尊。不过，这个"元始天尊"的称号也可能来自先前已有的"元始天王"。东晋道士葛洪在著作《枕中书》中写了这么一段话：

> 昔二仪未分，溟涬鸿蒙，未有成形。天地日月未具，状如鸡子，混沌元黄。已有盘古真人，天地之精，自号元始天王，游乎其中。

这里有一个关键信息："元始天王"原本是"盘古真人"。这个盘古真人早在宇宙还像一个鸡蛋那样混沌未分的时候就已经"游乎其中"，和我们熟悉的"盘古开天辟地"的故事非常相似。

难道元始天尊就是盘古？

我们来梳理一下，盘古又是何方神圣。我们印象中的盘古是开天辟地的大神，但盘古的相关记载其实直到三国时期才出现。三国吴人徐整创作的《三五历记》中说：

> 天地浑沌如鸡子，盘古生其中。万八千岁，天地开辟，阳清为天，阴浊为地。盘古在其中，一日九变。神于天，圣于地。天日高一丈，地日厚一丈，盘古日长一丈。如此万八千岁，天数极高，地数极深，盘古极长。

这里对盘古的描述和葛洪《枕中书》的说法差不多，只是多了盘古和天地共同生长的细节。南北朝时期著作《述异记》中又有如下记载：

> 昔盘古氏之死也，头为四岳，目为日月，脂膏为江海，毛发为草木……盘古氏，天地万物之祖也。然则生物始于盘古。

这个说法就和我们熟悉的盘古神话基本对上了。在中国神话与民俗研究中有一个耐人寻味的话题：盘古究竟是谁？为什么在三国以前的文献中杳无踪迹，到了三国两晋南北朝时期，关于他的传说就接二连三地冒了出来？答案众说纷纭，这里我列举一种主流观点："盘古"可能吸收了南方少数民族神话中的"槃瓠"故事。清末民初历史学者夏曾佑曾说："今案盘古之名，古籍不见，疑非汉族旧有之说。或盘古、槃瓠音近，槃瓠为南蛮之祖。"[1]瑶族和苗族等民族有祭祀"盘瓠"或"盘王"的习俗，据东汉《风俗通义》等著作记载，盘瓠本为高辛氏的神犬，因征战犬戎部落有功，娶高辛氏的小女儿为妻，从此子孙绵延繁衍。《三五历记》的作者徐整是三国时吴国人，瑶族和苗族先民居住的湘西一带属于吴国治下的荆州管辖，徐整可能吸收了这些民族的神话，与汉族神话相结合，写下了"盘古"的神话。这一神话可能进而启示了南北朝时期东晋的葛洪，将盘古进一步加工为创世神"元始天王"，这又在陶弘景的《真灵位业图》中被定型为"元始天尊"。所以，元始天尊和盘古其实说起来还真可能有点关系。

在《封神演义》中，元始天尊执掌阐教，这个阐教的原型是什么？其实相对于多少有些让人费解的截教，阐教的原型是很明确的，就是道教。"阐"就是"阐发，阐述"。"道"需要有人来"阐"，"阐"的对象也就是"道"。而且，明朝还有一位道士，很可能就是"阐教"的灵感来源。

这位道士名叫邵元节，是明朝中期江西龙虎山上清宫达观院的道士。嘉靖三年（1524年），他被信道的嘉靖皇帝朱厚熜征召入京，很受赏识。后来邵元节在京城求雨灵验，于是又在嘉靖五年被封为"清微妙济守静修真凝元衍范志默秉诚致一真人"，总领道教。更离谱的还在后面，到了嘉靖六年，朱厚熜对邵元节越发宠信，赠邵元节的父亲"太常丞"的职位，并给他的子孙加授

---

[1] 夏曾佑：《中国古代史》，中国文史出版社，2015年。

官职，甚至对其曾孙都授予了"太常博士"的头衔。一家五代都获封赠，这在中国历史上都是罕见的。嘉靖十五年，邵元节从龙虎山还朝，嘉靖皇帝又对其赐新蟒服，以及一枚玉印，上面赫然有"阐教辅国"四个大字。

其实，道士获得的朝廷表彰称号中有一个"阐"字，并非只有邵元节一例。龙虎山第四十三代天师张宇初就曾在明朝洪武十三年（1380年）被朱元璋敕命为"正一嗣教道合无为阐祖光范大真人"。《封神演义》的作者熟悉道教文化，甚至很可能自己本就是一位道士，受此启发用"阐教"二字影射道教，这个在逻辑上很通顺。更何况，阐教的教主就是道教"三清"之首元始天尊，而元始天尊还有一位需要时时请示的师兄，名叫"老子"，他曾经骑着青牛，踩着太极图，不紧不慢地走进截教的"诛仙阵"。这分明就是道家思想的创始人老聃，同时也是道教尊奉的"道祖"（这属于追认，组织化的道教在东汉才出现）。

老子和元始天尊共同守卫的阐教，如果不是道教，还能是什么呢？关于元始天尊与阐教的来历，就说到这里。

⑪

通天教主：
"截教"的"截"到底是什么意思？

在整部《封神演义》中，掌管截教的通天教主可能是最神秘的角色了。在《封神演义》之前的所有文献中，都不见有通天教主这个人物存在。换句话说，通天教主完全是《封神演义》作者创造出来的人物。而且，这个人物的地位很高，分量很重。整部《封神演义》的主要矛盾，除了商周两军的矛盾，就是阐截两教的矛盾。通天教主和老子、元始天尊都是鸿钧道人的弟子，但师尊鸿钧道人最宠爱通天教主，赐给他大量法宝，而且在通天教主被老子和元始天尊联合西方教打败以后，鸿钧道人还及时出现，带走通天教主保护起来。截教门人随便拿几个出来，也都是响当当的人物。殷商的顶梁柱、连纣王都很惧怕的太师闻仲，在截教中也只是个三代弟子。

这就产生了一堆谜团：截教到底是什么组织？这个"截"字到底是什么意思？《封神演义》作者为何煞费心思地创造出这样一个组织，以及"通天教主"这样一个角色？他的用意到底为何？

围绕这些问题有不少猜测，有人说阐教和截教分别代表道教内部的全真和正一两派，还有人说通天教主的原型其实是孔子，因为截教弟子很多都不是人类，而是被毛戴角的飞禽走兽，这个就叫"有教无类"，符合孔子的教育思想。这些猜测各有其依据，不过都不足以与《封神演义》一书宏大的格局相配。其实鲁迅先生对于"截教"一词早有过讨论：

> 我以为这"阐"是明的意思，"阐教"就是正教；"截"是断的意思，"截教"或者就是佛教中所谓断见外道。——总之是受了三教同源的影响，以三教为神，以别教为魔罢了。（《中国小说的历史的变迁》）

鲁迅这里说"截教"即佛教中所谓"断见外道"，这是一个佛教流派，是外道六宗之一。"断见"是指人死后断灭，无轮回亦无因果，再没有下辈子了，所以这辈子要及时行乐，佛教认为这种思想不对，所以是"外道"。

我赞同鲁迅的看法，"截教"就是"外道"，但要证明这一点，并不需要借用佛教术语。"截"和"捷"读音相近，"捷"就有旁出、斜出、抄近道的意思，即所谓"捷径"。在某些古籍中，"截"与"捷"也会通假混用。如《国语·晋语五》中有这么一段：

> 梁山崩，以传召伯宗，遇大车当道而覆，立而辟之，曰："避传。"对曰："传为速也，若俟吾避，则加迟矣，不如捷而行。"

这一段中的"不如捷而行",在某些版本中也写作"不如截而行"。三国吴人韦昭在这里注解:"旁出为捷(截)。"这段话说了这么一个故事:梁山发生山崩,晋景公用驿车召见伯宗,伯宗在路上遇见一辆载重的大车翻车了,挡住了去路。伯宗站到路边给大车让路,大车车夫说:驿车求的是速度快,你与其等我这辆大车慢慢把路给你让开,还不如去走旁边的小路来得快。

所以,"截"本就可以指"旁出"之意,"截教"就是正道眼中的旁门左道。那么,《封神演义》中的截教具体是指怎样的旁门左道呢?其实它指的就是华夏大地上曾经广泛存在的各种原始信仰,比所有宗教都来得更为古老。

华夏族群是上古时期的各种部落融合而成的,各部落都有各自的图腾崇拜,我们今天熟悉的龙、凤、龟等珍禽瑞兽,原本都是上古时期的部落图腾。除了图腾崇拜,民间还广泛存在着各种原始的自然物崇拜:拜火、拜雷电、拜草木、拜石头。人类与信仰世界进行沟通的主要媒介是巫术,负责巫术的就是巫师。其实"巫"这个字原本特指女巫,男巫叫"觋"(读作"席")。巫术和巫师,至今仍在民间的某些边缘文化中以"跳大神"的形式出现。

我们仔细审视通天教主的截教,可以发现它和原始信仰存在惊人的相似性。首先,原始信仰五花八门,数目繁多。方圆五十里地,就可能东边拜青蛙,西边拜桃花,南边拜小尾羊,北边拜黄鼠狼。而截教的一大特点就是弟子众多,通天教主曾经集结弟子,摆下"万仙阵",这个"万仙"相比于阐教二代弟子即

"十二上仙",可谓超豪华阵容了。

其次,原始信仰的对象都是各种自然物,而截教的仙人们大多是被毛戴角的飞禽走兽,常被阐教讥笑不是正道。比如,通天教主亲传的龟灵圣母,原形是一只万载灵龟。通天教主随侍七仙之首乌云仙,原形是金须鳌鱼。随侍七仙之中的虬首仙,原形是青狮;灵牙仙,原形是白象;金光仙,原形是金毛犼;长耳定光仙,原形是一只长耳兔,可能是民间崇拜的"兔儿爷"。截教外门弟子中的石矶娘娘,虽然法力平平,但因为和哪吒结下了梁子,知名度倒是不低。石矶娘娘的原形是一块石头,中国人的石头崇拜可谓由来已久。传说女娲曾经炼五色石补天,石头因此具备了创世的意义。同时,民间还流传大禹的妻子涂山氏因盼望丈夫而化为"望夫石"的传说,这块石头至今还屹立在安徽省怀远县涂山山崖之上,又被称为"启母石",因为涂山氏生育了大禹的儿子夏启。有趣的是,大禹和夏启父子又都被传是从石头里蹦出来的,《淮南子·修务训》:"禹生于石。"《汉书·武帝纪》颜师古注引《淮南子》的说法:"石破北方而启生。"可见,石头生子是中国古代又一个经典故事原型,石头拥有孕育生命的神圣力量,由此我们更可以理解孙悟空的身世了。从这些例子中可以看出,民间崇拜石头的现象并不罕见。石矶娘娘的原型正是民间的石头崇拜。截教这些被毛戴角、湿生卵生的弟子不称"妖"而称"仙",这也并不奇怪,原始信仰当然不会用"妖"这样的字眼去亵渎神灵。在东北的民间习俗中,就把"狐黄白柳灰"(狐狸、黄鼠狼、刺猬、蛇、老鼠)称为"五仙"。

这就又产生了一个问题：截教对应原始信仰，那为什么截教教主的名号是"通天"呢？其实，只要结合原始信仰这个文化背景，就不难联想到中国史书记载中的一个重大事件——绝地天通。

在《国语·楚语》中，记录了楚昭王和大夫观射父之间的一段对话。楚昭王问：《周书》里说的绝地天通是怎么一回事啊？观射父的这段回答正是对绝地天通的概括：

> 及少皞之衰也，九黎乱德，民神杂糅，不可方物。夫人作享，家为巫史，无有要质。民匮于祀，而不知其福。烝享无度，民神同位。民渎齐盟，无有严威。神狎民则，不蠲其为。嘉生不降，无物以享。祸灾荐臻，莫尽其气。颛顼受之，乃命南正重司天以属神，命火正黎司地以属民，使复旧常，无相侵渎，是谓绝地天通。

这段话是在说：在少皞氏衰落的时候，九黎族扰乱道德，人民和神灵混杂在一起，难以分辨。人人都举行祭祀，家家都有巫婆神汉，毫无真诚可言。百姓因为祭祀变得穷困，得不到赐福。祭祀毫无节制，人民和神灵地位同等。百姓轻慢盟誓，对神毫无敬畏。神灵也轻视百姓的礼法，认为人类的行为不洁。庄稼收成不受神灵降福，因此没有食物来献祭。祸乱灾害频频到来，节气运行也一齐混乱。这时颛顼临危受命，命令南正重主管上天众神的事务，命令火正黎主管地上民众的事务，使神与人分离，恢复原来的秩序，不再互相轻慢，这就是"绝地天通"。

观射父这里说的"人人都举行祭祀,家家都有巫婆神汉",指的就是民间的原始信仰。颛顼帝的"绝地天通",其实就是将神权集中到统治者手中,不允许民众随意行使神权。这样做的根本原因是神权的分裂将导致政权的分裂,老百姓相信巫婆神汉,就可能不服从统治者的管理。

既然颛顼帝把禁止巫术祭祀称为"绝地天通",那么代表人类与神灵沟通的巫术祭祀自然就是"通天",统领一切巫术祭祀的,自然就是"通天教主"。所以,通天教主其实就是原始信仰的最高领袖,手下的弟子都被毛戴角,也就不足为怪了。值得一提的是,《封神演义》的作者并未因此就高抬阐教,蔑视截教。小说里有一句"一道传三友,二教阐截分"。"三友"指的就是老子、元始天尊、通天教主,"二教阐截分",也并无高低之别。在小说里,阐教有时反而是不讲道理的那一方。

比如,阐教弟子哪吒在家用乾坤弓和震天箭毫无理由地射死了截教石矶娘娘的弟子碧云童子,后来还用乾坤圈把彩云童子打成重伤,这个到哪里去说,也是哪吒这个熊孩子无理,甚至该进少管所。石矶娘娘找哪吒的师父太乙真人说理,太乙真人居然说了这么一番"道理":

> 哪吒乃灵珠子下世,辅姜子牙而灭成汤,奉的是元始掌教符命。就伤了你的徒弟,乃是天数。(《封神演义》第十三回)

你看这说的是人话吗?打死了人还说这是"天数",说这个人本来就该死。也难怪石矶娘娘大怒:"道同一理,怎见高低?"阐截二教都是因道而生,凭什么你阐教打死我截教的人就说是"天数"?

《封神演义》所谓"一道传三友,二教阐截分",意指民间信仰和道教本是同源,这是一种很高明的见解。民间信仰本身在持续演化,从崇拜自然物上升到崇拜人格神,道教也对民间信仰持续跟进并加以整理,很多道教神祇都来自民间信仰。比如著名的"北元君,南妈祖",北元君就是碧霞元君,本是泰安一带民间祭祀的"泰山奶奶",是泰山信仰的人格化。南妈祖自不必多说,民间相传妈祖名叫林默,一般称为林默娘。《仙溪志·卷三·三妃庙》记载:"本湄洲林氏女,为巫,能知人祸福,殁而人祠之。"可见妈祖的起源也是巫术祭祀,吸收了很多民间传说,最后定型为"福建人不在妈祖面前说谎"的虔诚信仰,官方和道教也在东南沿海各地立"天后宫"为其供奉香火。

在《封神演义》中,截教通天教主更受师尊鸿钧道人的宠爱,这其实也是有原因的。下一节就来讲这个问题。

12

鸿钧道人：
为什么他比元始天尊还厉害？

《封神演义》充满了今日网络小说的气息，所以读者往往热衷于讨论其中人物的"战力"。小说中战力最强者非鸿钧老祖莫属，毕竟像元始天尊和通天教主这样的人物，看到师尊鸿钧老祖驾到，也是齐齐跪下，大气都不敢出。

其实"鸿钧老祖"是读者们对他约定俗成的称呼，小说一般把他称为"鸿钧道人"。小说第八十四回写鸿钧道人出场："（通天教主）正与众散仙商议，忽见正南上祥云万道，瑞气千条，异香袭袭，见一道者，手执竹杖而来。"这样一位排面十足的鸿钧道人，到底是何方神圣？

鸿钧道人也是《封神演义》作者创造的人物，在此之前并无出典。但"鸿钧"二字，却是由来已久。比如唐朝有一首佚名的《郊庙歌辞·周朝飨乐章·康顺》，开头就是"鸿钧广运，嘉节良辰"，这里的"广运"就是"广远"，广阔辽远。什么东西广阔辽远呢？鸿钧，也就是上天。为什么鸿钧是上天呢？鸿钧的这个"鸿"字，就是"大"的意思。有个词叫"鸿篇巨制"，其中

"鸿"和"巨"一样，都是大的意思。那什么是"钧"呢？《史记集解》引《汉书音义》说："陶家名模下圆转者为钧，以其能制器为大小，比之于天。"大家如果有做陶器的体验，应该会注意到做陶器的机器下面有一个大轮子在不停地转动，带动上面的陶坯跟着转动，确保陶土能涂抹均匀，这个大轮子就叫"钧"。所以"鸿钧"就是大轮子。为什么上天是大轮子呢？古人虽然不知道地球是一个自转的球体，但凭借直观感受也能感觉到，天幕在头顶上不断转动，就像个大轮子一样，群星也跟着天幕一起不断改变方位。比如北斗七星的斗柄朝向，一年四季都不一样。先秦著作《鹖冠子》中就说："斗柄东指，天下皆春；斗柄南指，天下皆夏；斗柄西指，天下皆秋；斗柄北指，天下皆冬。"人类"坐地日行八万里，巡天遥看一千河"，目中所见的上天，自然也就如陶钧一般，转动不停。

所以，鸿钧道人其实就是上天的象征。《封神演义》里说"玄门都领秀，一气化鸿钧"，后半句很值得玩味，这是小说作者自创的说法。"一气"指的是大道生发的混沌元气，也就是道教所谓的"先天之炁"，用现代哲学话语来说，就是万物本原，宇宙本体。这"一气"最先化成了鸿钧，可见鸿钧道人就是宇宙之初的创世神。问题来了，道教本来已有"元始天尊"这样一位创世神，而且元始天尊在《封神演义》里明明就出现了，为什么还要生造一位鸿钧道人呢？

其中大有讲究。相对于道教将元始天尊奉为三清之首，《封神演义》对元始天尊其实做了降格处理。所谓"一道传三友，二教阐截分"，元始天尊只是和师兄老子、师弟通天教主共同领受了"道",同时这个"道"还分为阐截两教。这里其实体现了作者的格局和胸怀:道教其实来源于民间祭祀,后者同样是对"道"的演绎,不能让道教专美于前。既然道教和民间祭祀地位同等,元始天尊就被从创世神地位上拉了下来,而与统领民间祭祀的通天教主并列。于是,就需要有一位新的神祇来代表"天道",担任新的创世神角色。《封神演义》中倒是提到了昊天上帝,但那是儒家的上帝,作者可能并不想借用,所以借用"鸿钧"一词,造出了"鸿钧道人"这样一个角色。

上一节我们说过,鸿钧道人对通天教主其实有所偏爱。在《封神演义》第八十四回中鸿钧道人这次出场,也是他在全书中的唯一一次出场,原因是通天教主的截教已经在万仙阵中被阐教杀得七零八落,连通天教主自己也危在旦夕,所以鸿钧道人说:"我若不来,彼此报复,何日是了?我特来大发慈悲,与你等解释冤愆,各掌教宗,毋得生事。"翻译一下就是:"我再不来,你小子就要被他们灭了,所以我赶紧下来保你小子。"等见到了老子和元始天尊,鸿钧道人就命令三个弟子"从此各修宗教",不许再打架,还拿出三颗丹药,命令他俩和通天教主一起服下,说他们要是违背诺言,改了主意,这丹药毒性发作,立刻就死。这看似不偏不倚,其实还是在偏袒通天教主,因为通天教主当时根本无还手之力,丹药约束的其实是老子和元始天尊,让他俩不要对通天教主斩草除根。事情办完了,鸿钧道人就赶紧带上通天教主,驾祥云而去,像极了赶紧把在外闯祸的熊孩子带回家的家长。

鸿钧道人为什么如此偏袒通天教主?从文化史角度来解释,

通天教主代表的民间原始信仰产生时间更早,更能代表万民百姓对于"道"的自发领悟。既然"鸿钧"就是天,原始信仰的宗旨便是"通天"。而道教等宗教拥有了更严密的组织,也就会产生组织的自身利益,距离"道"是更远还是更近,就见仁见智了。哲学学者李天纲指出,中国宗教主要是"做的宗教",不是"讲的宗教"。"讲"是讲道理,就是教义;"做"是做祭祀,就是仪式。一般来讲,士大夫喜欢讲道理,老百姓认真做祭祀。普通中国人的宗教生活是祭祀,而不是讲学。不管什么宗教信仰,最后都要落实在民间祭祀上。儒释道三教合流,也是合在民间祭祀上。[1]所以,民间祭祀是中国信仰世界的根本。我在第一节就说过,《封神演义》志在编纂一份老百姓自己的神谱,对于民间祭祀自然也会抱有一份同情的理解。在小说中,阐教联合西方教,在万仙阵中把截教弟子杀得七零八落,这其实是在暗喻道教联合佛教,挤压民间信仰的生存空间。

这种"挤压"一般并不是明火执仗地喊打喊杀,而是悄无声息地吸收和同化。比如,在东晋时期葛洪的《神仙传》中,记载过汉朝人茅盈修行成仙的故事。茅盈的道场位于江南句曲山,因此句曲山又被时人称为"茅山"。茅盈得道以后,又度化两位弟弟茅固和茅衷一同修道。后来,茅盈被太上老君封为"太元真人东岳上卿司命真君",茅固被封为"定录君",茅衷被封为"保命君",合称"三茅君"。这些本来都是民间传说,但三茅真君的故

---

[1] 李天纲:《金泽:江南民间祭祀探源》,生活·读书·新知三联书店,2017年。

事后来逐渐为道教所吸收。《正统道藏》中有《历世真仙体道通鉴》一书，其中也说："于是止于句容之句曲山……此山是金坛洞宫，周迴百五十里，名曰华阳之天。有三茅司命之府，故名曰茅山。"这就是道教吸收民间传说的典型案例。

佛教其实也在对中国民间信仰加以吸收。比如，关羽关老爷就成了佛教的护法伽蓝。《佛祖统记》记载，隋朝开皇十二年（592年），天台宗创始人智顗大师欲在荆州玉泉山修建弘法道场，入定时梦见关羽、关平父子前来拜访，同意相助他修建佛寺。智顗大师出关以后，居然真的见到玉泉山上新寺建成，"栋宇焕丽，巧夺人目"，于是他将此事报告给晋王杨广，杨广又报告给隋文帝杨坚，于是关羽就成了这座新寺的护法伽蓝。这后来又被其他佛寺模仿，从此关羽正式成了佛教的护法神。这个故事的真相多半是智顗要在玉泉山建寺，就搬出关老爷来增加说服力，同时也赢得了当地民众的好感，因为玉泉山据说是关公最早显灵的地方，《三国演义》第七十七回就讲了"玉泉山关公显圣"的故事，当地祭祀关公的香火不断。智顗懂得用关羽来给自己传教做背书，他是会搞统一战线的，不愧是大师。

《封神演义》用万仙阵一战，暗喻了佛道二教对民间信仰的挤压。在民间信仰即将被绞杀殆尽的当口，代表"天道"的鸿钧道人自然要伸出援手，维持平衡。毕竟民间信仰不仅是中国宗教的源头，也是中国宗教最终落到实处的根本。总之，《封神演义》作者既然对儒释道三教及民间信仰均抱宽容态度，那就必然需要将高于这些思想体系的"天道"加以人格化，这个人格化的成果就是"鸿钧道人"。

13

西方二圣：
"西方教"就是佛教吗？

《封神演义》里有个西方教，教主有两位：接引道人和准提道人，合称"西方二圣"。这两位的口头禅是："你与我西方有缘。"阐截两教有不少门人后来都投了西方教。西方二圣出现是帮助阐教破截教的诛仙阵，他俩初遇通天教主之际，准提道人自我介绍是"身出莲花清净台，三乘[①]妙典法门开"。你看这里，又是"莲花清净台"，又是"三乘妙典"，说明西方教分明以佛教为原型。虽然在小说中，作者暗示西方教是佛教的前身，但在现实中，《封神演义》作者其实是照着佛教的样子去写西方教的。

西方二圣之中，师兄是接引道人，原型就是佛教的阿弥陀佛，因为阿弥陀佛又称接引佛，负责接引众生前往西天极乐世界。佛寺里的阿弥陀佛像一般左手持莲花，因为极乐世界众生

---

① 三乘，佛家语，即小乘"声闻乘"，中乘"缘觉乘"，大乘"菩萨乘"，这是通往涅槃的三重法门。

并非胎生卵生，而是莲花化生（这就是哪吒由莲花化生的最初依据）。佛教有一支叫"净土宗"，修行方法最简单，只要坚持口念阿弥陀佛佛名，就可以往生西方极乐净土，因为阿弥陀佛的职责就是接引众生。所以大乘佛教有"横三世佛"之说：中央释迦牟尼佛、东方药师佛（所以《射雕英雄传》中"东邪"叫"黄药师"）、西方阿弥陀佛。西方世界是阿弥陀佛负责管理的。

有意思的是，《封神演义》里还给接引道人设计了几样法宝，也都有佛教出处。比如，他最厉害的法宝是十二品莲台，是西方教的镇教之宝，后来白莲童子放出蚊虫对付截教龟灵圣母的时候，不小心让蚊虫啃掉了三品，只剩下九品莲台。这个桥段其实有点无厘头的幽默色彩，因为佛教原本就有"九品莲台"之说，简称九莲。《西游记》中就有这么一段：

> 那大圣正是烦恼处，又遭此抢白，气得哮吼如雷，忍不住大呼小叫，早惊动如来。如来佛祖正端坐在九品宝莲台上，与十八尊轮世的阿罗汉讲经，即开口道："孙悟空来了，汝等出去接待接待。"（《西游记》第七十七回）

所以，《封神演义》说接引道人有十二品莲台，被蚊子咬掉三品，于是只剩九品，这简直是一种调侃。

西方二圣的另一位是准提道人，这一位比他的师兄更有知名度，因为有传言说他其实就是《西游记》中孙悟空的授业恩师菩

提祖师。这个传言说得神乎其神,起源无非是《封神演义》中准提道人的出场诗:

广法天尊答礼,口称:"道友何处来?有甚事见谕?"道人曰:"元来道兄认不得我。吾有一律,说出便知端的。诗曰:
大觉金仙不二时,西方妙法祖菩提。
不生不灭三三行,全气全神万万慈。
空寂自然随变化,真如本性任为之。
与天同寿庄严体,历劫明心大法师。……"(《封神演义》第六十一回)

这首诗,读过《西游记》的朋友应该会觉得眼熟,因为它和菩提祖师的出场诗除个别字眼外几乎一模一样:

这猴王整衣端肃,随童子径入洞天深处观看:一层层深阁琼楼,一进进珠宫贝阙,说不尽那静室幽居,直至瑶台之下。见那菩提祖师端坐在台上,两边有三十个小仙侍立台下。果然是:
大觉金仙没垢姿,西方妙相祖菩提。
不生不灭三三行,全气全神万万慈。
空寂自然随变化,真如本性任为之。
与天同寿庄严体,历劫明心大法师。(《西游记》第一回)

这两首出场诗除了第一句，其他部分一模一样。但这只能证明，《封神演义》借鉴了《西游记》（前者的成书时间比后者要晚），并不能证明准提道人和菩提祖师就是同一人。其实，准提道人有一位非常直接的原型：准提佛母。"准提"二字来自梵语"cundi"，意为"清净"。大乘佛教中观派创始人龙树菩萨有一首诗，就叫《准提菩萨赞》，前两句是"准提功德聚，寂静心常诵"。

《封神演义》作者在这里很讲究，在给准提道人设计法宝的时候，参考了准提佛母的特征，所以准提道人有一宝叫"六根清净竹"，曾经钓走乌云仙（原形是一条金须鳌鱼），放进西方八德池（佛经所谓"八功德水"）。"六根清净竹"这个名字，正好应了"准提"的本意。准提道人还有两个看家宝贝：一个是"加持神杵"，这其实就是密教所说的"金刚杵"，一般需要念咒加持；另一个叫"七宝妙树"，是准提道人以金、银、琉璃等七宝炼成。这里的七宝在佛教经典中说法不一，《法华经》以金、银、琉璃、砗磲、玛瑙、珍珠、玫瑰为七宝，《大阿弥陀经》以黄金、白银、水晶、琉璃、珊瑚、琥珀、砗磲为七宝，总之都很珍贵就是了。"七宝妙树"的用法是"刷"，号称"无物不刷"。比如，准提道人迎战孔宣之际，就说"准提道人把七宝妙树一刷，把孔宣的大杆刀刷在一边"。因为这个，后世的漆匠们把"七宝妙树"解为"漆宝妙树"，奉准提道人为漆匠行的祖师。

除了接引道人和准提道人，《封神演义》里还有大批原型来自佛教的神仙。阐教的文殊广法天尊、普贤真人和慈航道人，就来自佛教的文殊、普贤和观音三位菩萨，这个后面讲到阐教十二上仙时还会细说。阐教还有一位燃灯道人,虽然也尊元始天尊为教主,但地位超然于十二上仙之上,他的原型是佛教的燃灯佛。这不仅是名号相似,原著里还有不少暗示。"燃灯议破十绝阵"一回中说:

> 话说众人正议破阵主将,彼此推让,只见空中来了一位道人,跨鹿乘云,香风袭袭。怎见得他相貌稀奇,形容古怪?真是仙人班首,佛祖源流。(《封神演义》第四十五回)

这里明确点出"佛祖源流",说明燃灯道人原型就是燃灯佛,因为燃灯佛是佛教"纵三世佛"中的过去佛,据说他曾为释迦牟尼授记,预言他未来会成佛。《金刚经》中说:

> 以实无有法得阿耨多罗三藐三菩提,是故然(燃)灯佛与我授记,作是言:"汝于来世,当得作佛,号释迦牟尼。"

燃灯佛的名号源于佛教传说中他出生时四方皆明,如同灯光普照,《大智度论》卷九:"燃灯佛生时,一切身边如灯,故名燃灯太子,作佛亦名燃灯。"燃灯佛为何会为释迦牟尼授记呢?这个故事有不同版本,这里说其中一个。《修行本起经》中记载说,提和卫国的太子锭光受父亲托付国政,但无意于俗务,又将国政托付给弟弟,自己出家游历四方,后来成佛。所以燃灯佛又称

《燃灯佛授记释迦文图》，宋代绢本设色画作，现藏于辽宁省博物馆

锭光佛或定光佛，"锭"就是灯的意思。锭光佛一次在外游历，遇到一位修行的童子为他散花供奉，这位童子还解开长发，盖住地上的泥泞，让锭光佛的脚不会沾上污泥。锭光佛就为童子授予记号，说"你来世必当成佛"。这位童子来世就成了释迦牟尼。宋代有一幅佛教画叫《燃灯佛授记释迦文图》，画的就是这个故事。

既然燃灯佛为释迦牟尼授记，那么释迦牟尼在《封神演义》里出现过吗？很遗憾，《封神演义》借鉴了很多佛教人物，唯独没有以佛祖释迦牟尼为原型的人物。一些读者认为，通天教主的大弟子多宝道人原型就是释迦牟尼，理由是小说里有一句诗明示了他的身份：

广成子仗剑来取多宝道人。道人手中剑赴面交还。怎见得：

仙风阵阵滚尘沙，四剑忙迎影乱斜。一个是玉虚宫内真人辈，一个是截教门中根行差。一个是广成不老神仙体，一个是多宝西方拜释迦。二教只因逢杀运，诛仙阵上乱如麻。（《封神演义》第七十七回）

这里有"多宝西方拜释迦"一句，有人认为这个"拜"就是"拜受"或"拜领"的意思，类似"官拜宰相"中的"拜"。多宝道人后来去西方被拜为释迦牟尼佛，所以他就是释迦的前身。这个说法其实是理解错误了，"拜"字在这里就是"拜见"的意思，多宝道人在佛教中有非常明确的原型，就是《法华经》中的东方宝净世界教主多宝佛。《法华经》卷四《见宝塔品》中说他曾立誓在成佛灭度之后，十方世界但凡有讲解《法华经》者，他必定自地面涌现于前，以证明《法华经》的真义。后来释迦牟尼在讲《法华经》时，地上宝塔涌现，耸立在空中，多宝佛端坐塔内，并留半座给释迦牟尼，表示释迦牟尼所讲确实是《法华经》真义。《封神演义》里的"多宝西方拜释迦"，指的其实就是这个故事。

不过，《封神演义》里燃灯道人确实收了徒弟，除了收李靖，还收了一位羽翼仙，原形是一只大鹏金翅雕，来自蓬莱岛，曾经受申公豹挑唆，去跟姜子牙作对，欲将西岐化为渤海，但被姜子牙作法挡住。后来元始天尊又亲自用琉璃瓶中三光神水护住西岐，羽翼仙不敌败走，飞到了灵鹫山上，肚子饿了。燃灯道人追踪羽翼仙，引诱羽翼仙吞下自己的一百零八颗念珠化作的点心，导致它腹痛难忍，于是将它擒拿，并收归座下。

这个羽翼仙其实也是大家的老相识，在《西游记》里就是狮驼岭三妖中的老三——大鹏金翅雕。"大鹏金翅雕"其实是个不伦不类的称呼，到底是鹏还是雕？它其实出自印度教和佛教传说中的"大鹏金翅鸟"，也就是"天龙八部"之一的迦楼罗。据说迦楼罗食量甚大，每天要吃一条龙王和五百条小龙（这里的"龙"指的都是"那伽"，传说中一种头上长角的大蛇），因此体内积蓄毒气，最后毒气发作，飞到金刚山上自焚而死。《封神演义》里羽翼仙吃念珠腹痛被擒的故事，显然是化用了这个典故。

以上几位阐教仙人，最后大多投了西方教，暗示他们后来都成了佛教的佛菩萨。截教仙人中，从佛教取材的就更多。比如《封神演义》第八十三回，阐教一次性就收服了截教的虬首仙、灵牙仙和金光仙，三仙露出本相，分别是青狮、白象和金毛犼。而且收服他们的分别是文殊广法天尊、普贤真人和慈航道人，这分明是在说佛教的文殊、普贤、观音三位菩萨和他们的坐骑。截教还有一位"长耳定光仙"，本是通天教主弟子，却仰慕阐教，将关键法宝"六魂幡"献给了阐教，作为投名状，导致截教最终败下阵来。这位看似不起眼的截教叛徒"长耳定光仙"，内涵却很复杂，对民间文化影响也很大。

"长耳定光仙"身上结合了好几个形象。"定光"的原始出处就是前面说的燃灯佛，又叫锭光佛，"锭"指的是灯，后来又被传为"定"。在佛教逐渐中国化的过程中，中国民间又产生了好几个"定光佛化身"的传说。《封神演义》参考的应该是《宋高僧传》当中记载的僧人行修,相传是定光佛化身,有降服猛兽等神迹,他有一个外号就叫"长耳和尚"。有意思的是,《封神演义》里并没有说长耳定光仙原形是动物,但老百姓普遍认为他是兔子。因为截教仙人大多披毛戴角,而且小说也明说了虬首仙是青狮,灵牙仙是白象,乌云仙是鳌鱼,于是百姓认为定光仙既然"长耳",那他就应该是兔子。这个说法其实也不严谨,毕竟长耳的也可能是驴。但一经百姓之口认证,就连北京的"兔儿爷"信仰也和这挂上了钩。北京城里供奉的"兔儿爷"塑像上,有不少都写着"长耳定光仙"的字样。

《封神演义》里还有一位重要人物的原型也来自佛教:殷商的三山关总兵孔宣。他的独门神通是"五色神光",五行之内无物不收,李靖的宝塔、木吒的双剑,甚至是姜子牙的打神鞭,都被他收走,最后还是准提道人出手,才让他露出本相,原来是一只孔雀。准提道人还把这只孔雀当成了坐骑。孔宣的原型主要是佛教的"孔雀明王",有一部佛经就叫《孔雀明王经》,说的是有一位比丘名叫莎底,被大黑蛇咬伤,毒气遍身,阿难为其向佛陀求助,佛陀教他念诵"陀罗尼咒"(全称是"摩诃摩瑜利佛母明王大陀罗尼"),说这是一个可以消除毒害和恶疾的修持法门,并说这是自己前生某一世为雪山南部的金曜孔雀王时所修持的。当时他每天读诵修持这一法门,觉得非常安稳。有一次他因为贪图享乐,忘了读诵,结果被猎人抓捕,这时他恢复正念,又开始读诵修持,果然挣脱束缚。后来,佛祖传授的"陀罗尼咒"就被称为"孔雀明王咒",孔雀明王就是这一咒语的人格化显现。

孔雀明王又被称为"佛母孔雀明王"，但"佛母"二字并不是"佛陀的母亲"的意思，而是指佛教的真如法性和般若智慧能生一切佛理，如同母亲生育子女。前面提到的"准提佛母"也是如此，因为"准提"即清净心，能生一切智慧。《西游记》里说佛陀在雪山修行时被孔雀生吞了，剖开孔雀脊背而出，于是孔雀如同佛陀的生身之母，这是生硬理解"佛母"二字的结果。

《封神演义》里，准提道人为什么拿孔雀明王当坐骑？其实

《孔雀明王像》，日本平安时代，东京国立博物馆藏

孔雀明王本身肯定不是坐骑，被当成坐骑的是佛教中的"孔雀座"。佛菩萨们所谓的"坐骑"，其实指的是身下的台座。常见的台座有"狮座"，比如文殊菩萨以青狮为座，大日如来以八只雪狮为座。还有"象座"，除了普贤菩萨，金刚藏菩萨也端坐象座。再比如"猪座"，摩利支天就是坐在猪身上，前面章节还讲过，这个也是天蓬元帅化作猪身的来源。"孔雀座"也是很常见的台座，其实孔雀明王本就是端坐孔雀座。比如，日本平安时代的《孔雀明王像》，上面端坐的这位才是孔雀明王，下面这只孔雀就是"孔雀座"。

所以，《封神演义》里的孔宣其实是孔雀明王与佛教"孔雀座"等元素混合在一起的产物。

以上就是《封神演义》里西方教的故事。西方教的原型就是佛教，但把诸佛菩萨写成半路出家投奔西方教，其实是中原"化胡为佛"思想的体现，认为佛教是古印度受中原文化影响的产物。《封神演义》中还有哼哈二将、韦护、魔家四将等来自佛教的角色，在后面的章节中还将一一细说。

本章都是鼎鼎大名的人物，也是百姓们听到"封神榜"时首先会想起的角色。

第三章

家喻户晓的正面人物

14

周文王：
周人是怎样崛起的？

《封神演义》虽然是神魔小说，但商周大战却是真实发生的历史事件，这也是中国历史上第一次有出土文物证明的"边缘征服中心"的事件。西部边陲的小国周国，居然灭掉了雄踞中原的商朝，这一点连周人自己都觉得不可思议。《尚书·周书·大诰》中就说："天休于宁王，兴我小邦周（上天眷顾文王，让我们小小的周邦得以振兴）。"

那么周人究竟是如何崛起的呢？主导这场崛起的关键人物周文王姬昌，又是怎样一步步完成"翦商"大业的呢？

"周"字在商代甲骨文中一般写成这样：

一望可知，这是一片种了庄稼的农田，这是周人的自我介绍："我们是种田的。"根据《史记》记载，周人的始祖名叫"弃"，小时候的爱好就是种麻种豆，曾经在上古时代担任"后稷"，即农官。后稷的儿子不窋后来"奔戎狄之间"，也就是跑到了西部边陲，和西部游牧部族居住在一起。到了不窋的孙子公刘这一代，又开始从事农耕（《史记·周本纪》："公刘虽在戎狄之间，复修后稷之业，务耕种，行地宜。"）从"复修"二字可以看出，周人的先祖应该经历过一段游牧经济时期，这与出土文物也对得上。位于陕西省咸阳市长武县冉店乡的碾子坡遗址，是新石器时代至西周时期的遗址，出土了大量先周时期的文物。历史学家胡谦盈根据考古证据指出："碾子坡先周文化居址中出土食后残余如牛、马、羊和猪骨头数量特别多，其中又以牛骨为多见，约占全部兽骨的一半以上。这现象似表明这时期以养牛为主的畜牧业是相当发达的……农业生产在当时无疑也是经济生活重要的方面，这从碳化高粱以及农具的被发现似得到了说明，但农具出土数量比较少，器类只有铲和刀两种。"[①]可见，周人的确经历过一段畜牧为主、农耕为辅的时期，而公刘则对周人农耕业的发展做出了突出贡献，让周人过上了相对稳定的生活（《史记·周本纪》："百姓怀之，多徙而保归焉。周道之兴自此始，故诗人歌乐思其德。"）公刘死后，他的儿子庆节在豳地建国，豳地大致位于今天甘肃省宁县到陕西彬州市一带。庆节的后

[①] 胡谦盈：《试探先周文化及相关问题》，《胡谦盈周文化考古研究选集》，四川大学出版社，2000年。

代古公亶父为了躲避戎狄的侵扰，带领族人迁居到岐山下的周原，这里大致位于今天的陕西省宝鸡市扶风县到岐山县一带。古公亶父开启了周人在岐山下繁衍生息的新历史时期，从此周国也被称为"岐周"或"西岐"。而这位古公亶父就是周文王姬昌的祖父。

历代先祖的艰苦积累，为周国打下了丰厚的物质基础。而周文王姬昌在仅仅一代人的时间里，就把"翦商"的事业完成了十之七八，只待儿子武王姬发采摘最后的胜利果实。他究竟做了些什么？可以概括为三件事：依附发展、分化诸侯、安插间谍。

"依附发展"是指依附于商朝来发展自身。从姬昌的父亲季历开始，周人可能就在帮助殷商捕猎羌人，而羌人被商人用作奴隶，也是商人举行人祭时的高级祭品。姬昌继承了这项工作，并保持低姿态，获取殷商的支持。李硕在《翦商：殷商之变与华夏新生》中认为，周文王姬昌曾经捕猎羌人，献给商朝做奴隶，以此获取商王的欢心。根据就是《周易·大壮》中多次出现公羊（羝）被捕获和逃脱的情景。甲骨文"羌"的字形是羊头人身，所以大壮卦里的公羊是羌人的代表。[1]人类学学者张经纬也认为，商代甲骨文卜辞中经常提到的"羌方"，主要活动区域在今天的山西省南部地区，恰好位于商周之间。[2]周人所伐的"戎"，和商代甲骨文卜辞里所谓的"羌"，很可能是一种人。周人是在为商朝提供征伐羌人的军事服务。

---

[1] 李硕：《翦商：殷商之变与华夏新生》，广西师范大学出版社，2022年。
[2] 张经纬：《四夷居中国：东亚大陆人类简史》，中华书局，2017年。

除了军事服务，姬昌也在为商朝提供战略物资，比如马匹和战车。商朝的中心在河南地区，这一带不产战马，故需要僻处西北的周人提供马匹，周人可能在提供马匹的同时，配套发展了战车制造行业。《史记·周本纪》中说，姬昌曾被纣王软禁在羑里城，近臣闳夭等人向纣王进献了"有莘氏美女，骊戎之文马，有熊九驷，他奇怪物"，这里的美女和马都容易理解，"有熊九驷"是什么？唐代学者张守节在这里注解说"驷"就是四匹马，九驷就是三十六匹马，这个理解过于简单粗暴了。古人以同拉一辆马车的四匹马为一驷，所以一驷也被引申为四匹马一起拉的马车。"有熊九驷"，应该就是九辆马车，很可能是战车。《封神演义》中也化用了这一历史典故：

> 比干答曰："公子纳贡，乃是何宝？"伯邑考曰："自始祖亶父所遗七香车，醒酒毡，白面猿猴，美女十名，代父赎罪。"比干曰："七香车有何贵乎？"邑考答曰："七香车乃轩辕皇帝破蚩尤于北海，遗下此车。若人坐上面，不用推引，欲东则东，欲西则西，乃传世之宝也……"（《封神演义》第十九回）

这里的"七香车"明显就是战车，战车很可能是周人的特色重型武器，《诗经·大雅·大明》中描绘了牧野之战中周人战车横冲直撞的景象："牧野洋洋，檀车煌煌，驷騵彭彭。"相比之下，商人却缺乏制造战车的传统，历史学家王巍指出："我国不见早于商代晚期的有关车子的任何考古资料，以致今人有商代晚

105

期马车系'突然出现'的直观认识。"①所以,姬昌在和商朝正式为敌之前,很可能负责向商朝提供战马和马车等物资,以此换来商朝的承认,依附于商朝来发展自身,并不断引入商朝的青铜器制造等核心科技。一个西方强国正在崛起,加上当时的姬昌可能在政治手腕上还不够深沉老辣,终于还是引发了商朝的猜忌。

封地位于商周之间的崇侯虎(《封神演义》里也出现了这个人)向纣王打小报告,说:姬昌平时注重积德行善,收买人心,您可得注意啊!于是发生了前面说的纣王软禁姬昌于羑里的事件。后来因为闳夭等人献上了纣王急需的战马、战车等战略物资(以及美女),姬昌才重获自由。可能是因为闳夭等人送礼送得恰到好处,也可能因为纣王仍然需要姬昌帮助商朝来稳定西部边疆,姬昌不仅重获自由,还获封"西伯",即西方诸侯之长,并受赐弓矢和斧钺,可以在西方行使征伐之权。

经历了一劫的姬昌变得更为成熟老练,此后不久,翦商大计的关键人物姜子牙也加入了岐周阵营,《史记·齐太公世家》:"周西伯昌之脱羑里归,与吕尚阴谋修德以倾商政,其事多兵权与奇计。"这段话有很多疑点:"修德"为什么能够颠覆"商政"?所谓"兵权"与"奇计"又是什么?

"修德"看似套话,也确实有后世儒家粉饰的痕迹,但姬昌的"修德",在当时其实是一种重要的意识形态武器。商朝为了讨祖先们的欢心,用大批活人做人祭。而周人却并无这般残酷的

---

① 王巍:《商代马车渊源蠡测》,中国社会科学院考古研究所编《中国商文化国际学术讨论会论文集》,中国大百科全书出版社,1998年。

传统，而是更多着眼于现实生活，强调君主要通过"保民"来修德。同时，因为周人重视宗法，所以对老人格外地尊重，这在当时世界范围内都是领先的。《史记·周本纪》："伯夷、叔齐在孤竹，闻西伯善养老，盍往归之。"姬昌和姜子牙特别擅长将这种先进意识形态用于军事和外交斗争，比如周国进攻崇侯虎的崇国之际，先声称崇国国君崇侯虎的罪名是"不德"。《说苑·指武》中说：

> 文王欲伐崇，先宣言曰："余闻崇侯虎蔑侮父兄，不敬长老，听狱不中，分财不均。百姓力尽，不得衣食。余将来征之，唯为民。"乃伐崇，令毋杀人，毋坏室，毋填井，毋伐树木，毋动六畜，有不如令者，死无赦。崇人闻之，因请降。

姬昌攻打崇国之际，先发布宣言："崇侯虎不敬父兄长辈，断案不公正，分配财富不均平。老百姓费尽气力也衣食无着。我这次来攻打崇国，是为了人民啊！"还下令攻打崇国时不要杀害百姓，不能毁坏房屋、填井、砍树、惊扰六畜。有不服从命令的就杀无赦！这样的宣言，今人看到可能并不感到新鲜，但在商周之际，这如同一声惊雷，为华夏大地带来了一股难得的清新之气。崇国人听到以后"因请降"，就体现了这种意识形态的力量。

这种力量甚至让姬昌可以调解小国之间的争端。《史记·周本纪》中有一个典故叫"虞芮之讼"，说的是虞国（今山西省平陆县东北）和芮国（今陕西省大荔县一带）因为争夺田地而闹纠纷,就去找姬昌裁决。他们进入周国国界,看到种地的人都在田界上相互谦让,百姓也都在谦让长辈,顿时大为惭愧:"我们所争的,就是周人所耻的,这还争个啥啊!"于是不敢去见姬昌,就离开了,回去后各让一步,不争了。这个故事可能有所夸大,但可以反映周人的先进意识形态带来的文化软实力。在今日的大国政治中,也存在这种软实力的竞争。

但是,姬昌的"修德"绝不是做迂腐的老好人,而是服务于政治和军事目的。例如,在对待密须国的问题上,姬昌就展现出了他的另一面。密须国位于今甘肃省灵台县一带,《说苑·指武》中记载了姬昌决策讨伐密须国之际的密谋:

> 文王曰:"吾欲用兵,谁可伐?密须氏疑于我,可先往伐。"管叔曰:"不可。其君天下之明君也,伐之不义。"太公望曰:"臣闻之先王伐枉不伐顺,伐险不伐易,伐过不伐不及。"文王曰:"善。"遂伐密须氏而灭之也。

姬昌此时已经着手开展翦商大业,决定攻打密须国。管叔说:"不行,密须国君是天下明君,打密须国是不义之举。"姜子牙却说:"我听说先王都是攻打不顺从自己的,不打顺从的;攻打地势险要的,不打地势平易;攻打比自己强的,不打不如自己的。"文王说:"好啊!"于是决定攻打并灭了密须国。

姜子牙讲的这三条,都是赤裸裸的理性主义,没有任何道德考量,姬昌却拍案叫好,说明"修德"在姬昌那里终究只是手段而非目的，一切行为的最终目的当然都是"翦商"。

除了依附商朝发展自身，以及通过"修德"来分化诸侯，姬昌还做了一件至关重要的事：在商朝安插间谍。这也是《史记·齐太公世家》中所谓"其事多兵权与奇计"中的"奇计"。

历史典籍中的所谓"奇计"，大多与间谍情报战有关。"奇计"之"奇"，本质上是信息差：我了解对手，胜过对手了解我，所以对手才觉得我"奇"。刘邦身边的陈平，以善出奇计闻名。刘邦于白登被匈奴围困，陈平出"奇计"，贿赂匈奴单于的阏氏（妻子），让阏氏给单于吹枕边风，才让刘邦有了脱困之机。但陈平是怎么知道单于爱老婆、听老婆的话的？万一单于讨厌这个老婆怎么办？陈平有这样的把握，说明他早在单于身边安插了眼线，情报工作都做到单于的私生活上去了。

姬昌做了哪些情报工作？其实姜子牙都可能曾是他安插在商朝的间谍，《孙子兵法·用间篇》："昔殷之兴也，伊挚在夏；周之兴也，吕牙在殷。故明君贤将，能以上智为间者，必成大功。"这已经明说了姜子牙（吕牙）就是姬昌派遣的间谍，本书后面讲姜子牙的那节还会细说。《史记·周本纪》中说姬昌"阴行善"，就是偷偷摸摸地做善事，这里"行善"的对象不只是诸侯国，也包括商朝的大臣甚至贵族，说白了就是贿赂和收买。《吕氏春秋·诚廉》中记载了这样一件事：

> 武王即位，观周德，则王使叔旦就胶鬲于次四内，而与之盟曰："加富三等，就官一列。"为三书同辞，血之以牲，埋一于四内，皆以一归。又使保召公就微子开

于共头之下，而与之盟曰："世为长侯，守殷常祀，相奉桑林，宜私孟诸。"为三书同辞，血之以牲，埋一于共头之下，皆以一归。

大意是说，周武王继位以后，让周公旦去找商朝大臣胶鬲，和他盟誓说"让你的俸禄增加三级，官居第一等"，还签了一式三份的合同，一份埋在地里，周公旦和胶鬲二人各执一份回家。周武王还让保召公去找微子启（纣王的大哥，也就是《封神第一部：朝歌风云》里那个冤大头殷启），许诺他世代为诸侯之长，守护殷商的祭祀，还可以把孟诸作为私人领地，也签了一式三份的合同。

可见在牧野决战之前，周人已经连纣王的大哥都渗透了。这个故事里的"胶鬲"，在《封神演义》里也出现过，劝谏纣王不成，跳楼自杀了。但在史书中，他的形象要复杂得多。前面虽然说是周武王派周公旦和胶鬲订立盟约，但在《韩非子·喻老》中还记载了一个故事：

周有玉版，纣令胶鬲索之，文王不予，费仲来求，因予之。是胶鬲贤而费仲无道也。周恶贤者之得志也，故予费仲。

大意是说，周国有一面玉版，纣王让胶鬲去索取，文王不给。纣王又让费仲去求，文王就给了。这是因为胶鬲是贤臣，费仲是奸臣（《封神演义》里也一样），文王不希望贤人在纣王身边得志，所以就给了费仲。

这从字面意思来看，就是一个离间计，让纣王疏远胶鬲。胶鬲在殷商不得志，自然也更容易被周人收买。还有一种可能性：胶鬲此时已经被文王收买，文王故意这么做也是为了保护胶鬲，让纣王认为胶鬲和周人关系不好。无论是哪种可能性，都说明周人对胶鬲的收买，其实从文王姬昌在位时就开始了。

周人对胶鬲的收买获得了丰厚的回报。《吕氏春秋·贵因》还说了这样一件事：

> 武王至鲔水。殷使胶鬲候周师，武王见之。胶鬲曰："西伯将何之？无欺我也。"武王曰："不子欺，将之殷也。"胶鬲曰："曷至？"武王曰："将以甲子至殷郊，子以是报矣。"胶鬲行。天雨，日夜不休，武王疾行不辍。军师皆谏曰："卒病，请休之。"武王曰："吾已令胶鬲以甲子之期报其主矣。今甲子不至，是令胶鬲不信也。胶鬲不信也，其主必杀之。吾疾行，以救胶鬲之死也。"武王果以甲子至殷郊。殷已先陈矣。至殷，因战，大克之。此武王之义也。

大意是说，周武王带兵到了鲔水，纣王派胶鬲去等待周军。胶鬲见到武王就问："西伯要去哪里啊？别骗我哦！"武王说："骗你是小狗，我要去打殷都。"胶鬲又问："那你什么时候到？"武王说："我将在甲子日抵达殷都郊外，你快回去汇报吧！"胶鬲就回去了。后来下起了雨，日夜不停，周武王仍然下令急行军。军师们都来劝谏:"士卒们要生病了,休息一下吧!"武王说:"我已经跟胶鬲说了甲子日就会到,让他去汇报给纣王。如果我甲子日到不了,胶鬲就失去了信义,一定会被纣王杀掉。我现在急行军,就是要救胶鬲的命啊!"武王果然在甲子日按时到达殷都郊外,商军已经抢先在那里列阵了。武王率军与之交战,大败商军,这都是因为武王的道义啊!

这个故事非常不合情理。周武王背负着父亲的遗愿和周人的命运,居然会冒着失去先机的风险,对胶鬲如实相告?说了也就说了吧,居然还为了这个诺言,冒着士卒生病的风险,艰难地在雨中强行军?而且就因为他如实相告,商军已经提前列阵,以逸待劳,武王居然还打赢了?故事最后把胜利归为"道义",这是完全不尊重战争规律的迂阔之论。

但如果胶鬲是早与周人有密约在先的间谍,一切就都有了合理解释。武王见到胶鬲,知道是内应到了,就故意揣着明白装糊涂:"我们去打殷都,甲子日要抵达殷都郊外,快去准备吧!"胶鬲心领神会,马上回去策反纣王临时拼凑的奴隶和战俘大军(商朝主力当时在征讨东夷)。这时周武王开始急行军,冒着大雨也要在甲子日抵达目的地,因为胶鬲会在这一天完成策反和内应工作。如果武王失约迟到,那么胶鬲的工作就白做了,给战争增加了变数。武王赶到以后,开始攻击已被胶鬲策反的商军,商军果然毫无斗志,倒戈相向。于是牧野之战在一天内以周军的胜利而告结束,历史就在这一天内改变了走向。

武王杀入殷都的那一刻,大概会想起自己的父亲文王。文王姬昌在一代人的时间里,通过依附发展、分化诸侯、安插间谍的全面立体化战略,打造出一个内部团结、物资充裕、装备精良、拥有文化号召力、占据外交高地的西部大国,于是"文王受命,一年断虞芮之讼,二年伐邘,三年伐密须,四年伐犬夷,五年伐耆,六年伐崇"(《尚书大传》),创造了"三分天下有其二"的局面,开辟了一条直捣殷商腹心的坦途,留待武王对这个中原大国进行最后一击。

15

周武王：
武王伐纣到底有没有历史进步性？

《封神演义》里，周武王姬发是一个很苍白的角色，并没有《封神第一部：朝歌风云》中那样的少年气。他似乎只是一个神仙们用来实现"天数"的工具，忠孝仁义，尊礼重规，而缺乏活人的血肉。阐教仙人甚至让周武王亲自入红砂阵，以自身的福报为代价去破阵，分明是把武王当成了工具人。不仅小说中如此，就连正史中周武王也没有留下多少鲜活的记载，世人只知他是儒家推崇的圣君。儒家对于商周两大阵营都有着鲜明的道德判断：纣王就是无道暴君，岐周的文武二王都是有道明君，这种判断也影响了小说的设定。

纣王究竟是不是暴君，后面有一节会专门讲。近些年大家可能看到一些翻案的言论，说纣王其实聪明勇武，且很有作为，周文王、周武王父子都是阴谋家，处心积虑颠覆殷商江山。纣王的主力当时正忙于开疆拓土，和淮河流域的淮夷作战，冷不防被周武王从背后偷袭成功，于是一代雄主商纣王就此陨落。武王伐纣不过是政治阴谋得逞，根本不是历史进步。甚至还有人说，位居中原的商朝才是先进文明，西部边境的周人消灭商朝，是野蛮征服了文明。

本节就从尽量客观中立的视角来讨论：武王伐纣到底有没有历史进步性？所谓"客观中立"，就是尽量不从道德视角出发，而是从文明演化的视角出发，看武王伐纣在文明的关键指标上有没有发生改善，比如文明的规模有没有扩大，人口有没有增加，文明共同体成员的生活有没有改善，文明的发展是否更加稳定和可持续。

从这些视角来看，武王伐纣是绝对的历史进步，因为就以上这些文明指标而言，周朝相比于商朝都有了大幅改善。简单概括一下就是：**商朝是城邦联盟共同体，周朝是宗法封建共同体，正是这种在组织方式上的根本差异，带来了周朝的文明进步。**

我们先来看商朝的组织方式。商朝甲骨文中经常出现"大邑商"或者"天邑商"的称呼，比如《殷虚书契四编》中就有："王才在大邑商""天邑商公宫衣"等字样。什么是"邑"？简单理解就是城邦。《诗经·商颂》中说"商邑翼翼，四方之极"，就是夸赞商邑繁荣壮丽，是四方向往的对象。

不过，难道堂堂商王就只能统治一座城邦吗？当然不是，商王以商邑为中心，在外围不断扩建政治、军事和经济设施，形成了更大规模的实际控制区，即后世所谓的"王畿"。商朝历史上曾经多次迁都，在盘庚迁都至"殷"即今河南安阳一带以后，才安定下来。今天的"殷墟"也正是殷都的遗址。据《史记正义》引《竹书纪年》中记载"纣时稍大其邑，南距朝歌，北据邯郸及沙丘，皆为离宫别馆"，意思是商纣王逐渐扩大了殷都的规模，南到朝歌，北到邯郸及沙丘（就是秦始皇的去世之地），都修建了离宫和别馆。

这里提到了一个大家很熟悉的地名——朝歌，它在《封神演义》中是殷商的国都，但其实学者们的主流观点认为，从盘庚迁殷，直到纣王之死，商朝的宗庙都在殷都，但纣王先是在朝歌修建了离宫，后来还经常在朝歌居住和理政，所以朝歌就变成了商朝的二号政治中心，这也是一些史书把朝歌称为"纣都"的原因。换言之，朝歌其实也处于"大邑商"的范围之内。

现代考古工作者也陆续在殷墟外围发现了陶家营、辛店、邵家棚等商代中晚期的大型聚落遗址，它们在商代就是殷都附近的"卫星城"。所以，"大邑商"在当时的意义可能类似于今天英国所谓的"大伦敦"（Greater London），包含伦敦及周边卫星城。

大邑商已经足够辉煌壮丽，但商王的控制力还不止于此。在甲骨文卜辞中，经常出现"四土"的概念。《殷契萃编》中收录了这样的卜辞：

乙巳，王卜，贞，（今）岁商受年？王占曰：吉。东土受年？南土受年？西土受年？北土受年？

"受年"就是丰收的意思，商王占卜问今年是否丰收，得到了"吉"的回应，商王又进一步问东西南北四土是否都能获得丰收。可见"四方"也在商王的关心范围内，与商王的利益相关。换言之，商王能够控制的地区，是一个以王畿"大邑商"为中心，以东西南北四土为外围的广阔区域。在这个区域外，还有一些地方诸侯国，拥有一定的相对独立性，但慑于商朝的实力，仍然要尊奉商王为天下共主。

从甲骨文卜辞来看，这些地方诸侯国有的称"伯"，有的称"侯"。《封神演义》里把姬昌称为"西伯侯"，其实是把伯与侯并用了，在甲骨文和史书中姬昌一般被称为"西伯"。《封神演义》里说纣王把姬昌抓到羑里软禁起来，在历史上确有其事。纣王拥有这样的权力，说明即使僻远如周国，也在商王的权力辐射之下。

总之，商朝是一个以"大邑商"为核心、以"四土"为外围、以周边诸侯国为附庸的城邦联盟，商王在这个联盟中拥有天下共主的地位。

这就引出一个问题：商王的权威从哪里来？其他城邦为什么要听从"大邑商"的号令？

首先当然是因为商朝国力强盛，对各邦形成威慑，也能以武力为各邦提供保护。与此同时，商朝也建立了一套统治各邦的精神系统，即所谓"天命"。

商朝的天命观与它的信仰体系有关。考古学家陈梦家将商人崇拜的神灵分为三类：一是"天神"，为首的是"帝"或"上帝"；二是"地示"，比如四方、山、川等；三是"人鬼"，即先王、先公、先妣等祖先神。其中"帝"是最高的主宰者，陈梦家指出，"殷人的上帝或帝，是掌管自然天象的主宰"，但人间的商王并不能直接向帝祈福，而要委托祖先神代为传达。[①] 说得形象一点，商人在祭祀的时候，并不是说"求求列祖列宗保佑我们"，

---

① 参见陈梦家：《殷虚卜辞综述》，中华书局，1988年。

而是说"求求列祖列宗,帮忙跟上帝说点好话,让他保佑我们吧"。那么,商人通过什么方式来赢得祖宗的欢心,让他们愿意帮忙说好话呢?

通过杀人。

人祭是商人祭祀的主要形式,即通过献祭活人来讨得祖先的欢心。李硕在《翦商:殷周之变与华夏新生》中列举了大量商人杀人献祭的考古证据,例如1976年在河南安阳殷墟发掘出191座祭祀坑,共埋有尸骨1178具,这还不是完整数字,因为某些坑被破坏,某些坑因发掘仓促而有所疏漏。祭祀坑中的尸骨有的是被砍头,有的还经历过虐杀:上肢或下肢被砍断,手指脚趾被砍去,还有的被腰斩。某些尸骨甚至曾经被肢解,即被剖腹取肠,剁开肢体,剥皮剔骨。李硕认为,被献祭的人群主要来自商朝在新征服地区俘获的大量人口,这些人口除了用作奴隶,也可以作为献祭的材料。商人用杀人祭祀的方式,区分执行献祭的"我们"(商人)和用来献祭的"他们"(被征服族群),以此获得独一无二的优越感,也以此祈求先祖的欢心和上帝的庇佑。[①] 同时,商人也是通过这种暴力血腥的方式,向诸侯国展示上天已被取悦,天命依旧在我。

商朝建立的这套精神控制系统,至少存在三个重大问题,严重阻碍华夏文明的进步:

一是虐杀了大批人口。无数活生生的人民白白死于人祭,不利于人口的持续繁衍和文明规模的扩张。

[①] 李硕:《翦商:殷周之变与华夏新生》,广西师范大学出版社,2022年。

二是无法建立统一的文化信仰。商人的杀人献祭严格区分彼此和内外,被征服族群无法与商人建立稳固的精神联系,而只会慑于商人的暴力而忍耐一时,一旦商人的统治出现危机,他们就会起来反抗。这已为历史所证明。

三是商王以为凭借人祭就可以维持天命,失去了自我警醒与约束。《尚书·商书》中有一篇《西伯戡黎》,就反映了商王的这种心态:

> 西伯既戡黎,祖伊恐,奔告于王曰:"天子!天既讫我殷命。格人元龟,罔敢知吉。非先王不相我后人,惟王淫戏用自绝。故天弃我,不有康食。不虞天性,不迪率典。今我民罔弗欲丧,曰:'天曷不降威?'大命不挚,今王其如台?"
>
> 王曰:"呜呼!我生不有命在天?"
>
> 祖伊反曰:"呜呼!乃罪多参在上,乃能责命于天?殷之即丧,指乃功,不无戮于尔邦!"

意思是说:周文王打败了黎国以后,商朝的大臣祖伊恐慌,跑来告诉纣王。祖伊说:"天子啊,天命恐怕要抛弃我们殷商了!贤人和神龟都不敢预言吉祥。这不是先王不肯帮助我们,而是大王您淫乐嬉戏,自绝于天啊!所以上天要抛弃我们,不给我们饭吃了。大王您不肯揣度天命所在,也不遵循常法旧典。如今百姓没有谁不希望大王灭亡,他们说:'老天为什么不肯降威施罚呢?'天命不再归于我们了,现在大王要怎么办呢?"纣王说：" 啊哈！我生来不就承受天命吗？"祖伊反驳说："哎呀！您的过失很多，又高高在上，难道还能祈求天命吗？殷商即将灭亡，从你的所作所为就能看出来，怎能不被周邦所灭呢！"

周文王打败的这个黎国，位于山西省黎城县，和殷都即河南安阳仅隔一道太行山，所以祖伊才如此紧张。形势危险至此，纣王仍然满不在乎，以为自己有天命在身，这正是商朝的信仰系统对于政权的反噬。

如果华夏继续处于商朝这样的组织和信仰系统之中，那么华夏文明可能将长期在低水平线附近徘徊，无法产生内聚力，甚至可能将在文明特质上与美洲的玛雅文明和阿兹特克文明类似，最后彻底湮灭在历史的尘埃中。武王伐纣和商灭周兴恰恰扭转了华夏文明的走向，也改变了华夏人的精神特质。

《逸周书·世俘解》中记载，武王姬发在伐纣成功之后，于殷都举行了一场盛大的祭典，这场祭典仍然使用了活人祭祀，被献祭的主要是忠于纣王的官吏和贵族。但这并不意味着武王完全接受了殷商的信仰，可能是战争刚刚结束之际的一种权宜之计：既清算纣王的势力，又对殷商旧俗表现出某种妥协。灭商以后，姬发可能因为压力过大和思虑太重，身体每况愈下，三年后就与世长辞。根据《逸周书·度邑解》的记载，武王去世前夕曾经出巡新征服的领地，并在返回周朝大本营关中的路上召见周公旦，对他进行了政治嘱托，其中有一段颇为耐人寻味：

王曰："呜呼，旦！惟天不享于殷，发之未生，至于今六十年，夷羊在牧，飞鸿满野。天不享于殷，乃今有成。维天建殷，厥征天民，名三百六十夫，弗顾，亦不宾威，用戾于今。呜呼，于忱兹难，近饱于恤，辰是不室。我未定天保，何寝能欲！"

意思是说："哎呀，旦啊！上天不庇佑殷商，早在距今六十年前就开始了。那时夷羊出现在朝歌的郊外，蝗虫飞遍了原野。上天不庇佑殷商，到今天才显示出结果。遥想当年殷商初建的时候，上天起用了三百六十位贤人来匡扶它。殷商后裔虽不回报上天，上天也不抛弃他们，一直到如今。唉，我无时无刻不担心这种忧患，所以才离国出巡。我还不能确定获得上天的保佑，哪里能睡得着呢！"

周武王这番话有其历史背景：殷商虽然灭亡，但东方尚有大批殷商遗民在蠢蠢欲动。殷商的那套信仰体系也没有完全被摧毁，新生的周朝还不能建立起自己的精神统治。所以武王才说"还不能确定上天的保佑"。如何在华夏大地上建立新的信仰体系，让周天子成为信仰的中心？

武王去世以后，周公和召公联合执政。他们按照武王的遗嘱，在洛水之南营造了新城洛邑，以方便更好地控制东方。周公将洛邑描述为"新大邑"（《尚书·康诰》："周公初基，作新大邑于东国洛。"），这个"新"字显然是针对先前提到的"大邑商"，展现的是改革殷商旧俗，开创新天地的决心。武王的儿子周成王欲迁都洛邑，让周公前去视察。正在经营洛邑的召公，托周公上书成王，这便是《尚书·召诰》。虽然是召公委托，但《召诰》可以视为周召联合执政的施政纲领。

《召诰》中记录了周公抵达洛邑之时举行的祭祀仪式。仪式上祭祀了天帝和土地之神，用的是牛、羊、猪等牲口，而没有再使用人祭。这是一种鲜明的态度宣示：人祭就此废止。更重要的是，《召诰》中还反复出现了一个字眼：德。

  天亦哀于四方民，其眷命用懋。王其疾敬德！（上天也哀怜四方百姓，它眷顾百姓的命运，因此更改天命，转而庇护周朝。大王要赶快施行德政呀！）

  我不可不监于有夏，亦不可不监于有殷。我不敢知曰，有夏服天命，惟有历年；我不敢知曰，不其延。惟不敬厥德，乃早坠厥命。我不敢知曰，有殷受天命，惟有历年；我不敢知曰，不其延。惟不敬厥德，乃早坠厥命。今王嗣受厥命，我亦惟兹二国命，嗣若功。（我们不可不鉴戒夏代，也不可不鉴戒殷代。我不敢说，夏朝和商朝的国运只有这么久而不会延长，我只知道他们不重视行德，才过早地失去了福命。如今大王继承了治理天下的天命，我们也应该思考夏商这两国的命运，继承他们的功业。）

  肆惟王其疾敬德！王其德之用，祈天永命。（现在大王该加快认真推行德政！大王该用德政，向上天祈求长久的福命。）

这些关于"德"的论述，在商周更替的时代显得特别清新和

震撼。结合《召诰》和其他文献,我们可以概括周召二公对于"德"的理解:

第一,"德"决定天命所在。君主修德,就可以得到天命的垂青;君主不修德,就会丧失天命。也就是所谓"皇天无亲,惟德是辅"。

第二,"德"是政治的核心,君主的使命就是修德,即"以德配天"。

第三,"德"的具体要求是尊重上天,爱护百姓,即"敬天保民"。

通过对"德"的阐释,周召二公建立了一种全新的信仰系统:天命无常,商朝遗民不能再声称天命永恒地归属他们所有,而要承认天命已经转移给了周朝。周天子要取悦上天,不再是依靠残酷的人祭,而是修德爱民。人间君王的视野不再是紧盯着天上的"帝",视万民如草芥,而是通过爱护地上的万民,来获得天命的垂青。这和欧洲文艺复兴时期的"人文主义"颇为相似,但比人文主义早了一千五百多年。

这套以"德政"为核心的信仰系统并非周召二公首创,而是与周人的文化传统相关。但周人原本僻处西部边陲,周文化不过是一种地方文化。现在周人要君临四方,如何让周人的"德政"观念成为全国性文化?这是下一个难题。

周公旦不愧为天才政治家,找到了一个完美的方案,可以概括为"孝友"加"分封"。

"孝友"指的是孝敬父亲,友爱兄弟。《尚书·康诰》中说:

元恶大憝，矧惟不孝不友。子弗祗服厥父事，大伤厥考心；于父不能字厥子，乃疾厥子。于弟弗念天显，乃弗克恭厥兄；兄亦不念鞠子哀，大不友于弟。惟吊兹，不于我政人得罪，天惟与我民彝大泯乱，曰：乃其速由文王作罚，刑兹无赦。

意思是：元凶大恶，莫过于不孝顺父亲，不友爱兄弟。儿子不好好做父亲交代的事，大伤父亲的心。做父亲的不能养育儿子，还忌恨儿子。弟弟不念天伦，不尊重兄长。兄长也不讲慈爱，不爱护弟弟。父子兄弟之间如果到了这种地步，如果还不让行政人员去治他们的罪，上天赐予我们的伦理道德就要大乱。所以说：要快用文王制定的刑罚来惩治他们，不能赦免。

"孝友"其实是一种对"德"的浓缩化和生活化处理。将"德"解释为"敬天爱民"，调子还是略高，如果再把它落实为"孝顺和友爱"，可执行性就要强多了。君王和贵族带头讲"孝友"，给百姓做榜样，如果再把这种亲情扩大为对子民的爱，那其实就贯彻了"保民"的要求。所以《尚书·康诰》后面又说："多么希望人民能够幸福安康，我们时常要惦记弘扬先王的圣德，把让人民安居乐业作为追求。何况如今人民生活还没有步入正轨，不去引导他们，就治理不好国家。"（爽惟民迪吉康，我时其惟殷先哲王德，用康乂民作求。矧今民罔迪，不适不迪，则罔政在厥邦。）

这种以"孝友"（后世一般称为"孝悌"）作为"德"之根本的理念，也成为后世儒家的核心思想。儒家《孝经》中就说：

"夫孝,德之本也,教之所由生也。"这也正是中国老百姓常说的"百善孝为先"。奠定这一文化基础的正是周公旦。他在为"德"找到"孝友"这一基础之后,又通过大分封这种组织手段,将这一思想传播到了华夏各地。

周武王攻灭殷商之后,即曾经分封子弟、功臣为诸侯。周公旦平定了兄弟管叔、蔡叔勾结纣王之子武庚发动的"三监之乱"以后,为了进一步巩固周朝在东方的统治,又进行了一次规模空前的大分封,获封的主要是周室宗亲,"立七十一国,姬姓独居五十三人"(《荀子·儒效篇》)。这些新封的诸侯国大多位于华北平原的战略要地,分割和钳制殷商遗民,扩大周朝在东方的势力。

周朝的分封有一个崭新的特点:"君之宗之",即诸侯既是周天子的臣子,也是周天子的亲戚。周天子永远是姬姓诸侯国的本家,姬姓诸侯国都是周天子分出去的小宗,这就是"宗法制"。宗法与分封互为表里,在华夏大地上建立起"宗法封建共同体"。周公确立的以"德"为核心,以"敬天保民"为要求,以"孝友"为操作指南的"德治"思想,也经由这张宗法封建的大网,传播到华夏各地。这种新秩序相对于殷商的"城邦联盟共同体",有以下三个特点:

一是使人口获得持续增长,文明获得持续扩张。周公的德治强调保护人民,废止人祭,人民终于得以休养生息。同时,大分封也是一场规模浩大的武装殖民,贵族子弟带着军队浩浩荡荡奔赴各地,在当地修建城邑,开枝散叶,扩大了华夏文明的规模。

二是建立起统一的文化信仰。分封出去的诸侯国不仅是一个个军事据点,也是星罗棋布的文化节点。对周王室本家即"宗周"的共同尊崇,以及对"德治"理念的共同信仰,从周天子这个核心发散出去,投射到华夏各地,从而塑造了一个拥有统一信仰的文化共同体。

三是确立了统治者自我约束的文化机制。周朝天命无常,只垂青有德之君,这督促天子时时反省自己的过失,注意百姓对政策的反馈。这种心理约束当然不能绝对保证政治的清明,但相比于商纣王自恃天命在身的骄狂无状,已经是极大的历史进步。

比批判的武器更重要的是武器的批判。上述工作虽然主要由周公完成,但武王伐纣,推翻殷商,是一切的前提和基础。武王与周公前后相继,殚精竭虑,终于创造了一个这样的文明:规模宏大,向心凝聚,生生不息。而这些都是一个伟大文明的特征。现代中国人对商代感觉陌生,对周代文化却倍感亲切,正是因为周代文化塑造了华夏的文明特质,以及国人的集体心理。武王攻破殷都的那一刻,正是这一切的开端。其历史意义之重大,甚至还要远远超过儒家史书和《封神演义》小说的渲染。

16

伯邑考：
文王长子究竟是怎么死的？

伯邑考在《封神演义》中的戏份并不多，但让人印象深刻，主要是因为他的死法实在恐怖。很多人听到"伯邑考"这个名字，首先想到的估计都是一块肉饼。

纣王把伯邑考杀死并做成肉饼，还诱骗姬昌吃下，这并不是《封神演义》的原创情节，1973年河北省定县（现定州市）出土的西汉中山怀王刘修墓中出土了《六韬》汉简，其中有这样的简文：

> 质子于殷，周文王使伯邑巧（考）死，有诏必王食其肉，□免其血。文王食其肉，□免其□。

这段虽然字眼有些模糊，但不难看出伯邑考故事的痕迹。《六韬》托名为姜子牙所作，其实未必，但既然汉墓出土此简，说明这个故事在汉代即已流传。后来晋人皇甫谧的《帝王世纪》中说得更为具体：

纣既囚文王，文王之长子曰伯邑考，质于殷，为纣御，纣烹以为羹，赐文王，曰："圣人当不食其子羹。"文王得而食之。纣曰："谁谓西伯圣者？食其子羹尚不知也。"

这个故事和汉简记载略有出入，文王不是被纣王下诏强迫吃伯邑考的肉，而是被诱骗吃下，这和《封神演义》里的情节基本相同。南北朝时南梁元帝萧绎在《金楼子·兴王篇》里也有类似的说法：

时谓西伯为圣，纣疑而未违。长子伯邑考质于殷，为纣御，纣烹之为羹赐文王以试之，实圣，当不食子羹。文王得而食焉。纣笑曰："谁谓西伯圣者？食其子而尚不知。"

在这些故事中，纣王的动机都是嫉妒姬昌被称为圣人，所以用这种方式去破坏他的名声。《封神演义》小说对这个故事做了一些加工：纣王杀死伯邑考的原因是妲己勾引伯邑考不成，存心陷害。姬昌吃下儿子的肉，得知真相以后，吐出三只兔子。这其实是在维护姬昌的圣人形象，既然把肉吐出来了，那就等于没有真的吃下儿子。"兔子"者，"吐子"也。

《帝王世纪》和《金楼子》记载的靠谱性，历代史家基本都持怀疑态度。南宋史学家郑樵更是在《通志》中毫不客气地说："这些都是胡扯（此皆诞语也）。"伯邑考变成肉饼的故事，可能是对梅伯故事的化用。梅伯是纣王在位时期的直臣，因为直言不讳得罪了纣王，被纣王剁成肉酱。《吕氏春秋》中说："昔者纣为无道，杀梅伯而醢之，杀鬼侯而脯之，以礼诸侯于庙。"这个"醢"就是剁成肉酱的意思，"以礼诸侯于庙"就是还把梅伯的肉酱赐给了诸侯一起吃。那当时还是西伯的姬昌吃没吃？应该是吃了。屈原的《天问》中说："受赐兹醢，西伯上告。"意思是姬昌受赐了肉酱，心中不安，向上天祷告。不过这个肉酱并不是来自伯邑考，而是来自梅伯。顺便一说，这位梅伯在《封神演义》中也出现了，而且基本保留了他向纣王直言的形象，但下场不是被剁成肉酱，而是受炮烙而死。这样修改，当然是因为在《封神演义》之前，梅伯的故事不知怎么就被移花接木，放到了伯邑考身上。

但是，伯邑考在正史记载中确有其人，之所以会产生上述故事，是因为周文王姬昌舍长立幼，选择次子姬发作为继承人。但史家对于这个反常现象给出的最初解释并不是"文王吐子"这个恐怖故事，而是怀疑伯邑考的品德或能力不如弟弟姬发，文王是圣人，圣人做事有原则也有权变，舍长立幼就是权变。比如记述孔子后代事迹的《孔丛子》里就说："文王舍嫡立次，权也。"北宋史学类书《册府元龟》里也说："尧知子丹朱之不肖，不足授天下，于是乃权授舜……周文王为西伯，舍伯邑考而立武王。"这里直接把周文王和尧加以类比：尧知道儿子丹朱水平不行，担不起天下的重任，于是把大权交给了舜，周文王也因此舍弃伯邑考，改立武王姬发。

这些说法不无道理，但我们仔细审视伯邑考在历史中留下的只鳞片羽，还是不难做出一个判断：伯邑考可能确实早夭，这才是文王立次子的直接原因。

司马迁在《史记·管蔡世家》中说："同母昆弟十人，唯发、旦贤，左右辅文王，故文王舍伯邑考而以发为太子。及文王崩而发立，是为武王。伯邑考既已前卒矣。"这段话也认为文王舍长立幼是因为姬发比较有能力，但也指出在姬发继位的时候，伯邑考已经死了。问题是，伯邑考身为长子，死后却一点痕迹都没留下。按理说，长子即使不能继位，好歹也能有块封地吧？然而伯邑考的同母兄弟九人之中，姬发继位，其他弟弟也都有封地，《史记·管蔡世家》里却明白写道："伯邑考，其后不知所封。"连块封地都不给，这也太绝情了。难道是伯邑考犯了什么大罪，比如谋反？如果真发生了这么大的事情，史书不可能毫无记载。更何况，在周朝建立以后，文王第五子蔡叔度后来真的勾结纣王之子武庚谋反，被周公平定，蔡叔度之子胡表示臣服，周公就重新把胡封到蔡地。蔡叔度犯了这么大的罪，封地都得以保全，伯邑考有什么错，要被如此冷漠对待呢？

更奇怪的是，在同母兄弟之中，其余九位的大名都很清楚：次子武王发、三子管叔鲜①、四子周公旦、五子蔡叔度、六子曹叔振铎、七子郕叔武、八子霍叔处、九子康叔封、十子冉季载。为什么唯有伯邑考的大名这么模糊呢？

最合理的解释就是：伯邑考确实早早就死了，甚至连个名字

---

① "管"代表封地。"叔"代表排行，古人以伯仲叔季排行，老大是"伯"，老二是"仲"，最小的孩子是"季"，其他都是"叔"。"鲜"是大名。

都留不下来。文王立次子姬发，不是因为姬发有多厉害，只是因为长子早死。那问题又来了：既然纣王把伯邑考做成肉饼的故事纯属乱编，那伯邑考到底是怎么死的呢？

有学者认为，伯邑考之死可能是商朝的一种传统，要在结盟仪式上献祭高级贵族的肉，并让在场贵族们分享。纣王在册封姬昌为周方伯之际，按照这种仪式，把伯邑考拿来献祭，姬昌也被迫吃下了儿子的肉。[①]李硕在《翦商：殷周之变与华夏新生》里也认可这种解释。[②]

但这还是回避不了一个问题：并无直接证据表明真的有纣王杀伯邑考之事。汉简《六韬》也只是托名姜子牙，未必就是姜子牙所作。关于伯邑考之死，历史和考古学家罗招武提出了另一种说法，这个说法更惊悚：伯邑考有可能是姬昌自己杀死吃掉了。

罗招武指出，华夏上古时期很多边远地区的部族都有"杀首子而食"的习惯，就是要杀掉生下来的第一个儿子，然后吃掉。[③]这个在很多古籍中都有记载。比如《墨子·节葬》中就有这么一句：

> 昔者越之东，有輆沐之国者，其长子生，则解而食之，谓之宜弟。

[①] 代生、江林昌：《出土文献与〈天问〉所见商末周初史事》，《四川师范大学学报（社会科学版）》，2022 年 01 期。
[②] 李硕：《翦商：殷周之变与华夏新生》，广西师范大学出版社，2022 年。
[③] 罗招武：《伯邑考之死探析》，《红河学院学报》，2018 年 03 期。

意思是从前越国的东边有个国家叫輆沐（读作"凯术"），当地有习俗：长子生下来就要把他肢解并吃掉，说这样对弟弟好。

《墨子·鲁问》中又说，楚国的南方也有这样的习俗：

> 楚之南有啖人之国者桥，其国之长子生，则解而食之，谓之宜弟。美，则以遗其君，君喜则赏其父。

这是说楚国南边有个桥国，百姓生了长子就要肢解吃掉，也是说对弟弟好。如果觉得好吃，还要送一点给国君，国君吃美了，就会奖赏这家的父亲。

其实，汉字"孟"也隐藏着杀长子而食的习俗。"孟"字上面是子，代表儿子，下面是"皿"，代表器皿。"孟"字其实是一个把儿子放在器皿里的恐怖图景。而"孟"字在汉语中恰好是"长子"的意思，春秋时秦国名相百里奚的长子叫"百里孟明视"，这个"孟"字就表示他的长子地位。

知道了这个典故，历史上很多事似乎便有了解释。比如，齐桓公的厨师易牙杀死自己的大儿子，烧给齐桓公吃。这个在后世看来，当然是禽兽行为，虎毒还不食子呢。但齐国也地处边远，和东夷关系密切，易牙的行为有可能来自东夷的习惯，甚至易牙自己就有可能出身东夷。《庄子》中也说过："尧杀长子，舜流母弟。"东晋文学家崔撰在这里注了一句："尧杀长子考监明。"尧的长子被称为"考监明"，注意这里又出现了一个"考"字，和伯邑考的考相同，这应该不是巧合，意味着他和伯邑考有类似的命运。这些被杀死的长子背后到底隐藏着什么讯息呢？

《汉书·元后传》中的一句话道破了玄机："且羌胡尚杀首子以荡肠正世，况于天子而近已出之女也。"这句话的背景是，汉元帝亲近张美人，但张美人曾经嫁过人，大臣王章就对皇帝说："羌胡都懂得杀掉长子，来清理女人的肚子，何况天子去亲近嫁过人的女人呢！"这句话对女性不太友好，但它反映了羌胡的一种习俗：杀掉长子。这是因为在不注意男女大防的当时，男人娶了女人，并不能保证第一个孩子就是自己的，所以要杀掉，以保证血统传承的纯正性。第二个孩子是自己的概率要大得多，就可以留下了。

在历史上，长子血统不明的事情并不罕见。比如秦庄襄王娶了吕不韦的姬妾赵姬以后生了长子嬴政，这个孩子是谁的种，一直引人遐想。魏文帝曹丕娶了袁熙的妻子甄宓，生了长子曹叡，也有人质疑曹叡其实是袁熙的儿子。[①]成吉思汗的妻子孛儿帖曾经被蔑里乞人掳走，回来以后生了长子术赤，这个名字在蒙古语里的意思就是"客人"，可见成吉思汗其实也认为这个儿子不是自己的，但他心比较大，就当成自己的儿子养大了，只是没把汗位传给他。

所以，伯邑考可能刚出生，就被姬昌给杀了吃掉了，于是他连大名都没留下来。关于"伯邑考"这个名字，主要有两种说法。两种说法都认可"伯邑考"的"伯"是表明长子地位，但第一种说法认为伯邑考大名叫"姬考"，"邑"可能表明他生在国都，因为"邑"有国都之意。《尔雅》有一句："邑外谓之郊"，东晋

---

① 参见马伯庸：《风雨〈洛神赋〉》，《人民文学》，2010年09期。

郭璞在这里注解："邑，国都也。"第二种说法则认为伯邑考大名叫"姬邑"，因为"考"一般是对死去的父辈的称呼，《礼记》里就说"生曰父……死曰考"，"考"字放在名字里显然不大吉利，你看周武王就叫"发"，万物生发，这个多吉利。"伯邑考"可能是周武王后来给大哥追加的称号，长兄如父，所以称"考"。不管哪种说法，伯邑考的大名终究不如弟弟们来得清晰，或许他生下来没活多久就死了，根本来不及拥有名字。

还有最后一个问题：即使是姬昌自己杀死了伯邑考，那杀就杀吧，为什么还要吃掉呢？可能是因为杀掉长子以后，正好可以向神灵"献新"（将新收的粮食、果蔬等收成先送给神灵享用）。这种残酷的习俗也是全世界上古时期普遍存在的现象。而在献新之后，众人再把祭品分而食之，在上古时期也很常见。《旧约·出埃及记》中，上帝晓谕摩西："以色列中凡头生的，无论是人是牲畜，都是我的，要分别为圣归我。"《旧约·创世纪》中讲过上帝让亚伯拉罕献祭自己的长子以撒，却在亚伯拉罕即将动手杀子之际阻止了他，用羊来代替。这可能是对于以色列人习俗变迁的一种隐喻：他们当时逐渐抛弃了杀长子祭神的传统，只献上头生的牲畜，而不再杀人。总之，伯邑考之死充满了谜团，但透过这个谜团，可以将视线穿回遥远的上古，窥见当时血腥恐怖的习俗，感慨人类文明进化的不易。

17

姜子牙：
他年轻时到底在干什么？

姜子牙是中国人熟悉而又陌生的一个人物。说熟悉，是因为中国人几乎都知道一点关于他的典故，比如"姜太公钓鱼，愿者上钩"，再比如"姜太公在此，诸神回避"。但如果问起姜子牙年轻的时候到底在干什么，恐怕就没有多少人能够答上来了。因为大家对于姜子牙的印象，都是一个七老八十的老头子，《封神演义》中的姜子牙，出场时就已经是老头了，前面几十年都在跟元始天尊学道，奈何根基太浅，难以成仙，于是元始天尊让他去人间主持封神大计，也为他自己求取一场凡人的功名富贵。而且，《封神演义》里的姜子牙不仅是老头子，还是个糟老头子，下山以后一度学着做生意，结果做什么赔什么，直到摆摊算卦，生活才有所好转。

《封神演义》这样塑造姜子牙，其实也是因为在史书中，关于姜子牙年轻时的生活只有散落在各处的寥寥数语。在本节中，我就将这寥寥数语结珠成串，还原姜子牙的青壮年岁月。

历史上对姜子牙的称呼很多，姜子牙、姜尚、吕尚、吕望、太公望、姜太公、师尚父,说的都是他。这些称号都是什么来历呢?姜子牙是姜姓吕氏,名尚,字子牙(也可能就是"牙","子"字无义,先秦时人的字大多仅有一字)。至于"吕望"和"太公望",是因为《史记·齐太公世家》里面,文王姬昌在渭水边和姜子牙一番对谈,大喜过望,说:"自吾先君太公曰:'当有圣人适周,周以兴。'子真是邪?吾太公望子久矣。"意思是说:"我家太公(姬昌的祖父古公亶父)曾对我说:'会有圣人来到周国,周国将因此兴旺。'您就是那位圣人吧?我家太公盼望您的到来已经很久了!"因此,姜子牙就有了一个称号叫"太公望"。至于"师尚父",这是文王死后,武王对姜子牙的称呼,意思是说他亦师亦父。本书说的是《封神演义》,就按《封神演义》的习惯,把他称为姜子牙。

关于姜子牙的出身,《史记·齐太公世家》里说:"太公望吕尚者,东海上人。其先祖尝为四岳,佐禹平水土甚有功。虞夏之际封于吕,或封于申,姓姜氏。"意思是说,姜子牙是"东海上人",也就是住在东海边。这说的不一定是姜子牙的出生地,更可能是在说他年轻时生活的地方。《孟子·尽心上》中说:"太公辟纣,居东海之滨。"意思是说,姜子牙为了躲避商纣王的统治,居住在东海之滨。这时的姜子牙应该已经成年了,所以才有了这样的自主选择。那么姜子牙的老家在哪里呢?所谓"其先祖尝为四岳",指的是姜子牙的祖先曾经做过大禹时代的"四岳",关于"四岳"的说法不一,有人说是四人,也有人说只有一人。不过这个不重要,重要的是后面说姜子牙的祖先因为辅佐大禹平定水土有功,在虞夏之际封到了吕国,也有人说封到了申国。为什么会有这两种不同的说法呢？因为吕国、申国都源出姜姓。《国语·周语》中说"齐、许、申、吕由大姜"，三国吴人韦昭在这里注解："四国皆姜姓。"也就是姜姓衍生出齐、许、申、吕四个封国。这个姜姓又是怎么来的呢？古文字学家于省吾认为，"姜"字和羌族的"羌"字同源，男性的羌人用羌字代表，女性的羌人用姜字代表。[①]很多羌人女性名字里都带有姜字，比如周文王的祖父周太王，他的正妻叫"太姜"，这说明周族可能和羌族很早就通婚了，毕竟这两个部族都位于中国西部，相距也不远。周武王后来也娶了姜子牙的女儿邑姜，说明周羌通婚成了习惯。这个"姜"字在商朝晚期演变为姓氏，姜姓人可能都带有羌族血统。

姜子牙应该是羌人的后裔，而且出身吕国的可能性更大，因为《史记·齐太公世家》中说他"本姓姜氏，从其封姓，故曰吕尚"。司马迁认为吕尚是"从其封姓"，说明吕尚出生地就是吕国。吕国在什么位置呢？主流观点是位于山西吕梁一带。商朝的甲骨文卜辞中有这么一句："于吕，王乃田，亡灾。"意思是，商王去吕国打猎，路上很顺利，没出什么意外。商王可以去吕国打猎，说明吕国距离商朝的核心区域不远。商朝的核心区域大致是今天河南省中部、北部地区，吕国应该就在这一带附近。商朝的甲骨文卜辞里还有这么一句："吉方及口方敦吕。"意思是，吉方和口方攻打吕国。这个"方"是商朝对北方一些部族的通称，比如商王武丁征讨过"鬼方"。历史学家李学勤考证出这个"吉方"

[①] 于省吾：《释羌、苟、敬、美》，《吉林大学社会科学学报》，1963年第1期。

就在山西省西部,进而考证出吕国就在山西省西南部,这一带距离河南省北部不远,正好和甲骨文卜辞对得上。

所以,姜子牙(吕尚)可能还是吕国贵族出身,他的羌人同胞很早就与周人开始通婚了。但他大概出身贵族远支,甚至早已沦为庶民,年轻时吃了不少苦头。《封神演义》里写姜子牙下山以后学做生意,写得煞是生动:卖笊篱①,一个也卖不出去;挑担卖面,先是被马撞翻了箩筐,接着又是一阵狂风,把面粉吹得一干二净;改当饭店掌柜卖酒饭,偏偏暑气蒸腾,酒饭都馊了;决心卖猪羊,偏赶上朝歌半年不下雨,纣王为了祈求上天保佑,禁止屠宰,结果猪羊全被没收。这一段看似是作者杜撰,其实在历史中倒也不乏依据。《战国策·秦策五》说姜子牙是"朝歌之废屠",就是说他真的曾经操刀卖肉;《尉缭子·武议》说"太公望年七十,屠牛朝歌,卖食盟津",看来姜子牙还卖过熟食;《说苑·尊贤》说姜子牙曾是"棘津迎客之舍人",意思是他还当过旅馆迎宾的服务员。《封神演义》里姜子牙一度时来运转,因为算卦精准和火烧琵琶精的事迹,获得纣王赏识,拜为下大夫,后来纣王让他负责督造鹿台,姜子牙见纣王奢侈无道,就借着水遁跑了。这段情节应该是来自《史记·齐太公世家》中的一句:"太公博闻,尝事纣。纣无道,去之。"《封神演义》里面,姜子牙还因为丢了官,被老婆骂没出息,被迫写下一纸休书,和老婆离了婚。这个在文献中也有出处。《战国策·秦策五》:"太

---

① 一种竹篾编成的烹饪器具,形如漏勺,主要功能是捞取食物时使食物与汤、油分离。

公望，齐之逐夫。"《说苑·尊贤》："太公望，故老妇之出夫也。"文献中的姜子牙比小说里的更悲催，不是被迫写下休书休了老婆，而是直接被老婆给休了，不仅被休了，还被赶出了家门。这应该发生在齐地，即今天的山东地区（"齐之逐夫"）。当时这里是东夷居住地，没有后世那么多的儒家礼法，女性可以赶走丈夫。

至于姜子牙是怎样成为姬昌的心腹谋臣的，我们熟悉的故事是"姜太公钓鱼，愿者上钩"，这个故事的雏形其实出自《吕氏春秋》："太公望，东夷之士也，欲定一世而无其主。闻文王贤，故钓于渭以观之。"意思是，姜子牙要投奔明主，听说文王贤明，就在渭水钓鱼，观察他是否名实相符。到了《史记·齐太公世家》中，又进一步加以丰富，形成了今天我们熟悉的故事：姜太公在渭水边垂钓，等待姬昌前来访求。姬昌有一次出去打猎，临行前占卜，结果是"所获非龙非彲非虎非罴，所获霸王之辅"，这里的"非罴"后来被讹传为"飞熊"，在《封神演义》中又成了姜子牙的道号。姬昌在渭水边遇到姜子牙，相谈甚欢，成就了一段君臣知遇。

姜子牙为何能在穷困潦倒中一飞冲天，成为"霸王之辅"？或许正是之前坎坷心酸的经历，让姜子牙懂得了世道人心，也学会了坚毅忍耐。这些是贵族们普遍缺乏的知识，也是"谋略"的真正基础。

不过在文献中，我们还可以隐约看到对姜子牙这段经历的另一种解释。《史记·齐太公世家》就提出了另一种说法：

139

> 周西伯拘羑里，散宜生、闳夭素知而招吕尚。吕尚亦曰："吾闻西伯贤，又善养老，盍往焉。"三人者为西伯求美女奇物，献之于纣，以赎西伯。西伯得以出，反国。言吕尚所以事周虽异，然要之为文武师。
>
> 周西伯昌之脱羑里归，与吕尚阴谋修德以倾商政，其事多兵权与奇计，故后世之言兵及周之阴权皆宗太公为本谋。

这段话是在说，早在姬昌被纣王软禁在羑里的时候，他身边的大臣散宜生和闳夭就主动招揽姜子牙。姜子牙听说姬昌贤明，又善待老人，于是欣然同意，三人一同定计，给纣王送去美女和奇珍异宝，把姬昌赎了出来。姬昌重获自由，就和姜子牙一起密谋颠覆殷商，姜子牙也提出了很多奇计，后世谈论兵家和阴谋，公推姜子牙为祖师。

这个说法似乎比"愿者上钩"的故事更为合理。毕竟因为一次偶遇，就加以重用，这实在太像文人的臆想了。而且，《孙子兵法·用间篇》中还有这么一句："昔殷之兴也，伊挚在夏；周之兴也，吕牙在殷。故惟明君贤将，能以上智为间者，必成大功。"《用间篇》讲的是使用间谍的方法，这里用姜子牙的例子证明用聪明人当间谍的重要性。如果孙武的说法属实，那么姜子牙的过往经历都有了新解释：他在朝歌卖肉，在棘津当旅馆服务员，都可能是利用这些身份来掩护自己，其真实目的是打探情报，犹如谍战剧《地下交通站》；他在黄河边上的盟津（也作"孟津"）卖熟食，可能是为了探查地形，因为孟津是后来伐纣的必经渡口，所谓"八百诸侯会孟津"，这犹如老电影《渡江侦察记》里解放军侦察员在长江边上"卖香烟洋火桂花糖"；他一度在纣王身边为官，很可能是打入敌人高层搜集更关键的情报，犹如谍战剧《潜伏》；他在东海海滨一带活动，这一带是东夷和淮夷的聚居地，这甚至可能是在存心策反东夷和淮夷，后来武王伐纣在牧野一战成功，很大程度上是因为纣王把主力用来镇压淮夷。

总之，姜子牙其实很早就成了姬昌阵营中的战友，只是潜伏在殷商内部，完成使命以后才回西岐复命。真是一曲忠诚的赞歌！

姜子牙为何要如此尽心尽力？可能和他出身羌人有关。羌人和周人已经通婚数代，形成了政治同盟。而吕国本来可能是商朝的西部屏障（前面说过商王会去吕国打猎），但到了商末，周人不断扩张，吕国可能在周人的兵锋下选择了屈服。《史记·周本纪》："明年，（周）伐犬戎。明年，伐密须。明年，败耆国。"从这里可以看出周人扩张势力的步伐：三年之中，伐犬戎，伐密须，败耆国。其中耆国位于山西长治一带，从周人所在的陕西关中要打到山西长治，中间还隔着吕国，即山西吕梁，可见吕国此时已经倒向周人，非但不成为障碍，还为周人提供帮助。所以，姬昌和姜子牙的合作，不仅是一对君臣的合作，更是周国和吕国的战略合作。

总之，姜子牙是一位出身没落贵族，历尽人间坎坷，百折不挠，终于翻身的人物。

姜子牙在《封神演义》中被神话为元始天尊的弟子，开坛主持封神大计,这个倒也并非完全是创造。历史上的姜子牙确实曾经"封神"。《史记·封禅书》中说:"始皇遂东游海上,行礼祠名山大川及八神,求仙人羡门之属。八神将自古而有之,或曰太公以来作之。"意思是,秦始皇巡视齐地,即山东一带,祭祀名山大川和齐地"八神",这八神据说是姜子牙所设立的。这里姜子牙其实已经成为主导"封神"的人物。或许正因如此,后世对姜子牙不断神化。早在西汉刘向的《列仙传》中,就说姜子牙在溪边垂钓三年,居然从钓上来的鱼肚子里获得了兵书。而且姜子牙长年服用"泽芝"和"地髓"等仙药,所以活了两百年才去世。等到下葬的时候,棺材里居然没有尸体,估计是成仙了。北宋《太平广记》中又有这样一段故事:

> 武王伐纣,都洛邑。明年阴寒,雨雪十余日,深丈余。甲子平旦,五丈夫乘马车,从两骑,止王门外。师尚父使人持一器粥出曰:"大夫在内,方对天子,未有出时。且进热粥,以却寒。"粥皆毕,师尚父曰:"客可见矣!五车两骑,四海之神与河伯风伯雨师耳!南海之神曰祝融,东海之神曰勾芒,北海之神曰颛顼,西海之神曰蓐收,河伯风伯雨师,请使谒者,各以其名召之。"武王乃于殿上,谒者于殿下门内,引祝融进。五神皆惊,相视而叹。祝融等皆拜。武王曰:"天阴乃远来,何以教之?"皆曰:"天伐殷立周,谨来授命。"顾敕风伯雨师,各使奉其职也。

这段话是说，武王伐纣以后，在洛邑建都（其实东都洛邑是周公所营造）第二年连续下了十几天大雪，积雪有一丈多厚。这时有五车两骑来到门外，姜子牙就用热粥招待他们。等他们喝完粥，姜子牙就说：来的客人是四海之神与河伯风伯雨师，派人去叫他们的名字，引他们进来吧！众神见自己的来历被识破，吃了一惊，都上殿下拜。周武王问：你们远道而来，有什么教诲吗？众神说：上天兴周灭商，我们前来接受命令啊！于是周武王让他们各守其职。

在这个故事里，姜子牙不仅通晓众神来历，而且可以号令众神。这种"姜太公在此，诸神退位"的权威，到了《封神演义》中，终于凝聚为高举打神鞭和杏黄旗的"封神者"姜子牙这一形象。

18

哪吒：
外国小孩为什么来中国闹海？

终于说到哪吒了。哪吒是中国老百姓喜闻乐见的神话人物，在《封神演义》中也是重要角色。《封神演义》在结构上先写了"哪吒出世"，接着才是"子牙下山"。而且哪吒出世以后不久，就有太乙真人来给他当师父，还说他是"伐纣先行官"，早早给他安排好了工作。对于这样一位人物，读者的疑问一定很多。本节将用自问自答的形式，为你解开哪吒身上的谜团。

问题一：金吒和木吒的弟弟为什么叫哪吒？

在《封神演义》里，哪吒是李靖和殷夫人的三胎，他还有两位哥哥：金吒和木吒。这里就有个问题：大哥和二哥都以五行命名，一个是金，一个是木，那么按"金木水火土"的排位，老三明明应该是"水吒"，看哪吒平时的造型，也可以叫"火吒"，为什么要叫"哪吒"呢？

哪吒其实原本是一个外国孩子，老家在古印度。古印度有一部神话史诗叫《罗摩衍那》，书名的意思是"罗摩历险记"，成书时间大致是中国的春秋战国时期。这本书里提到一位神,名叫俱毗罗(Kubera,他也是印度教和婆罗门教的财神),他有一个小儿子叫那罗鸠婆(Nalakūvara),曾经杀死过亚穆纳河中的那伽(Nāga)。那伽是古印度神话中一种长着角的大蛇,能够兴云布雨,后来被佛教借用,在中国佛经中被翻译成"龙"或"龙众",和"天众"(天神)等其他七个神话部族合称为"天龙八部"。这个小儿子的名字在古印度的文本传抄和语言流变中变成Nazhajuwaluo,在汉语中被翻译为"哪吒俱伐罗"。这就是哪吒的原型,而他杀死那伽的传说,则演化为"哪吒闹海"的故事。中国神话中的"龙王"其实并不是中国龙,而是来自古印度的那伽,"龙王"一词出自佛经,其实是对梵语Nāgaraja(直译就是"那伽首领")的翻译。所以,哪吒以及他闹海的故事,原型都出自《罗摩衍那》。

后来,俱毗罗这一家子都被佛教借用,成为佛教的护法神。俱毗罗从财神变成了佛教四大天王中的北方毗沙门天王(Vaisramana),在中国又叫北方多闻天王。日本战国时期的大名(诸侯)上杉谦信,就将毗沙门天王视为自己的守护神,在军旗上打出了大大的"毘"字。这是因为上杉谦信统治的越后地区位于日本北部,毗沙门天王正是负责镇守北方。基于类似的原因,毗沙门天王在中国和大唐战神李靖扯上了关系,最终被命名为托塔天王李靖,其中原委我们下节还会细讲。

毗沙门天王并不孤单,他还生了儿子,佛经中一般说他有五子。五子姓名说法不一,但几乎各个说法中都有哪吒。《封神演义》中说哪吒有两个哥哥金吒和木吒,"金吒"是佛经中毗沙门天王的长子"最胜太子"（又名"甘露太子"）和密教五大明王之一的军荼利明王结合而来；"木吒"之本源为梵语"波罗提木叉"（pratimoksa，原意为"解脱"），至唐朝则有僧伽大师座下两位弟子惠岸与木叉，这两人在《西游记》中合二为一，成为哪吒的二哥木叉，拜观音菩萨为师，法号惠岸。加上道教的《太上赤文洞神三箓·五方神咒》之中又有"木吒敕东方大金顶自在轮王，火吒敕唵南方大金顶自在轮王，水吒敕北方大金顶自在轮王，金吒敕唵西方大金顶自在轮王，土吒敕唵中央大金顶自在轮王"的文字，这些后来融合在一起，就定型为托塔天王的三个儿子。如元代《三教源流搜神大全》中说："母素知夫人生下长子军吒（金吒），次木吒（木吒），帅三胎那吒（哪吒）。"三兄弟在这里已经齐齐整整，《封神演义》正是采纳了这一设定。

哪吒出现的时间，可能比他的两个哥哥更早。唐人郑綮的笔记《开天传信记》中就有这样的文字："少年曰：'某非常人，即毗沙王之子那吒太子也！'"可能因为"哪吒"太不像一个中国小孩的名字，古人总想给他的名字找个看得过去的出处。比如，《西游记》百回本第八十三回中说："原来天王生此子时，他左手掌上有个'哪'字，右手掌上有个'吒'字，故名哪吒。"这个杜撰应该也有根据，"哪"和"傩"是谐音，"傩"就是驱魔仪式，"吒"通假叱咤的"咤"，就是震慑的意思。所以哪吒，也有驱散和震慑妖魔的意思。到了《封神演义》里，作者懒得解释，直接就说太乙真人给孩子取名叫哪吒。这个说法虽然简便，但是不太真实。你想象一下，一个道士去一户中国武将家里给他家刚出生的孩子取了个没头没脑的名字叫"哪吒",孩子的父亲也不问原委,直接就同意了,还说"谢道长赐名",怎么看都有些随意。这也是《封神演义》的一贯特征:在细节上不太注意。

总之,"哪吒"这个名字是从古印度的"哪吒俱伐罗"而来,哪吒俱伐罗他们一家子都经历了中国化的过程。

问题二:为什么哪吒出生时是个肉球?

这应该是很多读者对哪吒的一个深刻印象:哪吒刚出生时是一个圆滚滚的肉球,父亲李靖拔剑把球劈开,哪吒才从里面蹦了出来。原文如下:

> 李靖听说,急忙来至香房,手执宝剑,只见房里一团红气,满屋异香。有一肉球,滴溜溜圆转如轮。李靖大惊,望肉球上一剑砍去,划然有声。分开肉球,跳出一个小孩儿来,满地红光,面如傅粉,右手套一金镯,肚腹上围着一块红绫,金光射目。这位神圣下世,出在陈塘关,乃姜子牙先行官是也,灵珠子化身。(《封神演义》第十二回)

这个情节并不是《封神演义》作者的原创,古代中国有很多圣贤和神明都是从肉球里蹦出来的。比如传说中周人的始祖后稷,大名叫"弃",他的母亲姜嫄在野外看到一个巨大的脚印,就上去踩了一脚,回来就怀孕了,生下了一个大肉球。这个说法来自《诗经·大雅·生民》：

  厥初生民？时维姜嫄。生民如何？克禋克祀，以弗无子。
  履帝武敏歆，攸介攸止，载震载夙。载生载育，时维后稷。
  诞弥厥月，先生如达。不坼不副，无菑无害，以赫厥灵。
  上帝不宁，不康禋祀，居然生子。

  这一段讲的就是姜嫄履迹生子的故事，其中关键是"先生如达"四个字，学者一般认为这个"达"字通假"羍"字，意思是小羊羔。小羊羔出生时浑身裹着胞衣，如同一个肉球，故事里的后稷就是这么出生的。比如清人陶元淳对"先生如达"的解释就是："后稷生时，盖藏于胞中，形体未露，有如羊子之生者，故言如达。"

  还有很多名人在传说里都是这么出生的，比如明朝黄化宇的小说《两汉开国中兴传志》描述汉文帝刘恒的出生："稳婆领命，看其分娩，报知吕后。后即亲至视之，乃是一肉球，没眉没眼。"《封神演义》中纣王的儿子殷郊，在更早的平话故事中也是这样出生的，我们讲到殷郊时再细说。所以，"肉球诞子"其实是一类故事模型。

  为什么会有这样的故事模型？早期人类观察到鸟类从卵中孵化出后代，产生了卵为生命之源的想法，因此创造了"卵生神话"。所谓"肉球",其实是卵的变形。卵能够为幼崽提供保护,被包裹在肉球中出生,意味着上天给予了格外的保护,这其实是伟人降生的象征。而且这是一种世界性的现象,古印度的太阳神苏利耶出生时也是大肉球,他的哥哥因陀罗把这个肉球雕出了人形,才变成了苏利耶。

商族的创世神话是"玄鸟生商",《史记·殷本纪》:"有娀氏之女,为帝喾次妃。三人行浴,见玄鸟堕其卵,简狄取吞之,因孕生契。"简狄吞下燕卵,怀孕生下了商族的始祖契,这其实是"卵生神话"的一个变种,卵在生殖上的神力没有体现为出生时的保护,而是引发妊娠的动力。中国某些地方至今仍有结婚时吃红鸡蛋或糖水鸡蛋之类的传统,其实也是此类观念的延续。

在神话传说中,卵不仅可以生人,甚至可以生出宇宙。三国吴人徐整在《三五历记》中记载:"天地浑沌如鸡子,盘古生其中。万八千岁,天地开辟,阳清为天,阴浊为地。"这里宇宙也和鸡蛋一样,阴阳二气犹如鸡蛋清和鸡蛋黄,孕育了天地。这也是一种世界性的认识,古印度神话《梨俱吠陀》也说宇宙是从一颗金卵中诞生;古波斯神话则说光明之神霍尔木兹创造的宇宙外形也像一颗大鸡蛋,外壳是钢铁铸成,大地悬于宇宙中央,如同蛋黄,蛋黄与蛋壳之间弥漫着蛋清一样的宇宙物质,日月星辰分布其中。

总之,古代中国和世界各地的卵生神话都来源于人类对卵的生殖崇拜,哪吒并不是个案,甚至在"卵生家族"中都只能算是晚辈。

问题三：哪吒为什么变成莲藕化身？

互联网上有人把哪吒称为"藕霸"，还说碾碎哪吒会得到藕粉。这种说法其实不准确，《封神演义》里，重造哪吒的原料中并没有莲藕。哪吒面对四海龙王的威逼，自断一臂，随后剖腹、刮肠、剔骨，将血肉还了父母，就此丧命。哪吒神魂投奔乾元山而去，结果发生如下情节：

> （太乙真人）叫金霞童儿："把五莲池中莲花摘二枝，荷叶摘三个来。"童子忙忙取了荷叶、莲花，放于地下。真人将花勒下瓣儿，铺成三才，又将荷叶梗儿折成三百骨节，三个荷叶，按上、中、下，按天、地、人。真人将一粒金丹放于居中，法用先天，气运九转，分离龙、坎虎，绰住哪吒魂魄，望荷、莲里一推，喝声："哪吒不成人形，更待何时！"只听得响一声，跳起一个人来，面如傅粉，唇似涂朱，眼运精光，身长一丈六尺，此乃哪吒莲花化身，见师父拜倒在地。（《封神演义》第十四回）

你看，太乙真人只用了荷花和莲叶，根本没用莲藕。哪吒是莲藕化身的说法，其实来自《西游记》。而且帮他复活的也不是太乙真人，而是如来佛祖。

> （哪吒）一点灵魂，径到西方极乐世界告佛。佛正与众菩萨讲经，只闻得幢幡宝盖有人叫道："救

命！"佛慧眼一看，知是哪吒之魂，即将碧藕为骨，荷叶为衣，念动起死回生真言，哪吒遂得了性命……（《西游记》第八十三回）

在《西游记》中，哪吒并没有太乙真人这个师父，只得去求佛祖。其实，佛祖为他重塑身躯，这个更合理。因为莲花、荷叶这些本来就是佛教的常见意象，而且哪吒与莲花的关系也是出自禅宗典故。宋代道原和尚在《景德传灯录》中说："那吒（哪吒）太子，析肉还母，折骨还父，然后于莲华上为父母说法。"这里其实暗合佛理：哪吒抛却了父母给予的皮囊，实现了真正的精神自由，端坐莲台，以觉悟者的身份，平等地为父母演说佛法。后来关于哪吒莲花身或是莲藕身的传说，应该都是从此处演化而来。

从哪吒莲花身的问题，其实可以看出这个人物与传统中国主流文化的根本矛盾：叛逆、不羁、追求自由的少年气与儒家的孝道之间的矛盾。"析肉还母，折骨还父"的行为，于佛教看来是开悟的征兆，于主张"身体发肤，受之父母，不敢毁伤"的儒家看来，根本就是大逆不道。苏轼的弟弟苏辙还写过一首诗，批评哪吒的不孝行为：

> 北方天王有狂子，只知拜佛不拜父。
> 佛知其愚难教语，宝塔令父左手举。
> 儿来见佛头辄俯，且与拜父略相似。

佛如优昙难值遇，见者闻道出生死。
嗟尔何为独如此，业果已定磨不去。
佛灭到今千万祀，只在江湖挽船处。

苏辙说哪吒"只知拜佛不拜父"，这里已经显示出佛教和儒家价值观的难以调和。所以，后来的中国神话一直在努力让哪吒融入中国文化，直接的成果就是哪吒从佛教护法神变成了道教神祇。发端于元代，成书于明代的《三教源流搜神大全》卷七即有"那叱（哪吒）太子"条目："那叱本是玉皇驾下大罗仙，身长六丈，首带金轮，三头九眼八臂，口吐青云，足踏盘石，手持法律，大喊一声，云降雨从，乾坤烁动。因世间多魔王，玉帝命降

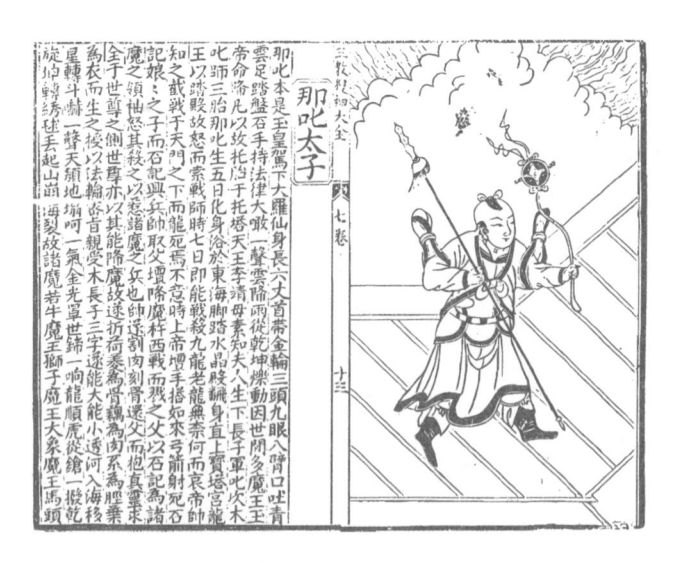

明代《三教源流搜神大全》卷七"那叱（哪吒）太子"条目

凡，以故托胎于托塔天王李靖。"这里的哪吒已成为"玉皇驾下大罗仙"，完全被道教收编了。

到了《西游记》里，哪吒被玉帝封为三坛海会大神。三坛就是天、地、水，这个在道家叫三坛界，用今天的话说就是海、陆、空。海会就是众神的聚会，因为众神德行似海，所以叫海会。三坛海会大神，就是可以在三界聚会时调遣众神的神明，哪吒终于出息了。

那么哪吒"不孝"的嫌疑又该如何隐去？《封神演义》在这方面煞费苦心。首先，哪吒是在四海龙王来陈塘关问罪时自尽，这里隐含了一人做事一人当，不连累父母的含义；其次，小说里李靖的行径非常过分，儿子都自杀了，他还要火烧百姓在翠屏山自发为哪吒神魂修建的行宫，鞭打金身，让哪吒神魂无处可去，最后只得借莲花化身还魂。还魂以后的哪吒，已经将父母给予的血肉尽数归还，等于重生为一个新人，再找李靖算火烧行宫的账，也就与儒家孝道无涉了。

其实，又何必如此煞费苦心，为哪吒开脱？这些故事背后，都隐藏着人民深层的意志。孙悟空大闹天宫，这是"无君"；哪吒抛却血肉，这是"无父"。这些故事的背后，是封建礼教统治之下的百姓心中无声的呐喊。

问题四：哪吒到底是三头六臂，还是三头八臂？

最后来解答一个小细节：哪吒到底有几条胳膊？在《封神演义》里，哪吒是三头八臂。第七十六回说，太乙真人吩咐哪吒下山破诛仙阵，临行之际，真人又赠三杯酒，从袖子里拿出枣子递给哪吒下酒。哪吒连饮三杯，吃了三枚火枣。结果，"只见左边一声响，长出一只臂膊来……右边也长出一只臂膊来。哪吒唬得目瞪口呆。只听得左右齐响，长出六只手来，共是八条臂膊；又长出三个头来"。顺带一说，哪吒这八条胳膊拿着的法宝分别是乾坤圈、混天绫、金砖、两根火尖枪、九龙神火罩和阴阳双剑。

而在《西游记》里，哪吒却是三头六臂：

> 悟空道："我只站下不动，任你砍几剑罢。"那哪吒奋怒，大喝一声叫："变！"即变做三头六臂，恶狠狠，手持着六般兵器，乃是斩妖剑、砍妖刀、缚妖索、降妖杵、绣球儿、火轮儿，丫丫叉叉，扑面打来。（《西游记》第四回）

《西游记》里哪吒不仅少了两条胳膊，法宝也不一样。那么，哪吒到底有几条胳膊？其实，这里面也体现了哪吒作为外来神灵的本土化。"三头八臂"本是佛教的一种法身。唐代佛教类书《法苑珠林》卷九说："（修罗道者）体貌粗鄙，每怀瞋毒，棱层可畏，拥耸惊人，并出三头，重安八臂，跨山蹋海，把日擎云。"修罗道是佛教六道之一，善战好斗，于是三头八臂在佛教逐渐成为神通广大的代名词。为何是八臂？佛教法身的造型一般是前两掌要合十，后面六条胳膊用于战斗。我们看千手观音像，也是前面两掌合十，后面胳膊依次展开。《封神演义》里说哪吒三头八臂，这是保留其法身的本来面目。但中国老百姓不习惯双手合十，觉得一个头两条胳膊，三个头自然是六条胳膊，于是三头六臂的说法逐渐流行开来。总之，不管是八臂，还是六臂，背后其实是文化的差异。

关于哪吒，就讲到这里。这个来自古印度的孩子能够在华夏建功立业，使得家喻户晓，本就是中华文化包容力的体现。

19

李靖：
托塔天王和唐朝名将是不是同一人？

上节说了哪吒，本节我们来聊聊他的父亲李靖。中国历史上还有一位鼎鼎大名的李靖：唐朝名将李靖李卫公，曾经大破突厥。那么，哪吒的父亲李靖和唐朝这位名将是不是同一人呢？

答案可能会令一些朋友感到意外：他们就是同一人。

《封神演义》虽然将时间设定在商周，但出场人物的那些原型并不限定为商周时期的人物，而是兼收博采了各类神明，强迫他们都穿越到了商周大战这个时空。曾经有一款著名的国产游戏叫《刀剑封魔录》，也使用了类似的叙事手法，把中国历史上的许多名人，如欧冶子、葛洪、陶弘景、风尘三侠（李靖、红拂女、虬髯客）、黄道婆等等，都集中放在主人公所处的时空之中。在《封神演义》里，李靖的官职是陈塘关总兵，这个也纯属杜撰，商朝并没有"总兵"这个官职，这是作者照着明朝的官制来写的。哪吒的父亲李靖，原型就是我们熟悉的托塔天王，而托塔天王的原型则是佛教的北方毗沙门天王。

"天王"原本是印度教神话中的一个概念，印度教"二十诸天"中的第一重天就是"四天王天",由四大天王把守。四大天王被佛教借用以后,又成了"四大部洲"的看守。在《西游记》里也出现过四大部洲的概念,这个概念出自佛教《阿含经》,说的是世界中央有须弥山,须弥山附近的咸海之中分布着四大部洲——东胜神洲、西牛货(贺)洲、南赡部洲和北俱芦洲,分别归东西南北四大天王守护,这些我们讲到魔家四将时还会细说。单说四大天王中的北方毗沙门天王,他在汉传佛教中又被意译为"多闻天王",意为于佛法多知多见。唐代佛教类书《法苑珠林》中说:"北方天王名毗沙门,此云多闻,主领夜叉罗刹。"毗沙门天王或者说多闻天王常见的造型是一手执宝幡,一手上缠绕一只神鼠。

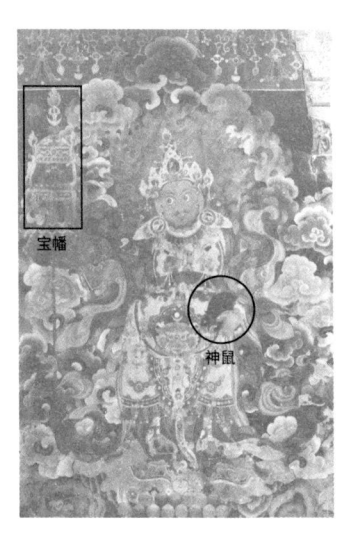

西藏布达拉宫北方毗沙门天王壁画,右手持宝幡,左手持神鼠

　　北方毗沙门天王为什么要手持一只老鼠呢?最初可能是出于误会。毗沙门天王的前身是印度教的财神俱毗罗,而俱毗罗有一只宠物是印度獴,因此毗沙门天王在古印度最初的造型也是手执印度獴。

　　印度獴为什么会变成老鼠呢?毗沙门信仰后来由印度传至中亚,再传至西域地区,成为西域一些小国的守护神。比如唐朝玄奘法师在《大唐西域记》中即记载了他在瞿萨旦那国（于阗国）听到的传说：

公元10世纪的俱毗罗造像，左手所执为印度獴[1]

（国王）功绩已成，齿耋云暮，未有胤嗣，恐绝宗绪。乃往毗沙门天神所祈祷请嗣。神像额上剖出婴孩，捧以回驾，国人称庆。既不饮乳，恐其不寿，寻诣神祠，重请育养。神前之地忽然隆起，其状如乳。神童饮咂，遂至成立。

意思是说：瞿萨旦那国的国王好不容易建功立业，但年纪大了，还没有子嗣，怕就此血统断绝，于是去祈求毗沙门天王，想要个儿子，神像额头上居然产出一个婴儿，国王捧着婴儿回来，百姓也一起庆祝。但这孩子不喝奶，国王怕他活不长，就又去找毗沙门天王请他帮忙养育，结果神像前的地面忽然隆起，形状如同母亲的乳房，那孩子吸吮地上的乳房，于是就长大了。这个孩子就是该国历史上有名的"地乳王"。

这个故事说明了毗沙门信仰在西域的传播，问题是印度獴这

---

[1] 图片来自 https://en.wikipedia.org/wiki/File:SAMA_Kubera_1.jpg，作者 Zereshk。

种动物在西域并无分布,当地人对此感到陌生,需要找一个当地的对应物。西域沙漠地区的老鼠倒是不少,而且《大唐西域记》里还说了一个"神鼠破敌"的故事:

> 王城西百五六十里,大沙碛正路中,有堆阜,并鼠壤坟也。闻之土俗曰:此沙碛中,鼠大如猬,其毛则金银异色,为其群之首长,每出穴游止,则群鼠为从。昔者,匈奴率数十万众,寇掠边城,至鼠坟侧屯军,时瞿萨旦那王率数万兵,恐力不敌,素知碛中鼠奇,而未神也。洎乎寇至,无所求救,君臣震恐,莫知图计,苟复设祭,焚香请鼠,冀其有灵,少加军力。其夜瞿萨旦那王梦见大鼠曰:敬欲相助,愿早治兵,旦日合战,必当克胜。瞿萨旦那王知有灵祐,遂整戎马,甲令将士,未明而行,长驱掩袭。匈奴之闻也,莫不惧焉,方欲驾乘被铠,而诸马鞍、人服、弓弦、甲縫,凡厥带系,鼠皆啮断。兵寇既临,面缚受戮。于是杀其将,虏其兵。匈奴震慑,以为神灵所祐也。

这段的大意就是说,瞿萨旦那国的王城西边有刺猬那么大的老鼠出没,毛色为金银一般的异色。这只大老鼠是鼠群首领,每次出行都跟着一群老鼠。从前匈奴率军几十万人前来侵略,在老鼠窝边上驻扎。当时瞿萨旦那国王手下只有几万兵,担心打不过。听说城外的大老鼠有点神,现在也是实在没办法了,就设祭焚香,请求老鼠们来帮忙。当晚,国王梦见大老鼠跟他说:"你如果真想让我来帮忙,那就好好整顿军队,天亮了就作战,一定可以胜利!"国王知道神鼠会来保佑,就率领军队,趁着夜色行军,奔袭城外的匈奴军队。匈奴军队感到恐惧,正要上马披甲,却发现马鞍、衣服、弓弦、连接甲片的皮带等都被老鼠咬断,无法作战,只能引颈就戮。于是瞿萨旦那国获得大胜,匈奴畏惧,认为对方有神的护佑。

其实,这个故事疑似是地中海沿岸历史叙事的变种。古希腊历史学家希罗多德在《历史》中讲述了亚述国王撒那卡里波司率军入侵埃及,埃及率军抵抗的是祭司赛托司。他因为此前曾经苛待军队而不得军心,这时只能跑到神殿去痛哭,哭着哭着就睡着了,梦见神对他说,将要为他派出援军。结果当天晚上无数田鼠冲进亚述的营地,咬坏了他们的弓箭和盾牌,他们只得撤退了。

所以,"神鼠破敌"可以看成一类故事模型,这个模型在唐代不空三藏法师翻译的《毗沙门仪轨》中又出现了新版本,这个故事说的是在天宝元年(742 年),西域敌国围攻大唐的安西都护府,不空法师为唐玄宗作法,祈求毗沙门天王救援。毗沙门天王与次子独健太子率领天兵,身披金甲,大败敌军。而且还有金鼠"咬弓弩弦及器械损断,尽不堪用"。毗沙门天王还在城门北楼现身,大放光明。

这个故事在本质上仍然是"神鼠破敌",而且神鼠是毗沙门天王主动召唤的。正是西域地区的生态环境,以及诸如此类的神异故事,把毗沙门天王手上的印度獴变成了神鼠。从此,毗沙门天王(托塔天王)和老鼠经常一起在故事里出现,《西游记》里的金鼻白毛老鼠精就是托塔天王的干女儿,最后也是被托塔天王收服的。《封神演义》里魔家四将之老四魔礼寿手里的法宝花狐貂，也疑似来自这只神鼠。

这就引出一个问题：既然毗沙门天王手里拿着的是宝幡和老鼠，那么那座宝塔又是怎么冒出来的呢？或者说，毗沙门天王是怎样完成向"托塔天王"的转变的呢？

在《敦煌遗书》P4518中，我们已经可以看到崭新造型的毗沙门天王：一手执戟，一手托塔。[①] 不过，这里的塔和后来进一步汉化以后的"楼阁式塔"

《敦煌遗书》P4518毗沙门天王像

还是有所差异的，更接近古建筑分类所谓的"覆钵式塔"，佛教经常用于存放高僧舍利，称为"舍利塔"。北京白塔公园的白塔也是这种样式。

这座宝塔是怎样忽然冒出来的呢？《敦煌遗书》S4622《毗沙门缘起》[②] 记述了宝塔的由来：从前有两个国王彼此为仇，一名频婆仙那王，一名阿实地西那王，这位阿实地西那王因为国家

---

① 转引自朱刚：《唐宋诗歌与佛教文艺论集》，复旦大学出版社，2020年。
② 转引自朱刚：《唐宋诗歌与佛教文艺论集》，复旦大学出版社，2020年。

贫弱总是打败仗,所以在国内祭祀五百夜叉恶鬼,吞吃频婆仙那王的人民。频婆仙那王就在一座舍利塔前发愿,说他此生不能保护人民,枉受王位,来世愿做大力夜叉王,驱使一切夜叉恶鬼,保护一切众生。于是他放弃王位,在天上修行。后来,帝释天令频婆仙那王投胎为转轮王女之子,即毗沙门天王。出生前夕,母腹放五色神光,一切夜叉恶鬼心生恐怖,战栗不安。毗沙门天王出生以后,其母即去世,升入天宫。毗沙门天王生下来七天,上天宫看望母亲,帝释天与功德天母手擎舍利塔,迎接毗沙门天王,对他说:"你前世就是在舍利塔前发愿要保护众生,现在把这座舍利塔赐给你,你应该能想起前世的事了吧?"

所以,托塔天王手中这座宝塔,其实是一个"不忘初心"的证物,而且这座塔经常是让儿子哪吒帮他拿着的,《毗沙门仪轨》中就说"令第三子那吒捧塔随天王"。后来民间文学从哪吒"析肉还母,折骨还父"的故事中延伸出了哪吒变成莲花化身以后找李靖报仇的桥段,这座宝塔就成了对付哪吒的法宝。《西游记》中说宝塔是如来佛祖赐给李靖的,《封神演义》中赐塔的则变成了燃灯道人。这些都属于后世的文学演绎了。

最后,为大家解答本节开篇提出的问题:托塔天王为什么和唐朝名将李靖同名?古代文学学者朱刚指出,"李天王"一词早在唐代即已出现,原为于阗国(也就是前文提到的瞿萨旦那国)王室对国王的称呼。异族国王常有"天王"之称号,如前秦君主苻坚即自称"大秦天王"。于阗国为唐朝之属国,国王在与唐朝的交往中自称姓李,其实是想借唐朝的国姓来表达忠顺。同时因为于阗国有毗沙门天王赐子的传说,国王自称为毗沙门天王后裔,所以毗沙门天王也被冠上了"李天王"的称号。[1]

同时,毗沙门信仰在唐军中也很普遍,《古今图书集成·神异典》第九十一卷引唐卢弘正《兴唐寺毗沙门天王记》:

> 毗沙门天王者,佛之臂指也。右扼吴钩,左持宝塔,其旨将以摧群魔,护佛事。善善恶恶,保绥斯人。在开元则元宗图像于旗章,在元和则宪皇交神于梦寐,佑人济难,皆有阴功。自时厥后,虽百夫之长,必资以指挥,十室之邑,亦严其庙宇。

大意是说,毗沙门天王深受唐人信奉,唐玄宗把他的画像放在军旗上,唐宪宗则在梦中与他相会。唐军中的百夫长也要借助毗沙门信仰来指挥军队,地方上的小城镇也会严格维护毗沙门的庙宇。

有趣的是,名将李靖曾经长期统率唐军在西北地区作战,并曾大破突厥,是唐军眼中的战神。这种信仰甚至延续至五代和宋朝。军队对毗沙门天王的崇拜,以及对李靖的崇拜,逐渐融合在了一起。尤其是毗沙门天王原本就在于阗国有"李天王"之称,这虽然原本说的并不是李靖,但极易让不明原委的人们以为,毗沙门天王就是李靖。元代的《乐毅图齐七国春秋平话后集》中,已有了"黑杀神真武贤圣斗毗沙门托塔李天王"的名号,元朝杂剧《杨东来先生批评西游记》中也有这样的语句:"天兵百万

---

[1] 朱刚:《唐宋诗歌与佛教文艺论集》,复旦大学出版社,2020年。

总归降,金塔高擎镇北方,四海尽知名与姓,毗沙门下李天王。"而在《三教源流搜神大全》中,更是直接点了李靖的名:"那吒(哪吒)本是玉皇驾下大罗仙……因世界多魔王,玉帝命降凡,以故托胎于托塔天王李靖。"后来《西游记》和《封神演义》都沿袭了这个设定,托塔天王就此与李靖这个名字绑定在了一起。

需要强调的是,托塔天王李靖虽脱胎于毗沙门天王,但不等于后者。他的形象经过民间和道教的不断改造,拥有了自身的独立性,并为道教所信奉。所以,《西游记》里既有托塔天王李靖,也有四大天王(其中就包括北方毗沙门天王)。而在《封神演义》中,托塔天王李靖和脱胎于四大天王的魔家四将,也成为互不相干的人物。神话都是人写的,神话人物也会根据现实需要,不断变化出新形态。

20

杨戬：
二郎神为什么和太监同名？

本节我们来讲杨戬。需要先强调的是，《封神演义》里并没有明说杨戬就是二郎神，而《西游记》里倒是提到"二郎真君"的称谓，但并没出现杨戬这个名字，只说了二郎神父亲姓杨。孙悟空初见二郎神，就开起了没分寸的玩笑："我记得当年玉帝妹子思凡下界，配合杨君，生一男子，曾使斧劈桃山的，是你么？"不过，这些并不影响我们把"二郎神"和"杨戬"这两个称呼等同起来，因为《封神演义》里杨戬的外表和兵器，都分明来自二郎神。

二郎神在中国神话里的地位和哪吒不相上下，所以本节也使用和哪吒那一节类似的结构，集中解答大家可能会好奇的几个问题。

问题一：二郎神的原型是谁？

二郎神是一个复杂的多元混合体。他最初源于什么人物？这一点众说纷纭。主流的说法是：二郎神的最初原型其实就是哪吒的二哥独健二郎。也就是说，独健二郎分化出了木吒和二郎神这两个神话人物。

历史学家张政烺在《〈封神演义〉漫谈》一文中提到，唐代中期流行毗沙门天王信仰，和毗沙门天王一起受到崇拜的还有其子独健二郎。上节我们讲到毗沙门天王与独健二郎领兵救援安西的故事，其实这个故事还有一处细节：外敌入寇安西之际，胡僧大广智为唐玄宗祈求毗沙门天王救援安西。大广智设立道场，请唐玄宗手执香炉进入道场，持诵真言，见有神人二三百带甲立于道场之前，大广智说这是北方毗沙门天王第二子独健，领天兵去救援安西，所以前来辞行。后来，才有了毗沙门天王与独健二郎在安西大破敌军的故事。随着毗沙门信仰的流行，独健二郎也成为朝廷和民间供奉的"二郎神"。甚至上节提到的毗沙门天王手中那只硕大的神鼠，也因为经常和独健二郎一同陪伴在天王左右，渐渐改变了形状，变成了一只捕猎的细犬，这就是二郎神身边"哮天犬"的由来。[①]

这个说法看上去有道理，但也有学者反对。比如文学学者康保成就指出，毗沙门和独健二郎信仰开始流行是唐玄宗天宝年间的事情，但唐朝人崔令钦早在开元年间（开元是唐玄宗的第一个年号，在天宝之前）就写了《教坊记》，其中有曲牌名为《二郎神》，可见二郎神早在独健二郎走红之前就为人所知了，两者应该没什么关系。而且，说毗沙门的大老鼠变成了二郎神的狗，这

[①] 参见张政烺：《〈封神演义〉漫谈》，《张政烺文史论集》，中华书局，2004年。

也太牵强啦！①

　　文学学者侯会则认为，二郎神来自祆教信仰。本书在前面提到过祆教，即源于波斯的琐罗亚斯德教（拜火教），于南北朝时期传入中国。这种观点的文献证据还是颇为充足的。清代的《十国春秋》中有这样一段文字："帝（指前蜀君主王衍）被金甲，冠珠帽，执戈矢而行，旌旗戈甲，连亘百余里不绝，百姓望之，谓为灌口祆神。"意思是前蜀的君主王衍曾经装扮成"灌口祆神"出去巡游。清代《古今图书集成·神异典》引《贤奕》记载："二郎神衣黄弹射拥猎犬，实蜀汉王孟昶像也。宋艺祖（赵匡胤）平蜀，得花蕊夫人，奉昶小像于宫中。艺祖怪问，对曰：'此灌口二郎神也。乞灵者辄应。'"宋太祖灭了后蜀，得了花蕊夫人，却看见她在后宫供奉后蜀君主孟昶的雕像，顿时吃醋，问她怎么回事，花蕊夫人却说这是灌口二郎神，有求必应。看来孟昶也喜欢玩变装游戏，且变装对象正是"灌口二郎神"，这很可能就是前面提到的"灌口祆神"，可见二郎神和祆教之间可能有联系。侯会进而指出，巴蜀地区围绕二郎神有三种习俗：一是在传说中的二郎诞辰（旧历六月二十四日）祈雨，可见二郎神有水神属性；二是在二郎诞辰众人高举火把巡街，故这一天又称"火把节"，可见二郎神又有火神属性；三是在二郎诞辰前一日祭祀马神，可见二郎神又有马神属性。祆教中有没有哪位神祇兼有这三种属性呢？还真的有，就是雨神蒂什塔尔。他本是天狼星化身，负责降雨，而且曾经化身成金耳朵的白马，与旱魃阿普沙化

---

① 康保成：《二郎神信仰及其周边考察》，《文艺研究》，1999年第1期。

身的丑陋黑马搏斗。你看，拜火教中的雨神，还曾化身为骏马，这完美地和二郎神在巴蜀地区的信仰习俗扣上了。所以，二郎神信仰很可能来自祆教中的蒂什塔尔信仰。①敦煌学家姜伯勤也认可这种说法，还进一步指出，蒂什塔尔信仰在中亚地区可能还和来自叙利亚的狩猎之神艾尔特米斯相结合，采用了后者的武器，也就是弓箭，这个弓箭在巴蜀地区又演变为弹弓。②《西游记》里二郎神就曾用弹弓打碧波潭九头虫。二郎神带着猎犬，可能也是由于他与狩猎的结合。

有趣的是，祭祀二郎神的供品也和祭祀蒂什塔尔的相似。南宋洪迈的《夷坚志》中说："永康军崇德庙乃灌口神祠，爵封王，置监庙官，蜀人事之甚谨。每时节献享，及因事有祈者，必宰羊，一岁至四万口。"当地人祭祀灌口二郎神，一年要宰掉四万只羊。巴蜀地区并不盛产羊肉，这种习俗很不正常。再看下面这段记载，或许就明白其中原委了。《隋书·西域传》中说：

> （曹国）国中有得悉神，自西海以东诸国并敬事之。其神有金人焉，金破罗阔丈有五尺，高下相称。每日以驼五头、马十匹、羊一百口祭之，常有千人食之不尽。

---

① 侯会：《二郎神源自祆教雨神考》，《宗教学研究》，2011年第3期。
② 姜伯勤：《中国祆教艺术史研究》，生活·读书·新知三联书店，2004年。

这里的"曹国"是隋唐时期的中亚城邦之一，而"得悉神"即为蒂什塔尔的另译。曹国人祭祀蒂什塔尔，每天要用一百只羊，那么一年岂不是近四万只？这与《夷坚志》中的说法完全对得上。甚至二郎神后来被传为姓杨，都可能与其吃羊太多有关，"杨二郎"者，"吃羊的二郎"也。

所以，二郎神来自祆教雨神蒂什塔尔的说法还是颇有可信度的，但二郎神在巴蜀地区还融合了本土元素。二郎神的道场在四川灌县的灌江口，位于今天都江堰市。这一带流行着都江堰建造者李冰的二儿子李二郎帮助父亲筑堰治水，死后成神的传说。《宋会要》记载："仁宗嘉祐八年八月，昭永康军广济王庙郎君神特封灵惠侯，差官祭告。神即李冰次子，川人号护国灵应王。"这又是一位"二郎神"。

巴蜀地区的"二郎神"传说还有一个版本，即赵昱赵二郎。据说隋朝四川嘉州太守赵昱赵二郎，曾经在嘉陵江斩杀蛟龙，所以死后成神。宋代《方舆胜览》中记录了赵昱斩蛟的事迹：

> 赵昱尝隐青城山，隋炀帝起为嘉州太守，时犍为潭中有老蛟为害，昱率甲士千人，夹江鼓噪，昱持刀入水，有顷江水尽赤，昱左手执蛟首，右手持刀，奋波而出。隋大乱隐去，不知所终。后嘉陵水涨，蜀人见昱青雾中骑白马从数猎者于波面过，太宗赐封神勇大将军，庙食灌江口。

这段话中的赵昱神乎其神，而隐居青城山的经历似乎又在说明他与道教的某种联系。正统道藏中的《三洞群仙录》更是干脆点明了这种联系：

> 赵昱从道士李珏隐青城山，隋炀帝知其贤，起为嘉州太守。时健为潭中有老蛟为害，昱莅政五月，没舟船七百艘。昱大怒，率甲士千人，夹江鼓噪，声振天地。昱持刀没水，有顷江水尽赤，石崖倾吼如雷。昱左手执蛟头，右手持刀，奋波而出。

故事和前面大同小异，但加上了跟随道士李珏的情节，把赵昱拉进了道教阵营。问题是，李二郎和赵二郎一位治水，一位斩蛟，那么二郎神怎么会以携带猎犬的形象出现呢？其实，这两位的故事，都是巴蜀地区对于外来神尝试融合的结果。本地人看到外来的二郎神受到欢迎，不服气，于是要搬出本地神祇，声称外来神其实老家也在本地。况且巴蜀地区还是道教的发祥地之一，本土道教自然也不甘落后，把二郎神塑造成本地的赵二郎，还要说他在青城山跟道士修过道。

到了明朝，二郎神忽然有了一个众所周知的姓氏：杨。这个姓氏来源不详，众说纷纭，笔者认为来源于"羊"的可能性很大。明朝道教说唱脚本《二郎宝卷》就说天上的金童杨天佑与斗牛宫仙女云花女相恋，生下一子杨二郎。云花女因此被压在山下，杨二郎长大了以后便担山赶日，劈山救母。这个故事在民间口耳相传，便成为杨二郎是玉帝外甥，斧劈桃山救母的故事。这个故事很可能是来自对时间更早的沉香劈山救母故事的模仿,后面还会细说。

所以,二郎神的原型非常复杂,主干可能和祆教雨神蒂什塔尔有关,又加入了巴蜀本地的李二郎、赵二郎等元素,到明代又获得了"杨"的姓氏,以及劈山救母的身世。《西游记》基本遵循这些设定,而《封神演义》则把二郎神设定为阐教玉鼎真人的弟子,并给他定名为"杨戬",此外关于这个名字是怎么来的,都会放在后面进行细说。

问题二:二郎神为什么有三只眼?

这可能也是一些读者关心的问题,毕竟三只眼是二郎神最醒目的标志。有一种有趣的说法:二郎神来自氐族和羌族等少数民族信仰,这些民族有一种习俗叫"剠(黥)额为天",就是用刀在额上划一道口子,然后给伤口涂上墨,形成永久的痕迹,看上去就像一只竖起来的眼睛。氐族和羌族在四川地区也有分布,于是他们的信仰融入当地民俗,二郎神也顺应他们的习惯,变成了三只眼。

还有一种说法,说二郎神的原型可能来自古蜀王蚕丛,李白的《蜀道难》里就提到了他:"蚕丛及鱼凫,开国何茫然。尔来四万八千岁,不与秦塞通人烟。"古蜀国有"崇目"的传统,三星堆出土文物中就有商铜纵目面具,额头上赫然开了第三只眼。二郎神的第三只眼也是由此而来。

这些说法各有其趣味,但很可能不是真相。因为二郎神这第三只眼开得很晚,要到明清时期才出现。

对二郎神三只眼最早的记载是明代嘉靖年间成书的《二郎宝卷》，其中记载二郎有"天眼"：

> 天眼开，观十方，如同手掌。极乐开，斗牛宫，都在目前。常显化，天宫景，无边妙意。明历历，才看见，景致无边。

问题是，"天眼"本为佛教"五眼"（肉眼、慧眼、天眼、法眼、佛眼）之一，在佛教中不一定是额头上的有形之眼。当然，《二郎宝卷》是道教文献，道教倒是经常把天眼描述成第三只眼。即使如此，这个说法在当时也并不流行，理由是在同时期的《西游记》和稍晚的《封神演义》中，二郎神或者杨戬都没有第三只眼！

某些读者可能大跌眼镜，但原著确实如此。我们会有二郎神有三只眼的印象，多缘于影视改编。或许有读者会认为，二郎神在与孙悟空斗法时，靠第三只眼识破了孙悟空的变化。但其实《西游记》第六回是这样写的：

> 正嚷处，真君到了，问："兄弟们，赶到那厢不见了？"众神道："才在这里围住，就不见了。"二郎圆睁凤目观看，见大圣变了麻雀儿，钉在树上。

你看，这里只说二郎神"圆睁凤目"，哪里有第三只眼？
而在《封神演义》中，描绘杨戬相貌，也只说："这道人戴扇云冠，穿水合服，腰束丝绦，脚登麻鞋……子牙大喜，见杨戬超群出类。"如果真有第三只眼这么显著的特征，怎会不提？

《封神演义》中提到杨戬眼睛的桥段，也只是他追击敌人到了一处山洞中，"只见里边黑暗不明，杨戬借三昧火眼，现出光华，照耀如同白昼"。这里的"三昧火眼"也只是一种能照亮道路的法术，并非第三只眼。

还有一项证据就是，明朝万历年间的监门清源妙道真君（二郎神的神号之一）画像中，是没有第三只眼的。

可见，《二郎宝卷》里的"天眼"即使就是第三只眼，在当时这种说法也并不流行。二郎神三只眼这个设定开始流行，还要等到清代。清代说唱鼓词《沉香救母雌雄剑》里面有唱词："当先显出一身将……牵着狗来驾着鹰……头戴一顶三山帽，身披锁子甲黄金，面白微须三只眼，手使三尖两刃锋……众神看罢杨小圣，认得是临江灌口二郎神。"

这段坐实了二郎神有三只眼。而且清代的二郎神（杨戬）画像中也大多都是三只眼。

总之，二郎神的第三只眼

监门清源妙道真君，明万历年间绘，绢本，首都博物馆藏

173

楊戩

《绣像封神演义》(底本为国雪草堂本,参校金阊书坊本,选用清光绪十五年上海广百宋斋铅印本绣像插图):杨戬

出现的时间是很晚的,并不需要追溯到氐羌习俗或者古蜀文化那么久远的历史。至于为什么会出现这第三只眼?并不用寻找多么高明的理由,民间对于神祇外形的改造,多半都是借鉴和混合的结果。神祇中本来就有不少三只眼的人物,比如道教的华光大帝马元帅,民间俗称"马王爷三只眼";再比如雷祖——九天应元雷声普化天尊,也是三只眼。《封神演义》中闻太师死后被封为九天应元雷声普化天尊,所以他生前也是三只眼。老百姓可能觉

得三只眼比较威风，就给二郎神也安上了第三只眼。这是民间习俗的力量，不需要多么深奥的解释。

问题三：二郎神为什么名叫杨戬？

《二郎宝卷》中的二郎神只是叫杨二郎，并不叫杨戬。二郎神有了"杨戬"这个名字，其实是一桩有点荒唐的事情。"杨戬"本来是宋徽宗年间的宦官，也是《水浒传》中的"四贼"（蔡京、童贯、高俅和杨戬）之一。在正史记载中，杨戬也是绝对的反面角色。他对皇帝溜须拍马，对百姓横征暴敛，贪得无厌。黄河决堤以后，他非但不减免受灾百姓的税赋，居然还强迫百姓去租种洪水退却以后的荒地。这样一个人，怎么会有幸获得二郎神的冠名权呢？

明代冯梦龙的《醒世恒言》中有个故事可能与此有关，叫《勘皮靴单证二郎神》，说宋徽宗身边有一位韩夫人，本是杨戬进献给皇帝的。后来韩夫人病了，宋徽宗就让她去杨戬家里养病。韩夫人去二郎神庙祈求早日痊愈，后来病好了，就去庙里还愿。庙祝叫孙神通，看上了韩夫人，就使出妖法，每天假扮成二郎神，到杨戬府上找韩夫人私通。后来杨戬觉得这事不对，就找来道士破了妖法，还打落了孙神通的一只靴子，最后凭借这只靴子破了案。

这个故事里有二郎神，也有杨戬，但两者没有直接关系。可能是民间以讹传讹，传成了二郎神就是杨戬。

还有一个解释，据说来自最早发现并收藏《二郎宝卷》的胡适，我觉得相对更靠谱：二郎神在民间传说中，本是一位宽容仁慈的神灵。老百姓去祭拜他，不需要给他带花果供品，只需带一点田里的土给他，心意就算到了。这个叫"负土作礼"。北宋宦官杨戬对老百姓盘剥无度，老百姓都说他是"刮地皮的"。因为二郎神收礼只收田里的土，也就是"地皮"，且二郎神在民间传说中姓杨，而宦官杨戬又刚好姓杨，二郎神是治水的神，而杨戬负责过黄河决堤的善后工作，于是，老百姓就给宦官杨戬起了个外号叫"二郎神"。这本来是表示嘲讽，但传来传去，杨戬就真的变成二郎神的名字了。《封神演义》干脆就根据这个传言，给二郎神取名叫杨戬。这么一来，堂堂的二郎神就跟一个太监的名字正式挂钩了。

所以，很多时候塑造文化的都是老百姓口耳相传时的随意改造，这是历史中一股不容忽视的力量。

问题四：二郎神真的是沉香的舅舅吗？

前面提到二郎神劈山救母，可能有读者就有疑问：这不是沉香的故事吗？而且在沉香劈山救母的故事中，二郎神才是那个镇压他母亲的反派啊！舅舅曾经劈山救母，外甥照样再来一遍，难道劈山救母是这一家子的祖传技能吗？

其实，这里面有一个天大的误会，是把两个独立的故事搞混了。

在故事里面，二郎神劈山救母在前，沉香劈山救母在后，因为二郎神是长辈嘛。但其实就这两个故事出现的顺序来讲，是倒过来的，沉香劈山救母在前，二郎神劈山救母在后。

沉香劈山救母的故事，早在唐朝就已经有了传说，到了元朝发展成杂剧《沉香太子劈华山》，到了清朝又发展成民间说唱脚本《沉香太子全传》，故事大差不差，说的都是汉朝有个人叫刘向，字彦昌，进京赶考①，路过华山神庙，看到庙里供奉着华岳三娘，大概也是他喜欢恶作剧，就在墙上题诗戏弄华岳三娘，结果华岳三娘很生气，想杀了他。太白金星跟她说：不能杀，你和这个男人有三生三世的姻缘。于是华岳三娘非但没杀刘彦昌，还留他成婚。婚后，刘彦昌还要继续赶考，就留给华岳三娘一块沉香，说以后孩子出生，就给他取名沉香。后来，华岳三娘的哥哥华岳二郎得知妹妹私订终身，还嫁给凡人，非常生气，就把妹妹压在华山下面的山洞里。

华岳三娘在洞里生下儿子沉香，托夜叉把儿子送给了刘彦昌。沉香长大成人，拜师学艺，学得一身本领，还拿到了萱花神斧，就去找舅舅华岳二郎报仇，和他大战三百回合。后来，又是太白金星下来圆场，说：你俩别打了，干脆相认了吧。于是沉香和舅舅和解，用萱花神斧劈开华山，救出了母亲。这就是沉香劈山救母的故事。

二郎神劈山救母的故事，要等到明朝《二郎宝卷》才出现，故事前面讲过了，和沉香的故事差不多，其实本来就是沉香劈山救母故事的"山寨版"。二郎神本来就根本不认识沉香，问题是沉香的舅舅是怎么变成二郎神的呢？这里面就牵扯到一个天大的误会。

沉香的舅舅是华岳二郎，并不是我们熟悉的灌江口二郎显圣

---

① 汉朝尚无科举制度，不过察举选官也需考试，况且传说故事本就不严谨。

真君。直到清朝,《沉香太子全传》里还是把沉香的舅舅称为华岳二郎。但二郎神的知名度比华岳二郎高得多,老百姓传着传着就走了样,于是沉香的舅舅就成了二郎神。这又应了前面说的,老百姓口耳相传才是塑造文化的动力。

1949年后,根据《沉香太子全传》改编出了舞台剧《宝莲灯》,因为这时沉香的舅舅是二郎神这个说法已经深入人心,所以也只有顺应人民意愿,把沉香的舅舅设定成了二郎神。于是,二郎神和沉香,这两个本来互不相识的人,就被迫做了亲戚。这就是这笔糊涂账的前因后果。

关于二郎神杨戬的故事,就说到这里。因为历史悠久、文化交流丰富、各地传承有所不同,中国传统神话和信仰的源流脉络异常混乱,在二郎神身上体现得尤为明显。那我们该如何对待这些故事呢?其实也很简单:尊重人民的选择。老百姓传成什么样,就顺应这个变化。毕竟在中国文化中,神都是人封出来的,这也是《封神演义》的核心思想。

21

雷震子：
雷公为什么是一只鸟？

《封神演义》里的雷震子是个奇怪的"鸟人"，书里说他不仅背生双翅，而且"面如青靛，发似朱砂，眼睛暴湛，牙齿横生，出于唇外；身躯长有二丈"。这样一个貌如恶鬼的角色，性格却是忠孝节义样样齐全。他来历不明，在一个雷雨天出现在古墓旁边（多么恐怖），因此得名"雷震子"，被周文王收养为第一百个儿子。

雷震子的外形可能让一些读者想到《山海经》中的"羽人"，以及神话中的雷公。其实雷震子虽有翅膀，却和"羽人"没什么关系，和雷公倒是近亲。

或者说，雷震子的原型其实来自雷公的传说。唐贞观八年（634年），东合州刺史陈文玉奏请将东合州改名"雷州"，获得允准，该地名遂沿用至今。或许正因如此，陈文玉被传说为雷公之子。这一传说在唐代的《雷民传》中已有记载，明人王士性的《广志绎》中对其描述得更为生动：

及读《雷公庙记》,则云:陈天建初,州民陈氏者因猎获一卵如囊,携归家,忽霹雳震之而生一子,有文在手曰"雷俗",为雷种后,名文玉,为本州刺史,有善政,殁而以灵显,乡人庙祀之。

意思是说,陈文玉本是一颗卵,被雷电震开而出生,他的手上还有"雷俗"二字,这个孩子就被陈家收养了。我们对比一下

雷震子

《绣像封神演义》(底本为国雪草堂本,参校金阊书坊本,选用清光绪十五年上海广百宋斋铅印本绣像插图):雷震子

雷震子的身世：

> 姬伯分付众人：“仔细些，雷来了！”跟随众人大家说：“老爷分付，雷来了，仔细些！”话犹未了，一声响亮，霹雳交加，震动山河大地，崩倒华岳高山。众人大惊失色，都挤紧在一处。须臾云散雨收，日色当空，众人方出得林子来。姬昌在马上浑身雨湿，叹曰："雷过生光，将星出现。左右的，与我把将星寻来！"众人冷笑不止："将星是谁？那里去找寻？"然而不敢违命，只得四下里寻觅。众人正寻之间，只听得古墓旁边，像一孩子哭泣声响。众人向前一看，果是个孩子。（《封神演义》第十回）

这里"一声响亮，霹雳交加"之后，雷震子降生，与陈文玉的身世如出一辙。至于陈文玉破卵而出，手中有"雷俗"二字，本是古典小说常见套路，哪吒也是这么出生的。而且，雷震子的双翅也被师父云中子用"风雷"二字炼过："云中子在洞中传的雷震子精熟，随将雷震子二翅左边用一'风'字，右边用一'雷'字，又将咒语诵了一遍。"（《封神演义》第二十一回）。这些雷同都说明，雷震子的身世很有可能是来自陈文玉的传说，而陈文玉正是雷公之子。

同样脱胎自雷公形象的还有闻太师手下的"黄花山四天君"：邓忠、辛环、陶荣和张节。因此，作者还故意安排雷震子和辛环打了一架：

且说太师正挫锋锐，慌忙疾走，猛然抬头，见空中飞有一人，面如蓝靛，发似朱砂，獠牙生于上下，好凶恶之像。闻太师叫："辛环！你看前面飞来一人，甚是凶恶，你可仔细小心！"说犹未了，雷震子大呼曰："吾来了！"举棍就打。辛环锤钻迎面交还。空中四翅翻腾，锤棍交加响亮。雷震子乃仙传棍法，辛环生就英雄。怎见得：

四翅在空中，风雷响亮冲。这一个杀气三千丈，那一个灵光透九重。这一个肉身成正道，那一个凡体受神封。这一个棍起生烈焰，那一个锤钻逞英雄。平地征云起，空中火焰凶。金棍光辉分上下，锤钻精通最有功。自来也有将军战，不似空中类转蓬。

话说雷震子中途一战，只杀的辛环抵挡不住，抽身望岐山逃走。(《封神演义》第四十三回)

这也是古代小说的一种惯用手法，如果小说里出现出身、外貌或是兵器相似的人物，那多半要打上一架。这个就叫"棋逢对手，将遇良才"。比如《水浒传》里，林冲为了上梁山，要纳投名状，结果跟杨志打了一架。他二人一个"豹子头"，一个"青面兽"，都是武官出身，还都跟太尉高俅有过节。更典型的如《说唐》里的裴元庆和李元霸，使的都是双锤，四只大锤哐啷哐啷打得火花四溅。雷震子和"黄花山四天君"都来自道教的雷部天君，也就是雷公，或者说雷神，说白了就是天上管打雷的神。

不过，中国的雷神原本并不是这种长翅膀的"鸟人"，而是

光绪二十一年（1895年）立雪斋印本《山海经存》插图：雷神

龙蛇之类形状。我在讲女娲的那一节提过，伏羲的母亲据说在雷泽中踩了雷神的足迹而怀孕，回来生下伏羲。伏羲是雷神的儿子，所以是人头蛇（龙）身。《山海经·海内东经》里这样描绘雷神的形象："雷泽中有雷神，龙身而人头，鼓其腹。"当时的人们把雷声理解为雷神鼓起肚子发出的声音。这种想象很接近现实中的鳄鱼，鳄鱼会发出如鼓声一般的叫声。《诗经·大雅·灵台》里说："鼍鼓逢逢。"这里的"鼍"就是扬子鳄，意思是扬子鳄的叫声如同"逢逢"（音"蓬蓬"）的鼓声。《山海经》里的"雷泽"可能是一片有鳄鱼出没的湿地，居住在湿地附近的先民们听见沼泽中鳄鱼的咆哮，如同雷声，于是就根据鳄鱼的外形，想象出"龙身而人头"的雷神。而且，龙蛇盘旋弯曲的外形和闪电也很

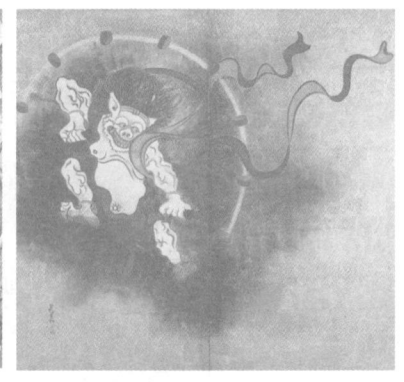

西魏·莫高窟第249窟壁画：雷神

日本·尾形光琳：《风神雷神屏风·雷神》，东京国立博物馆藏

类似，古人经常把雷与电混为一谈。

这位雷神看上去实在不像正神，所以在汉代逐渐被淘汰。汉代的雷神逐渐变成了威武大汉的形象，东汉的王充在《论衡·雷虚》中说："又图一人，若力士之容，谓之雷公，使之左手引连鼓，右手推椎，若击之状。"这里雷神的手中已经出现了鼓、椎等器具，古人相信隆隆雷声就是这些器具击打而来。

然而到了魏晋时期，可能因为道教引发了志怪故事的兴盛，雷神又呈现出了兽形。东晋干宝的《搜神记》中说，雷神是"唇如丹，目如镜，毛角长三寸许，状似六畜，头似猕猴"，意思是雷神长得像猴子。唐人段成式的《酉阳杂俎·卷八·雷》中则说："贞元年中，宣州忽大雷雨，一物堕地，猪首，手足各两指，执一赤蛇啮之。俄顷，云暗而失。时皆图而传之。"意思是，贞元年间一场雷雨过后，一个东西掉了下来，长着猪头，手脚各两根手指，还拿着一条红蛇在吃。这个记载可能是受到佛教的影响，佛教绘画中的雷神经常长着猪头。比如莫高窟第249窟壁画中的雷神就是如此。

这种雷神形象甚至输出到了日本，比如在日本江户时代（大约为中国明清时代）画家尾形光琳的《风神雷神屏风》里，雷神就是猪头人身的形象。这幅作品在日本很有名，经常在各种装饰物上出现。

唐宋以后，"鸟人"形象的雷神渐渐成为主流，最终统一了人们对于"雷公"的认识。同时宋代道教"雷法"兴盛，在道教神话中产生了"雷部"，本来只是作为单一神的雷公，变成了道教中的雷部诸天君，或称诸元帅。这些元帅大多是"鸟人"形象。比如，明代道书《道法会元》中记载雷部邓伯温元帅的长相是："赤发金冠，三目，青面，凤觜，肉翅，左手执钻，右手执槌，赤体珠缠络，手足皆五爪。"故宫钦安殿壁画中就有邓元帅的画像。

根据《道法会元》的记载，邓伯温本是轩辕黄帝部下大将，后来黄帝得道登天，邓伯温却因为杀戮之罪，不能升天，于是一直在武当山修行。他见世人不忠不孝，心生愤怒，发愿要化作神雷，代天惩罚恶人。

故宫钦安殿东次间北壁神像画：邓伯温元帅

他念念不绝，怒气冲天，忽然有一天身体变化，两腋生出大翅，如同蝙蝠，脸也变成凤嘴银牙，于是变成了雷部众元帅之首。

注意，这里虽然说邓伯温是鸟嘴（凤嘴），但那双翅膀却是没有羽毛的肉翅，类似蝙蝠。受这个传说影响，道教著作《法海遗珠·雷机玄秘》又干脆把邓元帅和二十八宿之一的女土蝠联系在一起，称之为"二十八宿土蝠"。其实，在《封神演义》里，雷震子的翅膀也是这种肉翅，他是吃下两枚红杏以后改变了外形，然后吃了一惊："师父叫我往虎儿崖寻兵器去救我父亲，寻了半日不见，只寻得二枚杏子，被我吃了。可煞作怪，弄的青头红发，上下獠牙，又长出两边肉翅。教我如何去见师父？"（《封神演义》第二十一回）雷震子的形象来自雷部元帅，所以在电影《封神第一部：朝歌风云》里，他的形象是有一对蝙蝠翅膀的。

邓伯温和辛汉臣、张元伯合称"雷霆三帅"，为雷法之枢纽。道教雷法流派众多，各流派崇奉的雷部元帅版本也不同，但各版本都包含雷霆三帅。三帅之中，张元伯也是"鸟人"形象："其形凤觜环眼，朱发，肉角，翅身赤色。"（《道法会元》）邓、辛、张这三位元帅，其实就是《封神演义》里"黄花山四天君"中邓忠、辛环和张节的原型，四天君中还有一位陶荣，应该来自道教一些流派中供奉的"雷霆杀伐大将陶元帅"，据说大名叫陶元信。在小说里，辛环的造型最接近道教的雷部元帅：背生双翅，面色如红枣，嘴生獠牙，一手持锤，一手持钻，飞行若鸾鸟。民间所说的"雷公"基本就长这样。所以，《封神演义》作者会安排辛环和雷震子打一架，雷公打雷公。而且，黄花山四天君之所以会归顺闻太师,是因为闻太师死后被封为九天应元雷声普化天尊,也就是雷部最高神,号称"雷祖"。四天君死后也就成了雷部元帅,还跟着老领导。

雷公的"鸟人"形象究竟从何时发端,现在已经难以考证。一些民俗和文化学者注意到,流传于南方的古代铜鼓多装饰有鸟形纹饰,可能是雷神形象,因为这些铜鼓多在祭祀雷神的仪式上使用。徐松石即指出:"今铜鼓表面确多鸟喙形象,这种鸟头形象与(广东)南海县城壮族所崇拜的铜制雷神形象十分相似。"[1] 民族学专家何星亮也指出,在福建漳州、泉州一带,老百姓给雷公画像的时候一般是鸡头人身,臂生两翼,两手执锤。[2] 而在两广的雷州、钦州、廉州等地区,至今仍流传着各种版本的"嫁雷公"传说,故事内核都是把女儿嫁给雷公,生下的儿子是一只大公鸡。雷州就是本节开头雷公之子陈文玉传说的发源地。

有趣的是,道教"雷霆三帅"里的辛元帅,在传说中也和鸡有关。元明时期的《三教源流搜神大全》里说,辛元帅本名叫辛兴(前文提到的辛汉臣是另一个版本),他和母亲住在雷神山附近,以砍柴为生。雷神们每逢夏秋两季,就藏进雷神山,化作鸡形。有一天辛兴进山砍柴,捉了五只鸡。他不知道这是雷神,交给母亲后,就去卖柴火了。母亲抓住一只鸡要杀,那只鸡忽然开口说话:别杀我,我是雷神。老太太也是很猛,管你什么雷神,一刀把鸡给剁了。结果忽然一道天雷,把老太太给劈死了。辛兴

---

[1] 徐松石:《粤江流域人民史》,河南人民出版社,2016年。
[2] 何星亮:《中国自然神与自然崇拜》,上海三联书店,1992年。

回来以后，抱着母亲哭得很伤心，雷神们还想再劈死辛兴，但见他孝心难得，于是化成人形对他说：我们赠你火丹十二颗，就当谢罪吧。辛兴吃下火丹，立刻长出双翅，登天成为雷部元帅。

综合这些传说，我有理由判断，雷公变成"鸟人"很可能是中国南方神话渗入主流神话体系的结果。而且，雷神与鸟的密切关系其实是一种世界性的现象。何星亮还指出，南美洲的卡立勃人、巴西人，非洲的贝川那人和巴须陀人等，都有关于雷鸟的神话传说，认为雷电与鸟类的振翅飞行有关。[①] 日本动漫《宝可梦（ポケットモンスター）》中也有一只闪电鸟[②]，振翅就能引发雷电。这可能是因为全世界的人类都产生了一种共同的联想：雷电来自天上，鸟类也翱翔于天上，所以雷电与鸟类的飞行有关。这种引发雷电的"雷鸟"是全人类共享的一种文化原型。

总之，《封神演义》中的雷震子与雷公是近亲，而雷公的外形经历了从龙蛇到猴、猪之类兽形，最后逐渐统一为"鸟人"造型的过程。那只在云间振翅高飞、呼雷引电的雷鸟，蕴含着人类共通的想象。全人类不论国籍和人种，在文化观念上的相似性，其实比我们想象的更多。

[①] 何星亮：《中国自然神与自然崇拜》，上海三联书店，1992年。
[②] 日文名为サンダー，来自英文 thunder，即雷鸣。

22

阐教十二上仙：
他们到底是何方神圣？

阐教十二上仙，在民间又有玉虚十二仙、昆仑十二金仙等说法，指代没有差别，都是元始天尊座下那十二位宝贝弟子。哪吒的师父太乙真人，就是其中一位。这十二位上仙大多不是凭空捏造的，在历史上确有原型，而且这些原型并不全部来自道教，有些甚至来自佛教。本节我们就逐一来介绍，不过不是按照排行来介绍，而是按照来源把他们分为三类进行介绍。

第一类来源于传说中的上古仙人，包括广成子和赤精子。

第二类来源于道教传说故事中的上古仙人，包括太乙真人、玉鼎真人、黄龙真人、灵宝大法师、道行天尊、清虚道德真君。

第三类来源于佛教的仙人，包括惧留孙、文殊广法天尊、普贤真人、慈航道人。

我们先来看第一类：来源于传说中的上古仙人。

有人说广成子和赤精子是道教仙人，这其实不准确。组织化的道教大约出现于东汉，广成子早在先秦就有传说，赤精子传说则产生于西汉。他们属于黄老学说中的上古仙人，只是在后世受到道教的追认。

广成子是十二上仙之首，深受师父元始天尊宠爱。在历史文献中，他的来头也很大，《庄子·在宥篇》中叙述了"黄帝问道广成子"的故事，说黄帝在空同山向广成子请教大道，广成子向他传授了"至道"和长生之术，教他要不看不听，养护精神，顺应正道，保持宁静，不要劳累身躯，不要动摇精神，这样就可以长生（"无视无听，抱神以静，形将自正。必静必清，无劳汝形，无摇汝精，乃可以长生。目无所见，耳无所闻，心无所知，汝神将守形，形乃长生"）。这个故事大概率是杜撰的，是战国时期思想竞争的结果：儒家、墨家和道家三家竞争，儒家追溯到了周公，墨家创始人墨子又据说是殷商王室之后，道家为了找一个更早的源头，就索性上溯到轩辕黄帝，把黄帝和老子并称为"黄老"。《封神演义》就借用了这位据说给黄帝上过课的广成子，让他当了十二上仙的大师兄。

赤精子又是什么来历？可以查阅到的最早的文献是汉成帝时期齐人甘忠可编著的《包元太平经》。这本书已经失传，今天之所以会知道这件事，是因为《汉书·李寻传》里面记了一笔："初，成帝时，齐人甘忠可诈造《天官历》《包元太平经》十二卷，以言'汉家逢天地之大终，当更受命于天，天帝使真人赤精子，下教我此道'。"这其实是一桩政治造谣事件：汉成帝在位时，齐人甘忠可编造伪经，说汉朝要完蛋啦，天帝让赤精子来向我传道。这样看来，赤精子似乎是一位天使。

这个事件和西汉后期尖锐的社会矛盾有关，当时社会上土地兼并严重，不少百姓流离失所，加上儒家公羊学"革命"学说的影响，一些人就在暗处期盼着西汉退出历史舞台，这也是后来王莽篡位的社会心理基础。有趣的是，开创西汉的高祖刘邦其实也与"赤精子"有关。《汉书·哀帝纪》中有一句"待诏夏贺良等言赤精子之谶"，这里又在说赤精子和西汉灭亡的政治谣言，唐人颜师古在这里引用了东汉应劭的注："……高祖感赤龙而生，自谓赤帝之精……"这个注解其实颇具黑色幽默：上天派来传达西汉当亡这个讯息的原来是汉高祖刘邦！敢情上天对刘邦说：你这帮子孙搞什么搞，你去告诉他们，都歇了吧，该收场了！唐人陈子昂（就是写"前不见古人，后不见来者"的那位）《感遇诗三十八首》第十七首也说："三季沦周赧，七雄灭秦嬴。复闻赤精子，提剑入咸京。"这里提剑入咸阳的赤精子当然也是指刘邦。

大概因为赤精子的形象总是模模糊糊，所以历史上经常把他随便和其他人比附在一起。比如南北朝时的《齐民要术》里就说赤精子是春秋时越国的范蠡："威王聘（陶）朱公，问之曰：'闻公在湖为渔父，在齐为鸱夷子皮，在西戎为赤精子，在越为范蠡，有之乎？'"明朝还有人说赤精子是老子的化身，胡应麟的《少室山房笔丛》里就说："道家称老子化身，名号尤众……颛顼时号赤精子。"意思是老子在颛顼帝的时代化身为赤精子。这个神神秘秘的赤精子，就被《封神演义》的作者借用，变成了阐教十二上仙之一。值得一提的是，《封神演义》里的仙人们大多冷面无情，张口闭口都是"天数"，赤精子却有着难得的真性情。比如下面这段：

> 才进得宫门，后面有人叫曰："南极仙翁不要走！"仙翁及至回头看时，原来是太华山云霄洞赤精子。仙翁曰："道友那里来？"赤精子曰："闲居无事，特来会你游海岛，适山岳，访仙境之高明野士，看其着棋闲耍，如何？"仙翁曰："今日不得闲。"赤精子曰："如今止了讲，你我正得闲。他日若还开讲，你我俱不得闲矣。今日反说是不得闲，兄乃欺我。"（《封神演义》第四十四回）

这里赤精子找南极仙翁说事，南极仙翁说"我没空"，赤精子说："今天又不上课，刚好有空。哪天又开课了，那咱们才真没空。你却说今天没空，骗我的吧？"不经意间，他就把自己不喜欢上课的真心话给说了出来。

接下来我们来聊聊第二类：源于道教传说的上仙。

为首的便是太乙真人，他能够出名，在很大程度上是沾了哪吒的光。他大概也知道给灵珠子哪吒当师父是挺长脸的事情，所以很袒护这个弟子，包庇他行凶作恶，还帮他重塑莲花身。太乙真人在历史上确有出处，而且据说还曾经投胎成为一代名医。五代时南唐人倪少通在《太一观董真人殿碑铭》中写道：

> 道生太一，太一生二仪……十极剖判，而成万汇。万汇既终，返乎太乙，即太乙孕灵之道，变化还元妙用虚无之旨也。

大意就是道生"太一",太一生两仪,逐渐生出人间万象,又回归到"太乙",这里的"太乙"和"太一"意思相近,就是宇宙的本源。这篇碑铭后面又写道:

> 紫清之上,玉皇御中,有太乙之府,上台之宫,宫有九署,三官所宗。太乙真人,太伯仙翁,定生丹籍,落死北酆。

这里说天上有"太乙之府",太乙真人就住在其中,而且他掌管天下生死祸福。大概正因如此,他曾经降生为东汉末年的名医董奉。碑铭后面又说:

> 庐山真人殿者,按仙传,即太乙真人隐化之所治也。连虎溪福地,按咏真洞天。上应仙曹,下通阴府。真人逐代降世,魏末晋初,孕灵于闽川侯官,寓姓董氏。名奉字君异。托迹混时,行仁布惠。活士燮于交址,救屈女于柴桑。种杏拯民。苏苗降雨。

这里完全就在讲董奉的生平了。董奉少时学医,后来和华佗、张仲景并称为"建安三神医"。据说他曾经救活了垂死的交州太守士燮("活士燮于交址"),还曾经在柴桑治好了当地县官的女儿("救屈女于柴桑"),县官就把女儿许配给他为妻。董奉最为人称道的事迹就是"杏林春暖"。据说他给人看病不收钱,但要求重病被治好的人栽下五棵杏树,小病被治好的人栽一棵杏

193

树。数年之间,已有上万棵杏树。杏子成熟之际,董奉就让想要杏子的百姓用谷子来换。他再用换来的谷子去救助贫苦百姓,也会留一点谷子给自己当云游的路费。后世将中医馆唤作"杏林",就是因为董奉。

这位全心全意为人民服务的苍生大医,被传为太乙真人的化身。据说他后来隐居庐山,在此成仙。五代十国时期,南唐人倪少通在庐山为董奉修建祠庙,后来又得到南唐中主李璟赐钱三百万,修建了太一观。于是倪少通才写了这篇《太一观董真人殿碑铭》。

《封神演义》里的太乙真人也可能和道教的太乙救苦天尊有关。太乙救苦天尊又称东极青华大帝,据说他大悲大愿,百姓只要口念他的名号,他就会前往救苦救难(这疑似是道教为了对标佛教观音菩萨推出的设定)。太乙救苦天尊的坐骑是九头狮子,也就是《西游记》里的九灵元圣。此外,道教还有一位上清紫微碧玉宫太乙大天帝,也可能和太乙真人有渊源。因为太乙大天帝和太乙救苦天尊再加上其他七位天尊或是大帝,合称"神霄九宸上帝",这是道教清微派的主神。而《封神演义》中的太乙真人恰好又被称为"清微教主"。

所以,哪吒的师父太乙真人,其实是由道教多位神祇合体而来。

接下来说玉鼎真人。玉鼎真人本事很大,存在感很强,他是杨戬的师父,为人很讲义气,看见同门师兄弟赤精子、广成子等人被赵公明打败,立刻前来搭救。很多人认为玉鼎真人是小说虚构的,甚至猜测玉鼎真人的原型是吕洞宾,因为吕洞宾是"丹鼎派"祖师。其实玉鼎真人在道教典籍里还真的出现过。记录唐宋外丹修炼之法的《庚道集》中就记录了一种丹法叫"西蜀玉鼎真人九转大丹",明朝的道书《性命圭旨》在第四节口诀中也有这么几句:"如玉鼎真人云:五行四象坎和离,诗诀分明说与伊。药生下手功夫处,几人会得几人知。"这首诗讲的是外丹修炼,而且这一节的名称叫《天人合发　采药归壶》,讲的是采药炼丹的法门。玉鼎真人应该是传说中一位擅长采药炼丹的道士,所以在《封神演义》里,玉鼎真人还有从神农之手求得升麻,帮西岐三军解痘厄之困的情节。

再讲讲黄龙真人。这位的标签很明显,十二金仙中当之无愧最菜的,打架一场没赢过。"黄龙"这两个字,可能是来自吕洞宾传说中的黄龙禅师,据说吕洞宾和黄龙禅师辩论,居然没辩过,想拔剑把黄龙禅师给砍了。这一段后来还被收入《醒世恒言》,叫"吕洞宾飞剑斩黄龙"。不过还有人考证,黄龙禅师的洞府很有意思,叫"二仙山麻姑洞",黄龙明明就一仙,为什么住在二仙山?原因就在这个麻姑洞,据说全真七子之首马钰的母亲是梦麻姑而生子,马钰后来娶妻孙不二,夫妻二人后来双双出家,不正好是二仙嘛。所以,黄龙真人可能是马钰、孙不二的合体。黄龙的"龙"在中国文化里本来就跟马钰的"马"是相近的意象,比如龙马精神,比如《西游记》里小白龙也变成了代步的白龙马。

接下来这三位,名头很唬人,但存在感都不强。首先是清虚道德真君,"清虚"两个字来自道教传说中汉代的清虚真人王褒。

清虚道德真君住在青峰山紫阳洞，所以他的原型可能又有一部分来自宋代的紫阳真人张伯端，也就是《西游记》里给朱紫国金圣宫娘娘送五彩霞衣的那位。而且张伯端有两位弟子——石泰和刘广益，清虚道德真君也刚好有两位弟子——杨任和黄天化。

然后是灵宝大法师，道教"三清"之中倒是有一位"上清灵宝天尊"，但看咖位，灵宝大法师应该不会源于灵宝天尊，很可能是源于三国时期著名道士、灵宝派祖师葛玄。《抱朴子》中说葛玄随左慈学道，最终成仙。他还有一位很有名的侄孙，也就是《抱朴子》的作者、东晋的道教学者葛洪。

再就是道行天尊，这位原型身份不明，他的洞府叫金庭山，历史上其实有两座金庭山。一座在安徽巢湖，原名金庭山，宋代改名紫微山，据说周灵王太子王子乔曾在此修炼。还有一座在浙江嵊州，据说王羲之晚年曾隐居于此，当地还流行赵仙伯的传说。赵仙伯据说本是三国时期的道士，原名赵广信，修炼成仙后执掌金庭山中"金庭妙崇天"。道行天尊的原型，可能是王子乔或赵仙伯。因为《封神演义》作者写到道行天尊时估计笔力不够了，没写出特征来，所以难以判断。不过，赵仙伯有一位很厉害的弟子，名叫韦护，原型是佛教的韦陀菩萨。其他两位弟子，一位叫韩毒龙，一位叫薛恶虎。有人说这里其实暗藏了作者的恶趣味，毒龙恶虎，道教正一派的祖庭恰好就是龙虎山；而《封神演义》作者很可能是全真派道士，全真派和正一派不对付，这里还黑了一下正一派。我觉得这个可能是过度解读了，《封神演义》作者格局甚大，对截教代表的原始信仰都抱有同情之理解，不至于跟正一派这么过不去。

最后的第三类：来自佛教的仙人们。

首先是惧留孙，这个名号明显来自佛教的拘留孙佛，为过去七佛之一。《长阿含经》记载，拘留孙佛为婆罗门种姓，姓迦叶，后来在尸利树下成道，曾度化弟子四万。不过，《封神演义》里的惧留孙除了名号，就没什么地方和拘留孙佛相似了。他的弟子土行孙偷了他的法宝捆仙绳下山为非作歹，被他亲自下山捉了回来，这个故事很接近《西游记》里弥勒佛和黄眉童子的故事。而且惧留孙还有一样法宝叫"如意乾坤袋"，可以把敌人装入袋中，他曾用此法宝擒住土行孙。这个法宝应该也是来自《西游记》中弥勒佛的"人种袋"。所以，惧留孙虽然用了拘留孙佛的名号，故事和法宝其实都来自《西游记》里的弥勒佛。

接着是三位重量级的菩萨：文殊广法天尊、普贤真人和慈航道人，前两位显然来自文殊菩萨和普贤菩萨。文殊菩萨（Mañjuśrī）是释迦牟尼佛的左胁侍，代表智慧，骑青狮，象征智慧之勇猛精进。普贤菩萨（Samantabhadra）是释迦牟尼佛的右胁侍，代表实践，骑白象，象征实践之坚定不移。在《封神演义》里，文殊广法天尊收服了截教的虬首仙，把他变成坐骑青狮；普贤真人收服了截教的长牙仙，把他变成坐骑白象，这更坐实了他们的本来面目。

慈航道人就比较有意思了。《封神演义》中的慈航道人，原型肯定是观音菩萨，但在我国一些地区又确实存在对慈航的供奉。

在《封神演义》里，慈航道人修行于普陀山落伽洞，这本来就是观音的道场。慈航道人的法宝是清净琉璃瓶，里面装着杨枝甘露（不是甜品），这来自观音的杨柳净瓶。她收了李靖的二儿子木吒为徒,这来自历史上的僧伽大师,据说是观音化身,他有两位弟子:木叉和惠岸。《西游记》里也说观音收了托塔天王的二子木叉为徒,取法号为惠岸。《封神演义》里还说慈航道人擒拿截教弟子金光仙,把他变成坐骑金毛犼,这也是我们的老相识了:《西游记》里金毛犼是观音的坐骑,化身为朱紫国的赛太岁。

不过,在我国民间真实存在着对慈航的信仰,一般称之为"慈航真人",这是佛教观音信仰融入道教的产物。东晋时期的道经《太上洞玄灵宝无量度人上品妙经》(简称《度人经》)被后世道教尊为"群经之首",明代《正统道藏》也将其列为开卷第一经。《度人经》中的《元始灵书中篇·东方八天》开篇就是八个字:"亶娄阿荟,无想观音。"《正统道藏》中还收录了对"观音"二字的解释:"观者,观觉天帝之讳。音者,歌音,谓玉京亶娄。"这里的"观觉天帝"是所谓"东方八天"中第一天的天帝,此处把"观音"解释为观觉天帝的歌声,显然和佛教中"观音"的原意不合。

佛教中,"观音"是"观世音"的简称,"观世音"又来自鸠摩罗什对梵文"avalokiteśvara"的音译,字面意思就是"观照世间一切众生音声",说白了就是关心众生疾苦。《妙法莲华经》第二十五品《观世音菩萨普门品》中就说:"善男子,若有无量百千万亿众生,受诸苦恼,闻是观世音菩萨,一心称名,观世音菩萨即时观其音声,皆得解脱……以是因缘,名观世音。"意思是,遇到了苦难就念诵观世音菩萨的名号,观世音菩萨马上观照到这个声音,前来解救。所以,《度人经》里对于观世音菩萨的解释,完全是道教在另起炉灶,这其实反映了道教对于观音信仰的吸收和改造。

道教甚至还有以观音为主体的道经,比如《太上洞玄灵宝圆通天尊慈航元君本行妙经》，里面说有一位真人问太上道君，说我"见有一修道之女，面容慈悲，身骑金毛雄狮，游行四方，闻苦救济，遇旱洒霖，无处不显。不知此女何来？与道何缘？"太上道君说，她是妙庄国王的女儿，名叫"姓音"，出生以后不会说话，就被父亲遗弃在山里。她在山中遇到一位神人，向她传授妙法，还说她本是天宫之臣，奉天命降生，来拯救世上的苦难。神人还赐给她白玉净瓶，说：你若哪天看到瓶中冒出杨柳一枝，那就是世上有人受难，你要听声辨位，前去拯救。后来，天降大火，妙庄国全国大旱，妙庄王大惊，仰天长啸。姓音出现在半空，手中白玉净瓶冒出一枝杨柳枝，发出豪光万丈。姓音用杨柳枝向地面洒水，化作甘霖，浇灭大火，顿时炎气全消，大地一片清凉。妙庄王向天叩拜，见到空中竟是被自己抛弃的女儿姓音，百感交集，声声呼唤。姓音微微点头，消失不见。这卷道经后面还有一首偈子，开头就说"姓音还是天宫臣，号乃圆通慈航真"，将姓音称作"慈航"。这个故事里的姓音分明就是观音的形象，所以观音其实受到佛道两教的供奉，只是在道教里叫"慈航真人"。《封神演义》里说慈航道人在封神之战后和文殊广法天尊、普贤真人一起去了西方教，言下之意是文殊、普贤、观音这三位菩萨都出自道教（阐教），这其实源于道教"老子化胡"或者"化胡为佛"的说法，即认为老子骑牛西出函谷关，去了古印度，投生为释迦牟尼，创立了佛教，所以佛教出自道教。这是道教为与佛教竞争而发展出来的说法。

关于阐教十二上仙的故事，就为你说到这里。

本章都是《封神演义》中著名的反派，但他们坏出了各自的特色和道理。

第四章

邪魅迷人的反派角色

23

商纣王：
他到底做错了什么？

商纣王[1]是《封神演义》的第一号反派，也是历史上无道昏君的代表，后世对君王的最差评价就是说他像夏桀商纣。《封神演义》的回目中有两回都在骂纣王："纣王无道造炮烙"（第六回）和"纣王无道造虿盆"（第十七回）。史书中对纣王也是骂不绝口，比如《史记·殷本纪》："于是纣乃重刑辟，有炮格之法。"顾颉刚先生写过一篇考证文章《纣恶七十事的发生次第》，发现商纣王共有 70 条罪状，都是各朝各代陆续加上去的。比如战国增加 20 项，西汉增加 21 项，东晋增加 13 项。而且这些罪状越写越离谱。[2]比如司马迁的《史记》说纣王修建了鹿台，西汉的刘向就在《新序·刺奢》里补充说："鹿台高达一千尺！"（"纣为鹿台，七年而成，其大三里，高千尺，临望云雨。"）

---

[1] "纣"是周人追赠的谥号，纣王按照商朝君王的命名习惯应该被称为"帝辛"，本书按照大众习惯称之为"纣王"。
[2] 顾颉刚等：《纣恶七十事的发生次第》，《古史辨》，海南出版社，2003 年。

晋朝的皇甫谧在《帝王世纪》里一使劲，鹿台又变成了高一千丈！（"居五年，纣果造倾宫，作琼室、瑶台，饰以美玉，七年乃成，其大三里，其高千丈。"）商周时候一丈大约折合两米。纣王为了淫乐，要在没有加装电梯的情况下，徒步爬上两千米的高台。

由此可见，后世对纣王的很多指控都是不实的，但纣王毕竟是商朝的亡国之君，这是板上钉钉的事实。而且纣王还不是北宋钦宗那样被迫背锅的君王，他在位大约三十年[①]，历史给了他足够的时间经营一个国家，但他最终还是失败了。纣王究竟做错了什么，这是比"纣王究竟是不是昏君"更有价值的问题。

纣王犯下的错误，可以归结为两点：对内没有处理好统治集团内部矛盾，对外则发生了战略重心的误判。这两点都是足以导致亡国的致命失误。

先来看第一点：内部矛盾处理失当。不过这个矛盾也并非始于纣王。《国语·周语下》载"玄王勤商，十有四世而兴，帝甲乱之，七世而殒"，意思是说，商人从始祖契以来逐渐繁衍生息，传十四世，到商汤时终于建立商朝，而到了帝甲时期却扰乱朝纲，导致七世之后商朝灭亡。《殷本纪》也说"帝甲淫乱，殷复衰"。这种评价类似于明史学家所说的"明实亡于万历"或"明实亡于嘉靖"。帝甲（又称祖甲）究竟做了什么，受到这样的恶评呢？很多学者认为，帝甲可能改变了商朝的王位继承制度。历

[①] 参见夏商周断代工程专家组编著：《夏商周断代工程1996—2000年阶段成果报告》简本，世界图书出版公司，2000年。

史学家江林昌和李秀亮就认为，商朝的首领继承制经历了三个阶段：第一阶段是先商时期（成汤建立商朝以前的商文明阶段）前期盛行的祖孙隔代相继制，王为王族，子为子族，孙又为王族，王位由王族之祖传给王族之孙；第二阶段是从先商时期中期开始，直到商代中期盛行的兄弟平辈相继制，即"兄终弟及"；第三阶段是商代前期曾经出现，商代中后期逐渐确立的父子相承制度，即"父死子继"。而从"兄终弟及"向"父死子继"过渡的关键人物就是帝甲。

三国时期学者韦昭在注释《国语》时说："帝甲……乱汤之法，至纣七世而亡。"这里的"乱汤之法"，一般认为就是帝甲改变了成汤遗留下来的兄终弟及制。《尚书·无逸》中有这么一段：

> 自（帝甲）时厥后立王，生则逸。生则逸，不知稼穑之艰难，不闻小人之劳，惟耽乐之从。自时厥后，亦罔或克寿……

历史学家徐中舒解释说，"立王"指的就是立太子。帝甲时代，王位继承不再按照兄终弟及的规则进行，而是在位的商王会在生前就立太子。太子出生时就很安逸，不从事生产活动，也不了解百姓疾苦，只知道享乐。所以他们大多寿命不长，因为放纵过度了。[①]

[①] 徐中舒：《论殷代社会的氏族组织》，《徐中舒历史论文选辑》，中华书局，1998年版。

从商朝的世系表也能看出，帝甲之后，王位确实都在父子之间继承。商朝在继承制度上的转轨造成一个严重问题：统治集团内部出现激烈的斗争和分裂。那些本该在"兄终弟及"制度下继承王位的王叔，面对坐在王位上的大侄子，心情无疑是微妙的。他们甚至可能与那些没有被选中继位的侄子联合起来，暗中反对新王。纣王继位时，面对的就是这样的情况：王叔和兄弟们都与自己不和。从这个角度去理解，纣王处死王叔比干的行为就有了更合理的解释。

那么纣王是如何处理内部矛盾的呢？从史料上看，他的处理方式应该非常粗暴。《史记·殷本纪》中说：

> 纣愈淫乱不止。微子数谏不听，乃与大师、少师谋，遂去。比干曰："为人臣者，不得不以死争。"乃强谏纣。纣怒曰："吾闻圣人心有七窍。"剖比干，观其心。

这里的微子就是微子启，纣王的大哥，也就是电影《封神第一部：朝歌风云》中被冤杀的殷启。微子进谏纣王，纣王不听。于是微子就与大师（一般认为是箕子，纣王的叔父）和少师（一般认为是比干，也是纣王的叔父）谋划，最后决定跑路。比干强行进谏，纣王大怒，把比干给剖了，把他的心给挖了出来。这一段不免是站在后世的角度，展现纣王一意孤行的形象。但微子和纣王的两位王叔私下密谋，这背后一定隐藏着激烈的斗争。而纣王的反应也非常惊人，竟到了要剖腹取心的程度。

在纣王的镇压之下,比干被杀,箕子出逃,据说逃到了朝鲜(《汉书·地理志》:"殷道衰,箕子去之朝鲜,教其民以礼义,田蚕织作。")而微子跑掉以后,很可能做了周人的内应和间谍。本书前文讲到周文王时,提到周人收买微子的故事。微子在商亡以后获得的待遇也很让人怀疑,他被周武王恢复了原有的爵位。毛主席也曾说:"微子最坏,是个汉奸,他派两个人作代表到周朝请兵。武王头一次到孟津观兵回去了,然后又搞了两年,他说可以打了,因为有内应了。纣王把比干杀了,把箕子关起来了,但是对微子没有防备,只晓得他是个反对派,不晓得他通外国。"①

自帝甲以来,因为继承制度的改变,商朝王族的内部矛盾一直存在,但此前的矛盾并不像在纣王时代这么激烈,闹到王叔出走的出走,被杀的被杀,王兄甚至还里通外国。从结果来看,纣王应该是没有掌握好处理内部矛盾的尺度。他很可能是为了实现自己的政治抱负,急于进行政治集权,对于贵族采取了过于残酷的手段。《尚书·周书·牧誓》中记载了周武王在牧野之战前夕与全军的盟誓,其中列举了纣王的罪状,其中有一条是"厥遗王父母弟不迪,乃惟四方之多罪逋逃",意思是说,纣王放着同族的父母兄弟不去任用,却任用四方逃亡之人。这一条的提出,反映了周武王对殷商贵族的统一战线策略,但也印证了纣王镇压贵族,重用平民甚至罪犯。纣王时期的甲骨文中常见"小臣×"

---

① 《同吴芝圃等人的谈话(一九五九年六月二十二日)》,《党的文献》1995年第4期。

之类的称呼,所指一般都是出身卑微之人。纣王的这种用人策略,可能是实现其政治目标的需要,但缺乏必要的审慎与弹性,以至于统治集团内部离心离德,给外敌以可乘之机。

纣王可能曾经意识到这种危机,所以试图通过对外征伐来提升自己的政治权威,这也是常见的政治手段。但在这个问题上,他又犯下了第二个致命的错误:战略重心的误判。

《左传·昭公十一年》说"纣克东夷,而陨其身",意思是纣王对东夷的战争导致了自身的灭亡。郭沫若在《中国史稿》中也说,纣王对东夷用兵,耗费了很大气力,胜利之际,却遭到周人的袭击。纣王的主力部队在东南战场没回来,导致纣王只能把奴隶和战俘派上战场,最后败亡。① 这个观点已经深为大众所了解。一些学者,如罗林竹,质疑这一观点,认为纣王最后一次讨伐东夷,距离牧野之战至少有五年时间,且纣王的主力参加了牧野决战,但是被消灭了。② 无论这两种观点哪个对,有一个事实是不容抹杀的:纣王在位时期,把战略重点放在了对东夷的讨伐上。根据罗林竹的整理归纳,纣王在位时期,对东夷采取了三次军事行动,分别发生于纣王四年、十年和十五年,以当时的生产力水平而论,可谓相当频繁了。但商朝在西部、北部同样面临戎狄等部族的威胁,纣王在战略方面并非毫无素养,他知道不能多线作战的道理,所以在西部边境上,他采取了代理人战争的策略,这个代理人就是姬昌。

---

① 郭沫若:《中国史稿》,人民出版社,1979 年。
② 罗林竹:《纣克东夷与牧野之战》,《学术研究》,1982 年 05 期。

纣王并非对姬昌毫无提防，崇侯虎曾向纣王告密，说姬昌暗中收买人心，不利于纣王。于是纣王把姬昌软禁在羑里，后来姬昌的臣子用美女、骏马、战车等重礼才将其赎出。纣王不但释放了姬昌，还向姬昌"赐弓矢斧钺，使得征伐，为西伯"（《史记·殷本纪》）。纣王的这种举动，并非完全源于周人的厚礼。上海博物馆所藏战国竹简中有《容成氏》一篇，讲述了另外一个原因：

于是乎九邦叛之：丰、镐、舟、石、于、鹿、黎、崇、密须氏。文王闻之，曰："虽君无道，臣敢勿事乎？虽父无道，子敢勿事乎？孰天子而可反？"纣闻之，乃出文王于夏台之下而问焉，曰："九邦者其可来乎？"文王曰："可。"文王于是乎素端裏裳以行九邦，七邦来服，丰、镐不服。

这里说有九个邦国背叛商朝，其中大多位于西部。姬昌听说了，就说："臣子怎能不侍奉君王？儿子怎能不侍奉父亲？怎么能背叛天子呢？"纣王听说了，就把姬昌放了出来，问他能不能让九个邦国来归服，姬昌说可以。于是姬昌就前去招降九个邦国，其中七个邦国都表示了服从，只有丰、镐不服。

从这段记载可以看出，纣王释放姬昌，主要目的是让他去平复西部的叛乱，这样纣王向姬昌"赐弓矢斧钺，使得征伐，为西伯"也就合情合理了。纣王实际上是将姬昌作为商朝在西部的代理人，帮助商朝稳定西部边境，让自己能够腾出手来处理内部矛盾,以及进行东夷征伐。但让纣王始料未及的是,这个他亲自扶持的代理人姬昌,反而利用这种军事授权,壮大了自身的实力,成为商朝的致命威胁。

这种被代理人反噬的现象,在历史上屡见不鲜。东汉曾经联合鲜卑打击匈奴,反而使鲜卑坐大,最终在西晋成为五胡乱华的主力。明朝曾经利用建州女真维持东北秩序,结果让建州女真成长为野心勃勃的清朝八旗。纣王自以为能够保障西部平安的战略安排,反而养出了一支颠覆他自身的强大力量。这是他犯下的第二个致命失误。

《论语·子张篇》中,子贡说:"纣之不善,不如是之甚也。是以君子恶居下流,天下之恶皆归焉。"子贡承认纣王并不是传说中那样的昏君,而是天下人都在给他泼脏水。在道德问题上纣王或许可以申辩,但作为一个君王,他所犯下的错误却是难以洗刷的。不过,也正是因为纣王的错误,才给新生的周朝以机会,带领华夏进入一个崭新的历史时代。

24

苏妲己：
九尾狐真的曾是祥瑞？

在《封神第一部：朝歌风云》中，费翔饰演的商纣王因一口"商务殷语"而被网络热议，其中一句代表性台词是"她（九尾狐）明明是祥 ray（瑞）"，听起来好笑归好笑，但它其实说得有道理：九尾狐在中国历史上真的曾经被视为祥瑞。

九尾狐早在《山海经》里就出现了。《山海经·海外东经》记载："青丘国在其北，其狐四足九尾。"当时主流认为九尾狐是一种灵兽，并不是妖精。《艺文类聚》引用《周书》："（周）成王时，青丘献狐九尾。"这个当然是传说，但《周书》中会说青丘国把九尾狐当成进献的贡品，说明九尾狐是灵兽而不是妖邪，否则青丘国这不是找打吗？

治水的大禹据说与九尾狐也很有缘分。东汉史书《吴越春秋》里说，大禹都三十岁了还在打光棍，治水走到涂山的时候，担忧自己会无后，就祷告说："如果我要娶妻了，就一定会有征兆感应。"于是他就在涂山遇到一只九尾白狐，大禹感叹说：

"白色,是我衣服的颜色①。九尾,代表王权(因为九为最大的阳数),这就是上天给的感应吧!"这时他又听到当地人的民歌:

> 绥绥白狐,九尾痝痝。我家嘉夷,来宾为王。
> 成家成室,我造彼昌。天人之际,于兹则行。

歌词大意是:徐徐走来的白狐啊,九条尾巴又粗又长。我们尊贵的客人啊,来到这里做我们的王。就在这里成家吧!我们保你子孙繁昌。所谓天人相应,就是这样的奇事一桩!

于是大禹在当地娶了涂山氏之女,后来妻子生下儿子,也就是夏启。从这个故事可以看出,九尾狐是代表天启的祥瑞,而且可能还与生育有关。东汉《白虎通义》里说"必九尾者何?九妃得其所,子孙繁息也",意思是九尾代表生殖力强,子孙众多。动物交配本来也被称为"交尾"嘛。因为这样的传说,九尾狐甚至成为代表德行的灵兽。陈胜、吴广策划起义,也要借助狐狸之口去散布"大楚兴,陈胜王"的谣言。《白虎通义》里说"狐死首丘,不忘本也",意思是说,狐狸死的时候,头总是朝着自己的洞穴,具有不忘本的美德。《孝经·援神契》里则说"德至鸟兽,则狐九尾"②,意思是君王之德波及了鸟兽,就有了九尾狐。所以,九尾狐也成为君王德行的象征,也就是"祥瑞"。唐

---

① 《吴越春秋》成书的年代,五行德运之说深入人心。夏朝被认为五行属金,服色尚白,所以大禹被设定为白色衣服。
② 安居香山,中村璋八:《纬书集成》,河北人民出版社,1994年。

代《开元占经》中引用了据说是曹植写的《上九尾狐表》：

> 黄初元年十一月二十三日，于甄城县北见众狐数十，首在后，大狐在中央，长七八尺，赤紫色，举头树尾，尾甚长大，林丛有之甚多，然后知九尾狐。斯诚圣王德正和气所应也。

大意是，于黄初元年在甄城县北边看到几十只狐狸，中间有一只长七八尺的大狐狸，抬着头竖起尾巴，尾巴又长又大，有很多分叉，看来是九尾狐。这是对圣上德政的感应啊！

"黄初"是魏文帝曹丕的年号，如果这篇文章真的出自曹植之手，那就是曹植战战兢兢地为当了皇帝的哥哥献上祥瑞，希望能讨哥哥欢心，为自己求得苟安。可见在三国时期，九尾狐仍然是一种瑞兽。

那九尾狐怎么就变成勾引男人的狐狸精了呢？在两晋南北朝时期，关于九尾狐的形象问题分出了两条截然相反的路径：在上层社会，九尾狐仍然被当成祥瑞，比如在记录北魏王朝历史的《魏书》中，就有"元象元年四月，光州献九尾狐"的记述；同时在基层社会，九尾狐的妖邪形象则在潜滋暗长。这一来是因为五胡乱华，中原王朝衣冠南渡，在江南开枝散叶，南方各地的巫术信仰也因此进入主流文化。二来是因为道教兴盛，道教讲修炼可以成仙，这种观念进入民间文化以后，修炼的主体又从人扩展到了动物，于是就出现了狐狸修炼的故事。狐狸本来就被看成有灵性的瑞兽，而狐狸多疑而有智慧的形象也最适合担任修炼故事的主角。

东晋葛洪的《抱朴子》里就记载了一种狐狸精,叫"成阳公"。他们生活在山里,有人进山,只要能正确叫出"成阳公"这三个字,他们就不会加以伤害。这就是狐狸精的起源。

不过,成阳公属于那种老老实实修炼的狐狸精,后来传说进一步升级,又产生了作弊的狐狸。东晋时期有个叫郭璞的人写了一本志怪文集叫《玄中记》,里面就提到有一种狐狸,五十岁可以变化为女人,一百岁还会升级成美女,而且他们善蛊魅,使人迷惑失智,不知不觉被他们吸取精气,这样他们就可以快速成仙。这个故事体现了当时逐渐成形的一种观念——物老成精,意思是万物只要上了年头就会成精,这成为后世"妖精"形象和各类精怪故事的心理基础。我们熟悉的狐狸精,到这里就基本成型了。

东晋还有一本更有名的书叫《搜神记》,里面就提到一个狐狸精,名叫阿紫。说是在东汉末年有个叫王灵孝的武士在守卫边境,一只千年老狐变化成美女,勾引王灵孝去她家和她交欢。王灵孝的上级发现他经常擅离职守,就在晚上带人到城外搜索,终于在荒山野坟间找到了王灵孝,王灵孝当时已经听不懂人话了,只是不停地呼唤"阿紫"。大家把他扶回家,十几天后他才清醒过来。这里面的狐狸精阿紫,就彻底成为勾引男人的坏妖精了。金庸小说《天龙八部》里的阿紫,名字除了和姐姐阿朱构成"恶紫之夺朱"的典故,也很可能参考了这个故事。陈坤主演的电影《画皮》,虽然名称和故事内核来自《聊斋志异》中的《画皮》,但男主角是边关武士,名叫"王生",周迅饰演的小唯的真身又是一只"九霄美狐"(在《聊斋志异》故事里是罗刹恶鬼),这些似乎也参考了《搜神记》中王灵孝和阿紫的故事。这个故事的重要性在于，一个勾引男人的"狐狸精"形象，从此活跃在中国各类神话志怪故事中。

有趣的是，也是在这一时期，苏妲己的九尾狐形象正式进入大众视野。敦煌出土的《千字文注》中对《千字文》的"吊民伐罪，周发殷汤"八个字做了如下注解：

> 一入朝歌，捉得纣，杀之。捉得妲己，付与召公，令杀。召公见其姿容端正，一叹而百美，不忍杀之。留经一宿，太公谓召公曰："纣之亡国丧家，皆由此女，不杀之，更待何时！"乃以碓剉之，即变作九尾狐狸。

这个故事和《封神演义》中的叙述已经大差不差了。苏妲己原形是九尾狐的故事甚至出口到了日本。日本的《本朝续文粹》中有一篇《狐媚记》，记的是日本堀河天皇康和三年（1101年，宋徽宗）的事情，其中就有"殷之妲己为九尾狐"的语句。所以，九尾狐苏妲己其实还是东亚的国际巨星。

以上就是九尾狐妲己的来龙去脉。那么，历史上的妲己到底又是什么样子呢？

妲己出自有苏氏，这应该就是她被传为"苏妲己"的由来。《史记·殷本纪》中说："（纣王）好酒淫乐，嬖于妇人。爱妲己，妲己之言是从。"这个说法似乎与《封神演义》差不多，但其他一些文献中却隐隐透露出政治阴谋的气息。《国语·晋语》中说："殷辛伐有苏，有苏氏以妲己女焉，妲己有宠，于是乎与胶鬲比而亡殷。"意思是说，纣王讨伐有苏氏，有苏氏把妲己献给纣王，妲己受宠，于是就与胶鬲一起让殷商亡了国。这句话信息量很大，胶鬲是何许人也？前面讲周文王那节提到过，他很可能是姬昌派到纣王身边的间谍。这里把妲己和胶鬲并列，分明是在说妲己也是间谍。或许有苏氏正是为了报复殷商对自己的征伐才献上妲己，让这个女人去完成颠覆殷商的使命。这种事情在中国历史上并不罕见，后来春秋时期的越国向吴王夫差献上美女西施，也是类似的套路。所以，《封神演义》里说九尾狐受女娲娘娘之命，附身在妲己身上，去颠覆成汤江山。而在真实的历史中，妲己也许确实是这样一个角色，只是她背后的指使者不是女娲娘娘，而是家乡父老。

《封神真形图》清代墨绘本：九尾狐妲妃（己）

关于妲己的故事，就说到这里。史书里喜欢把亡国归咎于女人，民间故事里喜欢把九尾狐说成勾引男人的狐狸精，这些其实共同反映了男权社会下男人对女人的一种心态：恋畏情结。就是既留恋美女，又怕女人会祸害男人，甚至祸害江山。如果将来女性越来越强势，说不定男性反倒成了这种"狐狸精"，以后你会看到榜一大姐揪着小鲜肉的耳朵，说："你这个勾引女人的小狐狸精啊！"

25 闻仲：
原型是元末贤相？

《封神演义》长于搭建体系，短于塑造人物。本书第一节就说过，《封神演义》中的人物大多是"观念"的化身，服务于作者的思想表达，但缺乏活人的气味。不过，闻太师算是其中为数不多的塑造得比较成功的人物，在读者中也拥有一定的人气。

有趣的是，《封神演义》中大多数人物都有历史或神话原型，闻太师却似乎是《封神演义》编造的人物，史书中没有这个人的痕迹。关于"闻仲"这个名字是怎么来的，有两种说法。一说是来自春秋时越王勾践的谋臣文种，他曾与范蠡一同帮助越王勾践灭吴复仇。勾践称霸以后，对文种说："你当初为我定下灭吴七策，我只用了其中三策，就打败了吴国，剩下四策在你那里，你现在去地下，用这四策辅佐越国的先王，去打败吴国的先王吧！"于是，文种自刎而死。文种的智慧与忠烈，确实与《封神演义》中扶保殷商的孤臣闻仲有相似之处。还有一说，是来自隋朝的王通，他有一个称号叫"文中子"，与"闻仲"这个名字也相近。王通精通各家学说，设私学授课，被后人称为"王孔子"。王通还提出了"三教合一"的思想，认为儒释道三家可以融通为一。这个和《封神演义》的思想也很相近，其中的人道、西方教和阐教就在暗喻儒释道三家，截教则泛指各种原始信仰和民间巫术祭祀，格局甚至还高于"三教合一"。《封神演义》作者可能是有感于文中子王通的思想，就借用了"文中子"这个称号，创造出闻仲这个人物。

这些说法各有其道理，不过也只能做参考。毕竟《封神演义》作者也可能只是随手起了个名字，说不定他家邻居老爷子就叫闻仲。虽然这些都无从考证了，但闻仲的性格和遭遇却与一位元代历史人物惊人地相似，而且《封神演义》作者也留下了一些相关的暗示。

《绣像封神演义》（底本为国雪草堂本，参校金阊书坊本，选用清光绪十五年上海广百宋斋铅印本绣像插图）：闻太师

在《封神第一部：朝歌风云》放出的片尾彩蛋中，有"殷商太师闻仲，远征北海，苦战十年"的台词。这个"北海"引发了网络热议：北海究竟是哪里？这个问题一会儿再说，我们先来看原著中关于这个情节的描述。《封神演义》第一回"纣王女娲宫进香"就说："纣王七年，春二月，忽报到朝歌，反了北海七十二路诸侯袁福通等。太师闻仲奉敕征北。不题。"一直到第二十七回"太师回兵陈十策"才说闻太师远征北海十五年（比电

影里还多五年）归来，结果回来就发现老伙计比干已经死了，朝歌也已经乌烟瘴气。这里有一个关键信息：北海造反的是七十二路诸侯。这是古代小说对农民起义的常见描述，《说唐》里说到隋末农民起义，号称"三十六路反王，七十二路烟尘"，而北海造反的首领又有个非常具体的大名叫"袁福通"。作者在这里一定要写下这个名字，到底有何暗指？

"袁福通"这个名字很容易让人想到元末红巾军起义的首领刘福通，"袁福通"的谐音就是"元福通"，元朝的福通，那自然说的就是刘福通。元朝末年，工部尚书贾鲁治理黄河，计划开新河道引黄河与淮河合流入海。工程浩大，征发了十五万民夫，沉重的压迫终于引发了民变。韩山童、刘福通相约起义，后来事情泄露，韩山童被捕就义。元至正十一年（1351年），刘福通在颍州（今安徽省阜阳市一带）发动起义，拥护韩山童之子韩林儿为帝，轰轰烈烈的元末红巾军起义由此开始。这一事件有元末散曲《醉太平·堂堂大元》为证："堂堂大元，奸佞专权。开河变钞祸根源，惹红巾万千……"

这首散曲中，"奸佞专权"四个字并不准确。当时元朝主持朝政的是中书右丞相脱脱，这位算是元末一位呕心沥血的政治家。脱脱曾先后两次拜相，在任期间整顿吏治，减轻盐赋，恢复科举取士，一度让朝政有所起色，"中外翕然，称为贤相"（《元史·脱脱传》）。但一个王朝的崩塌往往是系统性的崩溃，个别优秀政治家在局部修修补补终究是无力回天。红巾军起义爆发以后，脱脱又忙于带兵四处征讨，力图平息叛乱，甚至一度将张士诚打得躲回高邮城里龟缩不出，使元朝出现"远近凛然，国势渐张"(《庚申外史》)之势。在此关键时刻,元顺帝妥懽帖睦儿听信谗言,临阵换帅,致使百万元军在高邮城下乱作一团,张士诚奇迹般地反败为胜,元廷与红巾军的力量对比从此彻底逆转,元军再也难以大举南征,南方的三位起义军主要领袖(朱元璋、陈友谅、张士诚)居然能够有时间相互残杀吞并,直到决出重铸神州的下一位帝王。而脱脱被谗害以后,最终落得个流放自杀的下场。而且,脱脱努力辅佐的元顺帝妥懽帖睦儿,在历史上以"荒淫"著称。《元史》中说他招纳百官的妻子和民间良家妇女进入宫中,全部赤身裸体,纵情淫乐,这与史书和小说中的纣王形象颇有相似之处。

总之,《封神演义》中,为了扶大厦之将倾而四处征战、最终喋血绝龙岭的闻仲太师,像极了元末这位为力挽狂澜而到处救火的贤相脱脱。《封神演义》作者在创作之际,努力描绘王朝末世的景象,但商末毕竟太过久远,所以很可能参考了元末的史料。毕竟《封神演义》写于明代,而元末是距离明人最近的王朝末世。脱脱生前被奸臣谗言所害,《封神演义》作者为了给他出气,就在小说里写了闻仲远征归来,当朝打死奸臣费仲、尤浑的情节。元相脱脱在《封神演义》中化身为太师闻仲,北海七十二路叛军头目"袁(元)福通"这个名字,就是作者留给我们的暗语。

说完闻太师的来历,我再来解答"北海到底是哪里"这个问题。古代传说华夏神州为四海环绕,"北海"即华夏北面的大海,这个北海具体在哪里,要看华夏的北部边境扩张到了哪里。在汉代,汉军曾经北击匈奴,封狼居胥,当时的"北海"一般认为就是贝加尔湖。西晋张华的《博物志》中说"汉北广远,中国人鲜有至北海者。汉使骠骑将军霍去病北伐单于，至瀚海而还，有北海明矣"，大意是汉朝的北方广阔遥远，中国人很少能有到达北海的。汉朝让骠骑将军霍去病北伐匈奴单于，到了"瀚海"就往回走了，也就明确了"北海"的存在。可见，霍去病北伐确实见到了大片如海一般的水域，在华夏的正北方，除了北冰洋，也就只有贝加尔湖可能给人以"瀚海"的观感。而霍去病打到北冰洋沿岸的可能性并不大，因此这里的"北海"最有可能就是指贝加尔湖。

在元代，中国的疆域空前广大，元廷在蒙古高原至广大的西伯利亚地区设置了"岭北行省"，精通天文的郭守敬为了编纂《授时历》，还在全国各地设置了日影和北极星的观测点，《元史·天文志》中记载"北海，北极出地六十五度"，意思是北海地区北极星仰角为65°，而北极星仰角就代表当地纬度，可见郭守敬设置的"北海"观测点是在北纬65°地区，在中国正北部一带的土地上，这个纬度大致位于俄罗斯叶尼塞河中游。叶尼塞河在西伯利亚大地上蜿蜒前行，自南向北注入北冰洋。郭守敬可能是沿着叶尼塞河向下游前进，中途遇到浮冰之类的自然障碍，而无法抵达出海口。但百川归海是自然之理，郭守敬也知道继续走下去一定可以抵达"北海"，即北冰洋，所以将"北海"的纬度标记为65度。这也足以证明，元代人所谓的"北海"就是遥远的北冰洋。

除此以外，库页岛（俄译名：萨哈林岛）东北方的鄂霍次克海也曾被称为"北海"。唐代杜佑撰写的《通典》中记载："流鬼在北海之北，北至夜叉国，余三面皆抵大海，南去靺鞨船行十五日……其长老人传言：其国北一月行有夜叉人，皆豖牙翘出，噉人。莫有涉其界，未尝通聘。"这里的"流鬼"位于今天俄罗斯的堪察加半岛，唐太宗时曾来进贡。堪察加半岛位于鄂霍次克海之北，北海即鄂霍次克海无疑。堪察加半岛再往北，就是俄罗斯的楚科奇地区，这里居住的楚科奇人就是《通典》中所谓的"夜叉人"。楚科奇人有把海豹的牙齿放在唇边做装饰的习惯，所以被描述为"豖牙翘出"，如同夜叉。

中国神话小说中的"北海"，其实一般没有明确所指，就是泛指中原王朝北边的广阔地区。这一带因为人烟稀少，常被描述为妖魔出没的地区。《封神演义》中闻仲远征归来，也说自己是"托赖天地之恩，主上威福，方灭北海妖孽"，可见造反的七十二路诸侯中还混杂着妖怪。不过，可能就是因为《封神演义》中写了闻仲平北海的情节，在曾被视为"北海"的贝加尔湖地区居然真的存在对闻太师的崇拜。

清代道光年间文人汤用中的笔记集《翼駉稗编》里面有这么一段话：

> 闻太师、申公豹，系《封神传》荒诞之言，乃恰克图四部祀之甚虔……至闻太师威灵尤赫，岁旱虔祷，雨即立降。或有冤抑，诣庙申诉，神即惩治，甚至霹雳一声，被控之人已为灰烬。

这段话意思是说，闻太师和申公豹本来是《封神传》瞎编的人物，但蒙古恰克图四部却非常虔诚地供奉他们俩。恰克图四部就居住在贝加尔湖南岸。他们对闻太师尤其崇拜，要是遇上大旱，当地人就去拜他，雨立刻就下来了。要是遇上冤情，当地人就到闻太师庙里去投诉，闻太师马上就降下霹雳，把被投诉的人打成灰烬。总之一句话：闻太师庙就是当地的投诉热线。

恰克图四部供奉闻仲肯定是因为《封神演义》的流传，因为这个人物是《封神演义》的原创。这大概是因为中国北部有不少商人远走西伯利亚去做毛皮之类的生意，就把闻太师的故事带到了贝加尔湖沿岸。而且去蒙古做生意的不少都是山西人，山西本来就盛行闻太师崇拜。山西著名点心"闻喜煮饼"，起源说法之一就是闻太师的军粮，所以又叫"闻太师饼"。这些山西商人把闻太师信仰带到了贝加尔湖地区，当地的蒙古恰克图四部一听有个神叫闻太师，跟我们打过十五年，最后还把我们打服了，于是很敬畏，也跟着供奉。

那为什么要说闻太师管打雷下雨呢？因为《封神演义》里说闻太师最后被封为九天应元雷声普化天尊，是雷部的统帅，号称"雷祖"。九天应元雷声普化天尊在神话中的形象是额有三眼，手执金鞭，胯下麒麟，闻太师的外貌完全就是照着这个形象去写的。不过道教的雷部也不是只管打雷下雨，而是掌管祸福生杀，权衡人心善恶。所以恰克图四部遇上冤情，也要去找闻太师投诉。不得不说，他们对闻太师的功能还是挺了解的。

闻太师作为虚构人物，居然管辖范围可以远到贝加尔湖，可见《封神演义》的影响力之大。《翼駉稗编》里还说恰克图四部也供奉申公豹，这又是怎么回事？下一节就来聊聊申公豹的前世今生。

26

申公豹：
为什么说他是悲剧人物？

小说里经常会出现一个"线索人物"，任务是穿针引线，把各路人等卷入情节。《封神演义》里的线索人物是谁？无疑就是申公豹。他的口头禅是"道友，请留步"，对方如果真的留步，半只脚就已经踏进了《封神榜》。在《封神演义》世界里，进《封神榜》绝不是什么好事。尤其是原本自由自在的仙人，被封神就意味着永远被管束。

申公豹本是阐教元始天尊的弟子，但不被重视。国产动漫《哪吒之魔童降世》中索性说他就是一只豹子精，这个说法有创意，但肯定不符合《封神演义》中的设定。因为阐教招生是有种族限定的，不收被毛戴角之辈。这个对应的就是道教在招弟子时也看"根性"，不会什么人都收。申公豹要真是一只豹子，那他只能去投奔截教。他名字里的这个"豹"字，并非因为他是豹子成精，而是因为他的原型之一是《武王伐纣平话》中的商朝大将申屠豹。这个人也不姓申，而是复姓申屠，汉朝就有都尉名叫申屠嘉。申屠豹在《武王伐纣平话》中只是个平平无奇的将领，死后被封为豹尾神,所以申公豹应该只是借了他的名字。在《封神演义》中,申公豹是个道人形象,又曾经劝说广成子的弟子殷郊(纣王之子,被妲己迫害,后拜阐教广成子为师)反周助商。这些形象可能借鉴了更早的一些道教文本。殷郊原本就是道教重要的神明,道教有大量围绕殷郊的文本。比如民间传法文本《殷君至宝》,里面就说殷郊的师父是"申真人"。

这部书的开篇有趣得很,说的是如何画召唤太岁殷君的符咒。里面有一句"太极必要圆圈:内中加一横又加一直,共作申字"。一个圆圈里面有一横,再加上一竖,就有了一个"申"字。写个申字干啥呢?因为申真人是殷郊的师父,殷郊在这本书里并不是纣王之子,而是殷丞相的儿子。不过这个不重要,重要的是殷郊生下来时是一个肉球,申真人走出洞府,"望云霞而至殷丞相之家",肉球破开,露出一个孩子,申真人就收这个孩子为徒。是不是很眼熟?没错,《封神演义》里哪吒的故事,很多都是来自殷郊的传说。殷郊本来应该是《封神演义》的男主角之一,这个地位被哪吒取代了,下一节再细说其中原委。

在《殷君至宝》里面,申真人原本是一只猴精,住在"水帘洞天"。玉皇大帝跟他打

《殷君至宝》太岁血脉符咒手抄本,清光绪五年

赌，说：我有一个金鼎，你能不能在金鼎里坐一会儿还完好无损？猴精说可以，就在里面坐了三天三夜，受武火焚烧，出来以后不但完好无损，还变成了一位道人。玉皇大帝打赌失败，于是就封他为"金鼎妙化申真人"。这个故事显然也启迪了《西游记》里孙悟空进炼丹炉的故事。而且，"申"为十二地支之一，对应的生肖本来就是猴。

申真人爱打赌的个性，似乎也遗传给了《封神演义》里的申公豹。姜子牙领了《封神榜》下山，申公豹就找姜子牙打赌，说：我能把自己的头摘下来当球玩，完事了还能接回去。我要是做到了，你就把《封神榜》撕了。姜子牙按捺不住好奇心，就同意打赌，想看看申公豹玩什么把戏。申公豹把头砍掉，头还在空中乱飞。南极仙翁看到姜子牙上当，就让自己的仙鹤去把申公豹的头叼到北海，顺便弄死申公豹。姜子牙于心不忍，向南极仙翁求情，申公豹才捡回了一条命。这种"又菜又爱玩"的性格，决定了申公豹的命运。

在《封神演义》小说中，申公豹是阐教叛徒，到处摇人（主要是截教门人）来破坏阐教

光绪十七年（1891年）上海广百宋斋精石印《绣像封神演义》十册，插图037：第37回 姜子牙一上昆仑

同门姜子牙的封神大业。这个设定又很接近西周末年的申侯。申侯是申国国君，女儿是周幽王的王后，为周幽王生下了太子宜臼。周幽王宠爱褒姒，打算废掉太子宜臼，改立褒姒之子伯服。宜臼担心有杀身之祸，就逃到申国，寻求外公的庇护。周幽王大怒，打算攻打申国，谁知申公先下手为强，当了"带路党"，联合犬戎的军队，攻入西周国都镐京。周幽王举烽火向诸侯们求救，却因为此前有过"烽火戏诸侯"，诸侯们不予理睬，周幽王战死，西周就这么灭亡了。在这个故事里，申侯背叛周天子，还联合外敌攻打天子，这种行径与申公豹的行为很相似。所以，申公豹的形象也可能参考了西周末年的申侯。

不过，《封神演义》里的申公豹，说到底其实是一个地地道道的悲剧人物。他自认为修为高深，法力高强，却一直不受师父元始天尊重视。于是他心理不平衡，存心搞破坏，到处搬弄是非，四处游说三十六路人马与姜子牙为敌。因为申公豹原型之一就是猴精申真人，所以这三十六路人马都可谓"猴子请来的救兵"。申公豹的主要才能似乎不是法术，而是巧舌如簧的游说之术。他很像战国时代的纵横家，能够针对不同的对象制定不同的游说策略。

比如对惧留孙的弟子土行孙，申公豹先是搬出阐教"师叔"的身份，拉近双方的心理距离，也方便自己说教。接着他洞察土行孙贪恋富贵的性格，以"披蟒腰玉，受享君王富贵"相诱惑，终于说动他去商朝阵营的邓九公军前效力。面对欲投周营的殷商王子殷洪，申公豹先是用"世间岂有子助他人，反伐父亲之理"来劝说，却遭到殷洪以"纣王无道"来反驳。申公豹于是抓住殷洪作为王族后裔的血统自豪感，笑道："……宗庙被他人之所坏，社稷被他人之所有。你久后死于九泉之下，将何颜相见你始祖哉？"一席话就把殷洪说动了心，掉头投了殷商。而对于反商意志更为坚定的殷郊，申公豹则抓住他疼爱弟弟的弱点，告诉他殷洪已被姜子牙用太极图化为了飞灰，殷郊大怒，确认弟弟已死后也转念去投商营。最绝的是申公豹说服赵公明的妹妹三霄娘娘出山助商，说得好不煽情："你们的哥哥赵公明当年借金蛟剪下山立功，反而遇害。他死前对闻太师说：'我死以后，我的妹妹们一定会来取回金蛟剪，到时她们看到我的道袍，就跟看到我一样。'唉，没想到他会死于小人之手！"一席话声泪俱下，顿时把三霄娘娘说得怒火中烧，下山投奔商军大营而去。

但是，这个看似左右逢源、如鱼得水的申公豹，在元始天尊眼中却只是颗可供利用的棋子。《封神榜》规定了三百六十五个成神名额，阐教和截教都有填补这些名额的任务。成神就要战死，元始天尊可舍不得自己的宝贝徒弟们战死，巴不得截教弟子多多战死成神。截教的通天教主当然也明白这一点，他见门下弟子众多，就严令截教弟子不许下山，下山则必定《封神榜》上有名。申公豹到处撺掇截教弟子下山参加商周大战，岂不正中元始天尊下怀？所以在原著第七十二回中，元始天尊见惧留孙捉了申公豹，就装腔作势说要把申公豹压在麒麟崖下，后来申公豹一求饶，元始天尊就顺水推舟把他放走了。这里作者还加了句旁白："看官：元始天尊岂不知道要此人收聚封神榜上三百六十五位正神，故假此难他，恐他又起波澜耳。"原著第三十七回还有一首诗：

左道傍门惑子牙，仙翁妙算更无差。

邀仙全在申公豹，四九兵来乱似麻。

这里也明说了，申公豹的使命就是"邀仙"，他请来的这些救兵，最后都会成为商周大战的炮灰，《封神榜》上的席位。这世上最大的悲剧，并不是壮志难酬，而是你自以为的"壮志"和为此付出的艰辛，在大佬们看来，不过是实现其意图的工具。一生的努力，到头来只是为他人作嫁衣裳。商周大战接近尾声，成神指标基本完成，申公豹也迎来了对他的清算。他先是被元始天尊拿来填了北海海眼，后来又被姜子牙封为东海的"分水将军"，管的是"夏散冬凝，周而复始"，字面意思就是水域的结冰和化冻。这是个无聊的工作，申公豹被固定在这个岗位上，与其说是受封，不如说是受罚。

有趣的是，申公豹和闻太师一样，在贝加尔湖地区受到了供奉，但供奉的方式很邪门。在上一节提到的《翼駧稗编》里说，每当贝加尔湖开始结冰的时候，来往恰克图部落的商旅为了出行安全，就会先去祭拜湖边的申公豹庙，几天后还会雕一个申公豹的木像，在湖面上凿一个窟窿，把木像笔直地没到水里，等水淹过神像头顶，就可以踩着冰在湖上走了。到了来年二三月份，如果看见湖面上有神像手指破冰而出，大家就互相告诫：申公豹的手指露出来啦，不能再踩冰了！几天后，神像的拳头也跟着出来了，又过了几天，整个神像都露出了水面。当地人就把神像又敲锣打鼓地抬回庙里，举行隆重的祭典。这么看来，当地人是把申公豹当成冰面坚固度的指示器了。这个故事听上去不可思议，所

以我把原文放在这里:

> 闻太师、申公豹,系《封神传》荒诞之言,乃恰克图四部祀之甚虔。山右张城方道士智禄久客恰克图,言其地近接俄罗斯,地居北海之南,过北岸则为狗头国。每当秋冬,海水即合,商旅未敢履冰径过,必诣申庙,焚香拜请。数日,舁像入水试冰。其像以木为之,裸体不着一丝。舁至海中,直立不仆,渐次入水,俟灭顶,即可履冰过海,车驰马骤,了无妨碍。至次年二三月,遥望巨浸中见一指破冰出,即群相告诫,速断行踪。数日而拳出,又数日而全体俱出,即闻坚冰碎裂,海水沸腾,像即矗立水面。彩舆舁归,报赛惟谨。

故事是很荒诞,但细想之下其实很有逻辑。申公豹被封为"分水将军",本来管的就是结冰和化冰这些事,而且他被填了北海海眼,受到"北海"贝加尔湖地区的供奉也很合理。要是唐僧师徒当年过通天河之前,也往河里放个申公豹就好了。

所以,申公豹是一个彻头彻尾的悲剧人物,生前被大佬利用,死后被百姓利用。看来巧舌如簧、喜欢搬弄是非的人,一般不会有什么好下场。

27

殷郊：
"太岁神"原本应该是男一号？

在《封神第一部：朝歌风云》中，殷商王子殷郊被预言将会亲手杀死父亲，并在电影结尾被砍了头，然后又被哪吒和杨戬救走。不少观众都好奇这个预言是否会成真，也有一些观众翻开《封神演义》原著，发现殷郊虽然一度决定反商伐纣，但还是被申公豹说动，转而助纣为虐，于是为殷郊的结局感到担忧。其实，电影的开头就有"改编自《武王伐纣平话》"的字样，如果按照平话故事来拍，殷郊最后非但不会加入商纣阵营，还会成为伐纣的急先锋，商周大战的男一号。

在《封神演义》中，殷郊的男一号地位被哪吒抢走了。在小说里，哪吒出现得比姜子牙还要早。其实，哪吒抢走的不只是殷郊的角色，连他的身世都一并抢走了。

诞生于元代的《三教源流搜神大全》中详细叙述了殷郊的身世：他的生母是纣王的王后姜氏，姜氏在游园时看到地上有巨人足迹，踩了上去，后来就怀孕了，生下一个大肉球。妲己赶紧去跟纣王打小报告："王后生了个妖怪，啊啊啊！"纣王就让人把肉

球丢到野外。姜王后被妲己诬陷，就坠楼自杀了。那个肉球在郊外，连白鹿都来提供乳汁。恰逢金鼎化身申真人（就是上节说的"金鼎妙化申真人"，申公豹的原型之一）经过，说："乖乖，不得了，这可是仙胎啊！"就一剑斩开肉球，里面是一个婴儿。申真人就把婴儿抱回水帘洞，找了个叫贺仙姑的乳母来哺育，还给孩子起了一个大名叫"啥哪吒"，乳名叫"殷郊"，因为他是殷商之后，又被丢到郊外。所以，在这个故事里，"殷郊"其实只是小名。

《绣像封神演义》（底本为国雪草堂本，参校金阊书坊本，选用清光绪十五年上海广百宋斋铅印本绣像插图）：殷郊

孩子长大以后，贺仙姑对他说："我不是你亲妈，你的亲妈是姜王后，被妲己诬陷害死了。"殷郊很悲伤，就要去讨伐纣王，为母报仇。申真人说："为母报仇，也是一片孝心，你先去天妃八宝洞取几件法宝，然后才能前去。"殷郊就去取回了黄钺和金钟，说这些可以帮助诛杀妖怪和昏君。申真人又说："你骑着海马下山，再去找两个强盗做你的副手。"殷郊就去收了"貚①神"和"鸦将"。申真人又说："这样还是不够，你去扫帚山收服山上十二强人，然

---

① 貚，读音为"炫"，古书中一种外形似狗的野兽。

后再去伐纣。"殷郊去了以后才知道，所谓"十二强人"，其实是十二具骷髅神。殷郊把他们全灭了，把骷髅挂在脖子上回来了。申真人很满意，说这些骨头在战场上能够助战，一敲就鬼哭神惊，敌人就头昏手软，不战自退。一切准备完成，殷郊就前往跟随武王伐纣，活捉了妲己。妲己以美色惑人，人们都不忍心杀她。只有殷郊心怀为母报仇的孝义，不为所动，一斧就把妲己给刹了。后来玉帝被殷郊的孝义和勇猛感动，就封他做了"地司九天游奕使至德太岁杀伐威权殷元帅"。

《三教源流搜神大全》为什么要用这么多篇幅写殷郊？因为殷郊原本就是道教的"地司太岁殷元帅"，又叫"地司荡凶殷天君"。故事里写殷郊去取法宝，收下属，剿灭十二骷髅神，其实都是为了让他凑齐在道教神话里的一身行头。

《正统道藏·太平部·法海遗珠》里说："地司太岁殷郊将军，天人相，碧色面，项带十二骷髅，绯袍，皂带缠于腰间，跣足，左手黄钺，右手金钟。"是不是和前面故事里描述的行头一模一样？而且，《三教源流搜神大全》里的这个故事，还隐藏着许多关键信息。

殷郊出生的这个故事，明显来自传说中的周人始祖后稷。《诗经·大雅·生民》中就有这样的诗句：

厥初生民？时维姜嫄。生民如何？克禋克祀，以弗无子。

履帝武敏歆，攸介攸止，载震载夙。载生载育，时维后稷。

> 诞弥厥月，先生如达。不坼不副，无菑无害，以赫厥灵。
>
> 上帝不宁，不康禋祀，居然生子。

意思是说，姜嫄在野外踩了天帝的足迹，怀孕生下了后稷。这里的"姜嫄"很可能就是殷郊母亲"姜王后"的由来，甚至《封神演义》中的姜王后也可能来自这个典故。这就是民间传说的离奇与可怕：居然能把周人的祖先传成商纣的王后。《生民》里还说后稷"先生如达"，本书前面的章节中提过，这里的"达"通"羍"，意思是小羊羔。小羊羔出生时都裹着胞衣，像一个小肉球。后稷据说出生时是一个肉球，这是"卵生神话"的一个案例。《三教源流搜神大全》里的殷郊也被说成是这样降生的，可能因为他的大名就叫"唸哪吒"，所以《封神演义》里的哪吒也顺便偷走了他的降生传说。而且《封神演义》里哪吒的母亲也姓殷，被称为"殷夫人"，这没准儿就是在致敬殷郊，暗示哪吒的故事原本是属于殷郊的。

在元代的《武王伐纣平话》里，殷郊被写作"殷交"，他才是那个战功赫赫的伐纣先行官。姬昌西逃，是被殷交所救。后来殷交跟随姜子牙伐纣，大战乌文画（《封神演义》里写作"邬文化"），擒拿崇侯虎和费仲，生擒妲己，最后甚至亲手杀死了自己的父亲纣王。平话里说：

> 太公传令，教建法场：大白旗下斩纣王，小白旗下斩妲己。帝问曰："教甚人为刽子？"问一声未罢，转过殷交来奏："陛下，小臣愿为刽子。陛下听吾诉之曰：

纣王昔信妲己之言，逐臣到一庙中，似睡朦胧，赐臣一杯酒，饮之力如万人；又赐臣一具百斤大斧，教斩无道之君。以此神祇所祝，臣合为刽子。"武王曰："据有此事，依卿之言。"

武王并太公众文武群臣，皆带冠冕朝服，论条律：若纣王苦害生灵万余人命，合斩纣王并妲己，与寡人报仇。武王传令，教两班文武兵士，于法场上两下排列。众文武兵将依奉圣旨，排列了当。

……

武王并众文武，尽言无道不仁之君，据此合斩万段，未报民恨。言罢，一声响亮，于大白旗下，殷交一斧斩了纣王。万民咸乐。

大意是殷交说神灵赐他神酒和大斧，让他去斩无道昏君，最后真的一斧把父亲给砍了。《武王伐纣平话》是民间话本，通俗文学，游民们就爱听这种爽文，没有那么多忠孝节义的废话。而且这部平话诞生于元代，元代受游牧文明影响，文化也更为自由散漫，在他们的历史上，弑父夺位的事也发生过。但到了《封神演义》创作的明代，全社会被程朱理学笼罩，儿子弑父当然是大罪。本来武王伐纣就有臣子弑君的嫌疑，如果再保留殷郊弑父的情节，那么周军岂不成了不忠不孝的犯罪团伙，哪还有吊民伐罪的大义？出于同样的原因，平话里的周武王义正词严，当众数落纣王的罪过，但到了《封神演义》里，堂堂的武王居然在与纣王大战之际纠结起了君臣大义：

武王在逍遥马上叹曰:"只因天子无道,致使天下诸侯会集于此,不分君臣,互相争战,冠履倒置,成何体统!真是天翻地覆之时!"忙将逍遥马催上前,与子牙曰:"三侯还该善化天子,如何与天子抗礼,甚无君臣体面?"子牙曰:"方才大王听老臣言纣王十罪,乃获罪于天地人神者。天下之人,皆可讨之,此正是奉天命而灭无道,老臣岂敢有违天命耶!"武王曰:"当今虽是失政,吾等莫非臣子,岂有君臣相对敌之理!元帅可解此危。"(《封神演义》第九十五回)

这里周武王都已经统领天下诸侯打到纣王眼皮子底下了,还要啰唆什么"不分君臣""善化天子""君臣体面",简直成了迂腐不堪的宋襄公,哪有一点改朝换代的王者之气!大概是作者觉得写这样一笔,才能体现周武王是仁义之君。这套用鲁迅先生的话,就叫"欲显武王之长厚而似伪",体现了明朝的理学价值观。相比之下,还是平话里一斧子砍了来得痛快。

连周武王尚且要接受这样的道德掩饰,纣王之子殷郊自然不能堂而皇之地弑父,伐纣先行官的位置也就让给了哪吒。哪吒已是莲藕之身,与生身父母都已无牵扯,自然更不会在意对纣王兵刃相向。而殷郊因为助纣为虐,最后应了当初对师父广成子许下的誓言,头被犁头铲断,一道灵魂往封神台来,最后被姜子牙封为"执年岁君太岁之神",即"值年太岁"。这里基本尊重道教神话,殷元帅在道教里本来就是太岁神。

"太岁"究竟是什么?其实与木星的运行有关。古人观察

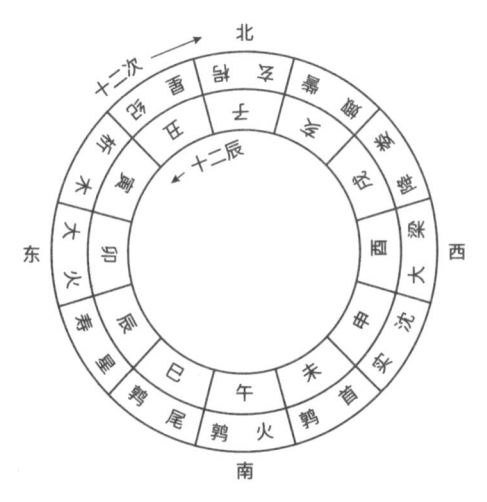

十二次与十二辰的对应关系[1]

到，木星约每十二年在空中运行一周天，每年运行一周天的十二分之一，于是古人就把木星称为"岁星"，根据木星运行把周天分为十二个区域，这些区域被称为"十二次"，每年对应其中一"次"，这被称为"十二次纪年"。十二"次"各有其名字，《国语》中说"武王伐殷，岁在鹑火"，这里的"鹑火"就是十二"次"之一。问题是，木星是自西向东转动的，和太阳、月亮等天体自东向西转动相反。根据木星运行制定的"十二次"，和根据太阳运行制定的阳历、根据月亮运行制定的月令这些放在一起，就显得很拧巴，不能形成对应关系。中国古人脑子很灵活，说我们虚

---

[1] 图片引自张闻玉：《古代天文历法讲座》，广西师范大学出版社，2008年。

构一颗和木星轨道相反的天体不就行了？于是古人"发明"了"太岁星"，也沿着木星的轨道运行，但方向是自东向西。又根据太岁的运行，也把周天划为十二等分，以子丑寅卯等地支命名，称之为"十二辰"。这就是"太岁纪年法"。

根据"太岁纪年法"，每年都有一个对应的"太岁"，这被称为"值年太岁"。《续文献通考·郊社考》："太岁者，十二辰之神。……木星一星行一次，历十二辰而一周天，若步然也。自子至巳为阳，自午至亥为阴，所谓太岁十二辰也。"这么看来，十二辰对应的值年太岁应该有十二位。但古人还用十天干与十二地支相配，配出甲子、乙丑、丙寅等六十对，每六十年为一轮，称为一个"甲子"，这样就又产生了六十位甲子太岁。《封神演义》里，殷郊被封为"执年岁君太岁之神"，职责是"坐守周年，管当年之休咎"，也就是每一年的值年太岁都归他管。而甲子太岁之神则封给了杨任，这位后面还会细讲。他的职责是"循周天星宿度数，察人间过往愆尤"，也就是掌管每六十年一度的甲子循环。

另外，民间还有"犯太岁"的说法，其实就是指自己出生年的地支与当前这一年的地支发生相冲、相刑、相害、相破等不利关系，具体包括冲太岁、刑太岁等等，这里不再细说。还有一句俗语叫"太岁头上动土"，听上去好像土里埋着太岁，民间也确实把一种巨大的复合粘菌称为"太岁"。其实它的本意与此毫无关系，而是在说动土要先看太岁星的方位。太岁对应十二辰，每一辰都有自己对应的地理方位。比如某年太岁在子，子为正北，则正北不可以动工，如果动了，就叫"太岁头上动土"，必有灾祸。

关于殷郊的曲折身世和"太岁"的来龙去脉，就讲到这里。

本章说的是《封神演义》中那些各具神采的配角。书中配角众多,毕竟封神也封了三百六十五位,本章拣择其中知名度较高的人物来讲述,既有简洁的人物小品,也不忘揭示背后的文化知识。

第五章

各显神通的配角们

28

黄飞虎与崇黑虎：
正史中确有来历？

《封神演义》第八十六回叫"渑池县五岳归天"，可能是小说已近尾声，封神的指标还没有完成，作者就加快速度，一次性送五位大将归了天，灵魂奔封神台而去。五位大将分别是：黄飞虎、崇黑虎、文聘、崔英、蒋雄。他们分别被封为执掌东岳泰山、南岳衡山、中岳嵩山、北岳恒山和西岳华山的五岳大帝。

这五位当中，后面三位有凑数嫌疑，尤其是文聘，连名字都疑似直接搬运了三国大将文聘。前面两位，却颇有细说的价值。

黄飞虎是《封神演义》中"人道"成神的代表，他并没有阐教或截教的师承，本为商朝的镇国武成王，其家族是商朝七世忠良。即使看到纣王荒淫无道，他也忠心不二，直到妻子和妹妹都被妲己设计害死，才决心反出五关，直奔西岐而去。这样一个悲剧英雄，究竟是作者凭空创造，还是有历史根据可循？

在商朝甲骨文卜辞中，多次出现一位名叫"黄尹"的人，且受到商王的高规格祭祀。例如，卜辞中有"侑（沃）于黄尹，十伐（杀），十牛"的语句，意思是商王祭祀黄尹，一次杀了十头牛。这是极高的待遇了。黄尹的后代们被统称为"黄多子"，卜辞中还有"呼黄多子出牛，侑于黄尹"的语句，意思是让黄尹的后代们出几头牛去祭祀黄尹。这位黄尹究竟是何方神圣？学界有不同观点。一些学者认为，黄尹就是商朝开国元勋伊尹，理由是享有如此高规格的祭祀，必然是开国元勋级别的人物。在商朝甲骨文和后世文献中都没有这位黄尹的生平，只有将其解释为和伊尹是同一人，才说得通。[1] 毕竟伊尹相对于商朝的意义，犹如姜子牙相对于周朝。《荀子·臣道》中就说："殷之伊尹，周之太公，可谓圣臣矣。"而且，上古文字中"黄"和"衡"可以相互通假，而伊尹有一个别名就叫"阿衡"。《伊尹世家谱》中记录了北宋真宗为开封杞县伊尹庙题写的《御制碑赞》，其中有这么几句："成汤之仁，溥率来宾，阿衡之忠，天辅成功。"所以"黄尹"可能是"衡尹"，即伊尹。陈梦家就认为："黄、衡同音相假，故阿衡、保衡即黄尹。"[2] 所以，商朝长期坚持对伊尹的祭祀，伊尹的家族与殷商王族长期保持共存关系。还有一些学者认为，"黄尹"与"伊尹"并非同一人，甲骨文中"尹"是"君"的本字，"黄尹"即"黄君"，即黄国国

---

[1] 参见吴丽娩：《甲骨文"黄尹"身分考——兼论商代配祀制度》，《历史研究》，2023年第2期。
[2] 陈梦家：《古文字中之商周祭祀》，《燕京学报》总第19期，1936年。

君。黄国也写作"潢国",是商朝重要的方国,与商王关系密切,甲骨文卜辞中就有"王在潢"的字样。甚至黄国国君可能是黄帝的后裔,所以才享受如此高规格的祭祀。①

无论哪种说法,都指向一个事实:商朝王室与一个与"黄尹"有关的家族关系密切,而《封神演义》中的黄飞虎,其家族七世效忠于殷商,可能就参考了这个家族的信息。正因为黄飞虎家族与商朝王室关系密切,所以黄飞虎直到逼不得已才反出五关,到了潼关还遇见老父亲黄滚,黄滚说"我黄家世代忠良,你怎么能做叛贼呢",最后还是靠黄飞虎几个结义兄弟把黄滚的大军粮草给烧了,把黄滚拉下了水:你现在也犯了重罪,见了纣王也是一死。黄滚无奈,才和黄飞虎一起出逃。忠孝节义,最后还是敌不过保命要紧。

黄飞虎后来被姜子牙封为"东岳泰山天齐仁圣大帝",也就

《绣像封神演义》(底本为国雪草堂本,参校金阊书坊本,选用清光绪十五年上海广百宋斋铅印本绣像插图):黄飞虎

---

① 参见李元星:《殷王所祀黄与黄尹即黄帝考》,《新疆教育学院学报》,2000年03期。

是民间俗称的"东岳大帝"或"泰山神",分布在全国各地的"东岳庙"就是供奉东岳大帝的。黄飞虎还有个儿子叫黄天化,后来被封为"管领三山正神炳灵公"。在道教神话中,炳灵公是泰山神的第三个儿子,即"泰山三郎",又称"炳灵太子"。宋代以前,泰山三郎都是欺男霸女的恶人形象,和《水浒传》里的高衙内差不多。唐代传奇《广异记》里面有一篇《赵州参军妻》,泰山三郎看中了卢参军的夫人,就施法让卢参军的夫人暴死。不过泰山三郎可能是被华山三郎连累了,华山三郎也是这样一个恶霸形象,号称"三郎好汝妾",就是三郎爱人妻的意思。这可能又源于唐玄宗李隆基,因为排行第三,又称"李三郎",而且李隆基与长安东边的华山缘分不浅,往返于长安、洛阳时总要在华山停留。李隆基还爬灰,抢了儿子的妻子杨玉环。安史之乱以后,百姓埋怨李隆基的昏庸导致战乱,就把华山三郎塑造成夺人妻子的恶霸,同时天下名叫"三郎"的神也都遭了殃。《封神演义》里的黄天化,也借鉴了泰山三郎的形象,颇有点纨绔子弟的架势。不过他毕竟是正面人物,欺男霸女的事情倒是没做,只是喜欢穿好

《绣像封神演义》(底本为国雪草堂本,参校金阊书坊本,选用清光绪十五年上海广百宋斋铅印本绣像插图):黄天化

看的衣服。他本是清虚道德真君的弟子，遵师命下山助周伐纣，下了山就"穿王服，带束发冠，金抹额，穿大红服，贯金锁甲"，结果被姜子牙好一顿数落。

黄天化被封的这个"管领三山正神炳灵公"，"三山"也有讲究，到底是哪三座山？《封神演义》里多次出现"三山客""三山关"等字眼，这里的"三山"并不是神话里的蓬莱、方丈、瀛洲三座仙山，而是道教的"符箓三山"，即上清派的茅山、灵宝派的阁皂山和正一派的龙虎山。《水浒传》第七十四回"燕青智扑擎天柱 李逵寿张乔坐衙"里写浪子燕青进岱岳庙（东岳庙），看到的景象是"九天司命，芙蓉冠掩映绛绡衣；炳灵圣公，赭黄袍偏称蓝田带"。这里和炳灵公坐在一起的"九天司命"，就是东晋陶弘景《真灵位业图》中收录的"司命东岳上真卿太元真人"，也就是茅山"三茅真君"的老大茅盈，而茅山又是道教"符箓三山"之一。东岳崇拜和符箓三山信仰在江南地区合流，而《封神演义》作者无论为谁，都应该是生活在江苏一带，所以在编制《封神榜》的时候，就把"三山"和"炳灵公"合而为一，产生了"管领三山正神炳灵公"这个称呼。

说完黄飞虎一家，再说崇黑虎。他的家族来历就更清楚了，崇黑虎虽是虚构，但他的哥哥崇侯虎在正史记载中确有其人，本是商朝崇国国君。崇国位于今天西安市鄠邑区一带，正好位于周商之间，是商的西部屏障，也是周人东出伐纣的一大阻碍。所以，崇侯虎注定和周人关系紧张。《史记·周本纪》记载，崇侯虎和纣王说："西伯侯姬昌注重积累德行，很多诸侯都向着他，这样对您可不好啊！"纣王就把姬昌抓过来，软禁在羑里。（崇侯虎谮西伯于殷纣曰:"西伯积善累德,诸侯皆向之,将不利于帝。"帝纣乃囚西伯于羑里。)这个记载背后反映的实质是:崇侯虎实际在替纣王监视姬昌在西部边境上的动静,一发现异常马上向纣王打小报告。

所以,在《封神演义》里,崇侯虎依旧是一个助纣为虐的角色,负责督造鹿台,闹得民怨沸腾。后来姜子牙攻打崇城,崇侯虎竟被亲弟弟崇黑虎出卖。崇黑虎修书一封,请身在朝歌的崇侯虎回崇城,在城中绑了刀斧手,抓了哥哥和侄子崇应彪,甚至连嫂子和侄女也绑了。崇侯虎绝望大哭:"岂知亲弟陷兄,一门尽绝!"崇黑虎却不为所动。连姜子牙都看不下去了,对他说:"崇侯虎作恶,与他元配无关。女儿是外姓人,还要麻烦你多照顾。"崇黑虎除掉了哥哥一家,假惺惺要让文王姬昌收了崇城。文王也是人精,当下表示:"你哥哥死了,以后崇城就归你管啦!"于是崇黑虎如愿以偿。这样一个无情无义的小人,生前出卖兄长,得了北伯侯之位,死后又获封"南岳衡山司天昭圣大帝",居然生前身后,俱得圆满,真是可叹。

回到"五岳归天"这个话题,黄飞虎、崇黑虎等五人一齐战死,完成了五岳之神的封神指标。《封神榜》上除了前面提到的"东岳泰山天齐仁圣大帝"和"南岳衡山司天昭圣大帝"以外,其他三位分别是"中岳嵩山中天崇圣大帝""北岳恒山安天玄圣大帝""西岳华山金天顺圣大帝",这其实是来自北宋真宗对五岳的封号,但中国古人对五岳的崇拜远远早于宋代。

早在周朝,周人就已经把中岳嵩山称为"天室",即天神的居所。《逸周书·度邑解》中就曾出现"天室"一词:"无远天室,其曰兹曰度邑"（这里离天室嵩山不远，就叫这里为度邑吧）。古人崇拜高山，自然是因为山顶高耸入云，接近天界，所以高山常被传为众神的居所，这也是世界性的现象，如古希腊的"奥林匹斯十二主神"，就是居住在奥林匹斯山上。

先秦文献中已有"五岳"的说法，《礼记·王制》里面就说"天子祭天下名山大川：五岳视三公，四渎视诸侯"，意思是五岳的地位等同于人间的三公。但五岳是哪五座名山，历史上有过变化。西汉宣帝时发布诏书，确定以泰山为东岳，华山为西岳，霍山（今安徽省境内的天柱山）为南岳，大茂山（今河北省唐县西北）为北岳，嵩山为中岳。隋文帝杨坚估计觉得南岳天柱山还不够南，下令改南岳为湖南的衡山。北岳大茂山就比较冤了，其实它本来也叫恒山，因为广义的恒山是指恒山山脉，蜿蜒于山西、河北两省。河北的大茂山自汉代以来就是北岳恒山的祭祀之地，但到了清朝顺治年间，顺治帝亲笔御批"移祀北岳于浑源"，即山西省浑源县境内那座建有悬空寺的名山，古称"玄武山""玄岳""太恒山"等，也就是今天我们所熟知的"北岳恒山"。顺治帝为什么要这么做呢？因为清朝都城在北京，原来的"北岳"大茂山却在河北唐县，反倒在北京南边，怎么能称是"北岳"呢？不过中国历代王朝有个规矩叫"改都不改岳"，就是宁肯迁都也不能改五岳方位，明朝都城也在北京，也没敢改北岳的位置。清朝入关以后，雄心勃勃，没信这个邪，就把北岳恒山的祭祀场所从河北大茂山改到了今天的恒山，它在方位上位于北京之北，成了名副其实的"北岳"。但河北大茂山至今仍然不服气，你若是去河北唐县、曲阳县一带旅游，仍然能不时看到写着"古北岳""古北岳恒山"之类文字的路牌和牌坊。

"五岳"不仅是五座名山，也是中华文明的地理和心理坐标，所以受到历代推崇与祭祀。《封神演义》也正是出于对五岳的尊重，于是在《封神榜》上预留了五岳正神的席位。黄飞虎的能力和品德均是可圈可点，被封为五岳之首，也算实至名归了。

29

陆压与云中子：
原型都是吕洞宾？

《封神演义》里要说谁最自在逍遥，让人羡慕，大概就要数陆压和云中子了。这两位有很多相似之处：一法力高强，二是独往独来，三是运气绝佳——陆压两次被擒都能全身而退，云中子也躲过了九曲黄河阵，未遭削去三花、灭去五气之厄，而玉虚宫十二上仙却无一幸免。

先说陆压，他是一个不在三教中的散人。且看他的自述：

> 贫道闲游五岳，闷戏四海，吾乃野人也。吾有歌为证，歌曰：贫道乃是昆仑客，石桥南畔有旧宅。修行得道混元初，才了长生知顺逆。休夸炉内紫金丹，须知火里焚玉液。跨青鸾，骑白鹤，不去蟠桃飨寿药，不去玄都拜老君，不去玉虚门上诺。三山五岳任我游，海岛蓬莱随意乐。人人称我为仙癖，腹内盈虚自有情。陆压散人亲到此，西岐要伏赵公明。(《封神演义》第四十八回)

陆压的自我定位大致相当于今天的"自由职业者"或是"超级个体",不从属于任何组织,但也不会对世事袖手旁观。面对商周两国与截阐两教的人仙混战,陆压选择出手帮助西岐和阐教,去降服截教的赵公明。这位陆压散人到底是何来历?有人根据"修行得道混元初"一句,认为陆压得道极早,辈分极高,甚至高于元始天尊和通天教主,可能是鸿钧道人的师弟,只是性情疏懒爱玩,平时很少露面,有点类似金庸小说《射雕英雄传》中王重阳的师弟"老顽童"周伯通。这个说法有点意思,但毕竟孤证不立,也不必过分纠结陆压在小说中的来处。更加值得考究的是陆压在现实中有何原型。其实在陆压的自述之中,更为重要的是"贫道乃是昆仑客,石桥南畔有旧宅",这两句其实源出于吕洞宾于七夕题诗的典故:

> 元丰中惠卿守单州天庆观,七月七日有异人过焉,书二诗于纸,一曰:四海孤游一野人,两壶霜雪足精神。坎离二物今收得,龙虎丹成运水银。一曰:野人本是天台客,石桥南畔有旧宅。父子生来有两口,多好歌兮不好拍。惠卿墱余中解之,曰:后篇第一句客者宾也,第二句石桥者洞也,第三句两口者吕也,第四句歌者吟也。吟此诗者,其洞宾也!(《纯阳帝君神化妙通纪》)

吕惠卿是北宋王安石变法中的二号人物,这里写一位异人给他留下两首诗。第一首中"四海孤游一野人"与陆压自述中"闲游五岳，闷戏四海，吾乃野人也"何其相似，更重要的是第二首诗中，按照吕惠卿女婿余中的解释："野人本是天台客"，"客"就是"宾"；"石桥南畔有旧宅"，"石桥"下有"洞"；"父子生来有两口"，"两口"为"吕"。这首诗其实暗藏"吕洞宾"的姓名。而陆压自述中"贫道乃是昆仑客，石桥南畔有旧宅"，谜面基本一致，藏了"洞宾"二字，分明在暗示陆压就是吕洞宾。

历史和考古学家张政烺对此也有一段很精彩的论述：

> 他（陆压）是一个重要角色，却来历不明，我疑心是吕岩的化名。第四十八回《陆压献计射公明》中初次出现，说："贫道闲游五岳，闷戏四海。吾乃野人也。"又作诗词，"贫道乃是昆仑客"，却"不去玄都拜老君，不去玉虚门上诺"，又说"把功名付水流"。他的法宝是一个葫芦。吕岩号纯阳子。陆压"乃火内之珍，离地之精，三昧之灵"，在烈焰阵里被空中火、地下火、三昧火烧有两个时辰，全然不怕。碧霄娘娘令五百名军来射，箭发如雨。那箭射在陆压身上，一会儿那箭连箭杆与箭头都成灰末。这一切都切合吕岩的身份。大约因吕岩是唐末的进士，不便在周武王时出现，而陆西星又正是吕岩这一派，所以变个花样，把祖师爷硬塞进去。[①]

---

① 张政烺：《〈封神演义〉漫谈》，《张政烺文史论集》，中华书局，2004年。

这段话的大意有三：一是"陆压"可能是"吕岩"的化名，吕洞宾大名吕岩（嵒），字洞宾，而在江苏某些地区方言中，"陆压"与"吕岩"发音相近；二是陆压自述中说"把功名付水流"，吕洞宾据说曾考中进士，后来却抛弃功名，一心修道；三是吕洞宾号"纯阳子"，纯阳就是一团烈火，而陆压乃是"火内之珍"，不怕火烧，还能把射来的箭都烧成灰末。这些特征都与吕洞宾相合。张政烺猜测《封神演义》的作者是陆西星，进而推测他属于吕洞宾这一派（吕洞宾是道教丹鼎派祖师）。陆西星本想把吕洞宾写进《封神演义》，但吕洞宾毕竟众所周知是唐朝人，还是"八仙"之一，放到商周时期太过串戏，所以就把吕洞宾化身为陆压硬塞了进去。

有趣的是，还有人推测陆压就是陆西星自己，因为陆西星本来也姓陆嘛。而且陆西星生前九次参加乡试不中，就一心修道，草鞋黄冠，住到荒郊野外，与南侧"陆鸭村"为邻。所以，"陆压道人"其实就是"住在陆鸭村边上的道人"[①]。陆西星把自己化为陆压散人，写入书中，让自己也过了一把参与封神大战的瘾。所以他会赋予陆压"长虹遁"这样的独门法术，让他与三霄娘娘和孔宣作战时眼看不敌也能化作长虹逃走，这就是所谓的"主角光环"。不少作家都会把自己写入书中，已经仙去的《龙珠》作者鸟山明曾经也不时会在漫画中让自己客串一下，这是创作者赋予自己的自由。

---

① 任祖镛：《〈封神演义〉作者陆西星新考》，《内江师范学院学报》，2021年第36卷第1期。

不只是陆压,《封神演义》里的云中子也和吕洞宾有不少渊源。云中子平时也是独往独来,《封神演义》第五回就叫"云中子进剑除妖",说云中子做了一把松木剑献给纣王,想帮助他除掉九尾狐妲己,但这把剑后来被纣王烧掉了。这个故事在元代的《武王伐纣平话》里也出现过,只是献剑的仙人名叫许文素。《封神演义》不仅把许文素换成了吕洞宾,还加了一段饶有趣味的情节:

> 纣王曰:"那道者从何处来?"道人答曰:"贫道从云水而至。"王曰:"何为云水?"道人曰:"心似白云常自在,意如流水任东西。"纣王乃聪明智慧天子,便问曰:"云散水枯,汝归何处?"道人曰:"云散皓月当空,水枯明珠出现。"纣王闻言,转怒为喜,曰:"方才道者见朕稽首而不拜,大有慢君之心;今所答之言,甚是有理,乃通知通慧之大贤也。"(《封神演义》第五回)

这一段中,纣王的形象有些突兀,变成了敬贤爱士的开明天子,这不是作者要美化纣王,而是因为这段本来就抄自《吕真人神碑记》,收录在《万历沧州志》中:

> 黄龙曰:"汝乃何人?"(吕洞宾)答曰:"云水道人。"黄龙曰:"何为云水?"答曰:"身似白云常自在,意如流水任东西。"黄龙曰:"假如云散水枯,还归何处?"答曰:"云散则皓月当空,水枯则明珠自现。"

这里的"黄龙"就是吕洞宾的老对头黄龙禅师，前面章节中说过，他也是阐教十二上仙中"黄龙真人"的原型。你看这段对话，和《封神演义》中云中子见纣王一段基本雷同。可见作者在塑造云中子这个人物时，也参考了吕洞宾的形象。而且作者对云中子格外偏爱，在阐教十二上仙齐闯九曲黄河阵之时，云中子恰好在炼制通天神火柱，躲过一劫，引来阐教众仙啧啧称羡："云中子乃福德之仙也，今不犯'黄河阵'，真乃大福之士。"当然，云中子能有这样的福德，也因为他平常与阐截两教来往都不多，对阐截大战也并不感兴趣。不过他并非无所作为，不仅进献宝剑想要除掉九尾狐妲己，还收雷震子为徒，传授他本领，让他去救文王姬昌逃出五关。云中子最大的战绩，莫过于用通天神火柱烧死闻太师。他做这些事情的动机是什么？并不是为了阐截二教之间的争权夺利，而是出于对天下苍生的悲悯之心，这种情怀也与道教传说中的吕洞宾相似。

　　陆压和云中子还有一些共同点，其中也能看出吕洞宾的痕迹。二人都曾参与斩杀狐妖，云中子有"进剑除妖"的故事，陆压也将自己的看家法宝斩仙飞刀送给姜子牙，告诉他以后有大用。后来姜子牙攻入朝歌，就是用陆压的斩仙飞刀才斩杀了妲己。这可能都是源于民间传说中吕洞宾斩杀狐妖的故事。万历年间邓志谟的小说《飞剑记》第七回就讲了"纯阳召将收狐精"，内容是吕洞宾来到被狐妖祸害的陈姓人家中，作法召请关元帅、赵元帅下凡捉拿狐妖，随后以飞剑斩妖——这岂不和云中子、陆压的故事有异曲同工之妙？

　　更有意思的是，《封神演义》第七十七回讲元始天尊在诛仙阵前命弟子们排班，两人结对，其中有两对为：陆压与黄龙真人，云中子与慈航道人。前一对其实是让吕洞宾和老对头黄龙禅师配对，后一对中的慈航道人原型是观音菩萨，这里其实又应了吕洞宾和观音之间的纠葛。民间有"吕洞宾三戏白牡丹"的传说，这个故事还被写进了明代小说《东游记》，其中白牡丹是一个歌舞名妓。这个故事本来是说白牡丹在妓院里劝淫，而吕洞宾前去度化。而在某些传说中，白牡丹是观音的化身，反而是白牡丹在度化吕洞宾。比如，在山西右玉道情戏《杭州买药》中，吕洞宾成仙后私自下凡，观音担心他意志不坚定，就和善财童子分别化作白牡丹和白须老翁在杭州卖药。吕洞宾见白牡丹貌美，便调戏白牡丹，结果反被观音化身的白牡丹所点化。所以《封神演义》把云中子和慈航道人放在一起，映出的倒影其实就是吕洞宾和观音。

总之，陆压和云中子都与吕洞宾有或明或暗的牵扯。《封神演义》作者如此推崇吕洞宾，可能因为他是出自吕洞宾丹鼎一派的道士，还可能是因为吕洞宾"把功名付水流"的潇洒姿态让众多欲求功名而不得的读书人为之倾倒吧！

30

杨任与比干：
忠臣为何结局不同？

本节把杨任和比干放在一起讲。比干大家都很熟悉，纣王的王叔嘛。杨任是谁，可能有读者一时想不起来。提示一下：两只眼睛里冒出一双小手的那位，就是杨任。

这两位都有共同的英雄举动：试图规劝纣王。

杨任是劝阻纣王修建鹿台，结果被纣王挖去双眼，"一道怨气，直冲在青峰山紫阳洞清虚道德真君面前"。清虚道德真君命黄巾力士刮起神风，将杨任尸骸运回紫阳洞。真君随即在杨任眼眶里各放一颗仙丹，杨任起死回生，而且眼眶里长出一双手来，手心还各有一只眼睛。杨任随后就留下跟随真君修行，后来拿着五火神焰扇下山大破瘟瘴阵。

比干的故事大家就更熟悉了，妲己让轩辕坟的狐狸们变成仙子，哄骗纣王和百官。比干却看到狐狸精露出尾巴，又闻到狐臭，于是和黄飞虎一起跟踪来到狐狸们的巢穴，把狐狸们烧死在巢穴中，又挑一些没烧焦的狐狸，剥皮做成皮袍献给纣王，试图规劝他醒悟。妲己大怒，要报复比干，就说自己生病，要用比干

《绣像封神演义》(底本为国雪草堂本,参校金阊书坊本,选用清光绪十五年上海广百宋斋铅印本绣像插图):杨任

的七窍玲珑心做羹汤,吃下才能痊愈,于是比干被剖心而死。

两人都是殷商大臣,做的事也差不多,为什么杨任能得到仙人垂怜,用金丹救活,比干却只能死去呢?因为两人代表的文化意义不同。

杨任的名字其实原本写作"羊刃",出现在元代的《武王伐纣平话》之中。羊刃本来不是人名,而是相士们认为的极恶之煞,南宋方谦之的四柱命理书《三车一览》中说,"羊,言刚也;刃者,取宰割之义,禄过则刃生,功成当退不退,则过越其分",意思是说,"羊"就是阳,所以刚;"刃"就是刀,禄位一旦过了,德不配位,就要出问题,所以"羊刃"是恶煞。据说命格中有羊刃者性情刚硬、暴躁,但也不全然是坏事,有人甚至会因此而成事。香港电视剧《大时代》里有个经典角色叫丁蟹,那个性格就很符合"羊刃"的特征,你如果去看看他的八字,里面一定犯了羊刃。

那怎样看羊刃呢?对术数有兴趣的读者可以细看下面这段内容,没有兴趣的读者可以直接略过。

南宋廖中的命理书《五行精纪》中说,"羊刃者,禄前一辰是也,过越其分,如羊之在刃",也就是"羊刃"是"禄"前面的那一"辰"。这些话到底是什么意思呢?所谓的"禄",是指年干(每一年的天干)都有一个与之对应的地支,这个地支就是"禄神",这个对应关系是"甲禄在寅、乙禄在卯、丙戊禄在巳、丁己禄在午、庚禄在申、辛禄在酉、壬禄在亥、癸禄在子",也就是下面这张表:

年干	甲	乙	丙	丁	戊	己	庚	辛	壬	癸
禄神	寅	卯	巳	午	巳	午	申	酉	亥	子

而所谓"羊刃者,禄前一辰",就是把禄位按照十二地支的顺序往前推一位。注意,这里说的"前"是指往下顺推,而不是向上回溯,比如"寅"的前一位,按照"子丑寅卯"的顺序,就是卯,而不是丑。而且只有往下顺推,这个才叫"过",过则越其分,才产生羊刃。所以,我们又可以推出年干对应的羊刃,也就是下面这张表:

年干	甲	乙	丙	丁	戊	己	庚	辛	壬	癸
羊刃	卯	辰	午	未	午	未	酉	戌	子	丑

不过在明代以后,一些学者对这种推导方式产生怀疑,认为应该按照"阳顺阴逆"的原则来推导羊刃。就是遇到阳干往下顺推一位,遇到阴干往上回溯一位。阳干就是甲、丙、戊、庚、壬,阴干就是乙、丁、己、辛、癸,所以又可以得到这张表:

年干	甲	乙	丙	丁	戊	己	庚	辛	壬	癸
羊刃	卯	寅	午	巳	午	巳	酉	申	子	亥

这就是明代万民英著作《三命通会》中所说的"卯者，甲之正位，为阳木之极；辰者，乙之正位，为阴木之极；午者，丙之正位，为阳火之极；未者，丁之正位，为阴火之极；酉者，庚之正位，为阳金之极；戌者，辛之正位，为阴金之极；子者，壬之正位，为阳水之极；丑者，癸之正位，为阴水之极"。举例来说，如果一个人的八字中有天干"甲"和地支"卯"，或者有天干"庚"和地支"酉"，都算犯羊刃。

因为羊刃代表刚烈和暴躁，所以《武王伐纣平话》里的羊刃也是个刚烈耿直得有些神经质的人。他本是姜子牙部下大将，一次营中点将，羊刃没来，姜子牙把他叫了过来，问：你为什么不来？羊刃说：我母亲生病所以没来。姜子牙说：那你从腿上割一块肉给你母亲吃啊！（这应该来自二十四孝之一的"割股奉亲"）羊刃说：好啊。然后他真的割了。这种人用北方方言形容，就是"二愣子"或者"滚刀肉"。

到了《封神演义》里，羊刃变成了杨任，性格也有大幅改变，但刚烈之性却没有变，勇于劝谏纣王。但刚烈也容易变成怨愤，所以杨任得救，也是源于那一股冲天的怨气。清虚道德真君也正是因为感知到这股怨气，才出手搭救杨任。阐教很多仙人都有"无利不起早"的算计，清虚道德真君搭救和培养杨任，就是留着他有朝一日去手执五火神焰扇，破吕岳的瘟瘟阵，这大概也和杨任性如烈火有关。古人常用"火"去对抗瘟疫，《周礼·夏官司马》中就说有一位"司爟",他"掌行火之政令,四时变国火以救时疾",这里的"四时变国火以救时疾",就是说司爟在四季不断变更取火用的木材,去治疗应季的瘟疫。这可能是古人已经感知到,燃烧特定木材产生的物质在空气中弥漫开来,可以杀死特定的病毒。用"火"来"送瘟神",是中国人民长期以来积累的生存智慧。正如毛主席诗云:"借问瘟君欲何往,纸船明烛照天烧。"性如烈火的杨任(羊刃)拿着五火神焰扇去对抗瘟神吕岳的瘟癀阵,正是这种生存智慧的象征。

光绪十七年(1891年)上海广百宋斋精石印《绣像封神演义》十册,插图080:第80回杨任大破瘟癀阵

杨任最显著的特征,莫过于眼中出手,手中有眼的外貌。这个形象疑似直接来自太岁神殷郊。《正统道藏·太平部·法海遗珠》中就这样描写殷郊的外貌:"赤体青面,青身,焦黄发竖起,顶上骷髅一个,项带骷髅八个,豹皮护臀,两眼出两手。"杨任的形象可能来自这里,毕竟《封神演义》中杨任和殷郊关系也很近。殷郊死后获封值年太岁,杨任则获封甲子太岁,两人成了亲密的同事。不过这个"眼中出手,手中有眼"的形象,也可能出自更古老的宗教形象,密宗的"千手千眼观音"也是手中有眼,观照世间。电影《潘神的

259

迷宫》中有一个"无眼人",也是把眼珠放在手里,与杨任何其相似!这个可能存在的最早的母本形象究竟是谁,现在已经不得而知。杨任成为甲子太岁以后,职责是"循周天星宿度数,察人间过往愆尤",这是一个监察的职责,靠的想必也是杨任手中那一双慧眼吧!

说完杨任,再来说比干。比干也是一腔热血要劝君归正,结果却是一颗赤心喂了狐狸,不仅无人搭救,而且小说里还暗示比干就是命中该绝。其实比干剖腹取心以后居然没死,但是"面如金纸",出午门而去,结果遇上一桩奇事:

> 且说比干马走如飞,只闻的风响之声。约走五七里之遥,只听的路傍有一妇人手提筐篮,叫卖无心菜。比干忽听得,勒马问曰:"怎么是无心菜?"妇人曰:"民妇卖的是无心菜。"比干曰:"人若是无心,如何?"妇人曰:"人若无心,即死。"比干大叫一声,撞下马来,一腔热血溅尘埃。(《封神演义》第二十七回)

比干原来还在硬撑,听卖菜妇人说了一句"人若无心,即死",就死了。有人说这个妇人是妲己变的,这有点阴谋论了。其实原著说得很明白:

> 当时子牙留下简贴,上书符印,将符烧灰入水,服于腹中,护其五脏,故能乘马出北门耳。见卖无心菜的,比干问其因由,妇人言"人无心即死",若是回道"人无心还活",比干亦可不死。比干取心、下台、上马,血不

出者,乃子牙符水玄妙之功。(《封神演义》第二十七回)

比干原来是被姜子牙的符水给护住了,但他的生死取决于卖菜妇人的一句话,这其实是古代的一种语言巫术,在今天仍然有遗留。比如,民间有"黄皮子讨封"的故事,说的是修炼的黄鼠狼到了快要成人的关口,就会问恰好路过的人:"你看我像人吗?"如果路人说像人,黄鼠狼就能成人,还会报答这个路人。如果路人说:"像什么像,你这个畜生。"黄鼠狼这次就成不了人,多半还会报复这个路人。古代还有一种习俗叫"镜听",也与此相似。比如,女孩子想问一件事的吉凶,就要先拜过灶王爷,然后带一面镜子上街,遇到的第一个人说的话,就代表吉凶。唐代诗人王建就有一首诗叫《镜听词》:

> 重重摩挲嫁时镜,夫婿远行凭镜听。
> 回身不遣别人知,人意丁宁镜神圣。
> 怀中收拾双锦带,恐畏街头见惊怪。
> 嗟嗟嚓嚓下堂阶,独自灶前来跪拜:
> 出门愿不闻悲哀,郎在任郎回未回。
> 月明地上人过尽,好语多同皆道来。
> 卷帷上床喜不定,与郎裁衣失翻正。
> 可中三日得相见,重绣锦囊磨镜面。

这首诗的大意是说,妻子想念外地的丈夫,就拜了灶王爷,带着陪嫁的镜子出了门,结果听到的是吉利话,高兴得不得了,

《绣像封神演义》（底本为国雪草堂本，参校金阊书坊本，选用清光绪十五年上海广百宋斋铅印本绣像插图）：比干

赶忙为丈夫裁制新衣，还许愿说要是三天内就能见到丈夫，就重新为镜子绣制锦囊，打磨镜面，来表达对镜子的感激。

这位少妇的"镜听"，其实是在表达对丈夫的思念。比干与卖菜妇的对话，也是一种"镜听"，但《封神演义》用这次"镜听"表达的是比干本就命中该绝，哪怕姜子牙的神通也护不住。这和《三国演义》里诸葛亮死前禳星是一个道理。大限已到，非人力所能逆转。

那么比干为什么就非死不可呢？因为和杨任的"怨"不同，比干才是纯粹的"忠"。他是纣王的王叔，殷商的贵族，为殷商而死才是他的本分。阐教仙人也没有复活他的动机，复活他岂不是给闻太师找了个帮手？而且，比干在历史上确有其人，他的历史形象是《封神演义》难以跨越的写作障碍。比干在历史上就是商王帝乙之弟，纣王之叔（也有说法认为比干应该是纣王的兄弟[①]），而且确实是因为直言

[①] 如张新斌即认为，比干可能是纣王的兄弟而非叔父，理由是《史记·宋微子世家》中说"王子比干者，亦纣之亲戚也"，纣王叔父辈的贵族不应再被称为"王子"。

劝谏纣王而被杀害。《史记·殷本纪》中说：

> 纣愈淫乱不止。微子数谏不听，乃与大师、少师谋，遂去。比干曰："为人臣者，不得不以死争。"乃强谏纣。纣怒曰："吾闻圣人心有七窍。"剖比干，观其心。

这段记载就是《封神演义》中"七窍玲珑心"的由来。比干的忠臣形象也获得了周王朝的肯定，《史记·殷本纪》说周武王平定天下以后，就"释箕子之囚，封比干之墓"，将比干视为忠君的道德楷模，后世从此对比干传颂不绝。《韩非子·安危》："人主不自刻以尧而责人臣以子胥，是幸殷人之尽如比干，尽如比干，则上不失，下不亡"（君主不用尧的标准来要求自己，却要求臣子们都做伍子胥，这等于侥幸地希望殷商的人个个都是比干，真要都像比干那样，那就君上不会失政，臣下也不会逃亡）。《旧唐书·太宗本纪》记载，在唐贞观十九年（645年），唐太宗李世民"赠殷比干为太师，谥曰忠烈"。这种不断层累下的忠臣形象，让《封神演义》作者无法颠覆其背后的集体价值观而另起炉灶。所以《封神演义》中的比干注定要因规劝君王而死，这才是他的本分与宿命。比干后来被封为"文曲星"，这也应了他作为人臣楷模的身份。令人啼笑皆非的是，比干还成了民间传颂的"五路财神"中的"东路财神"，理由是比干无心，所以不会偏心，能够公正地对待做买卖的人，这又是民间文化对上层文化进行吸收和改造的经典案例。

关于杨任和比干的不同命运，就说到这里。

31

赵公明与三霄娘娘：
他们为什么是兄妹？

赵公明是《封神演义》里的重要人物，也是中国人最熟悉的神明之一，因为他是财神，且在中国诸多财神里又是最有名的一位，很多地方都可以看到他手执铁鞭、身骑黑虎的形象。在《封神演义》里，他还有三位妹妹——云霄、碧霄和琼霄，合称"三霄娘娘"。《封神演义》作者把赵公明和"三霄"设定为兄妹关系，可能是因为他们负责满足中国人最重要的愿望：赵公明是管钱的财神，三霄娘娘的原型管的则是生育。赚钱养家和生育后代，这不就是传统中国人最重要的两件大事？

我们先说赵公明。他在《封神演义》里存在感很强，曾经一鞭打死了姜子牙（后来又被复活），和阐教上仙对阵时也丝毫不怯，曾经连伤广成子、赤精子、道行天尊、玉鼎真人、灵宝大法师等五位上仙，还用缚龙索捉拿了黄龙真人。甚至神秘莫测的陆压和赵公明对阵，也只能不战而逃。最后陆压还是用卑鄙的"钉头七箭书"（类似巫蛊、降头一类的诅咒术）才暗算了赵公明。《封神演义》给赵公明这么大的排面，原因当然是他在道教神谱中地位本来就很高。

在道教中，赵公明正式的神号是"正一玄坛元帅"，所以他在《封神演义》中被封为"金龙如意正一龙虎玄坛真君"。这里的"玄坛"是指道教的斋坛，"玄坛元帅"或"玄坛真君"指的其实是道教斋坛的护法，更接近战神。那赵公明怎么就变成财神了呢？他被拜为财神，原本是民间信仰，后来渗透进了道教信仰。他在历史上曾经经历了从索命夺魂的厉鬼，到散播瘟疫的瘟鬼，再到保佑发财的财神的变化。

赵公明最早是厉鬼，而且和我们熟悉的"赵氏孤儿"故事有联系。晋景公杀死了赵同、赵括（不是战国时期那个"纸上谈兵"的赵括，只是同名），几乎将赵氏灭门，只留下了赵氏孤儿，即赵武，于是晚上梦见有厉鬼拖着长发来找自己索命："你杀了我的孙子们，这样不道义！"（《左传·成公十年》："晋侯梦大厉，被发及地，搏膺而踊，曰：'杀余孙，不义！'"）那么赵同和赵括的这位祖父是谁呢？他们的父亲名叫赵衰，而赵衰的父亲大名就叫"赵公明"。根据唐人孔颖达在《春秋左传正义》中引用先秦史书《世本》中的"公明生赵夙"，以及《晋语》中的"赵衰，赵夙之弟"，理出这么一个关系：赵公明生了赵夙和赵衰，赵衰生了赵同和赵括，那么赵同和赵括的祖父自然就是赵公明。（《春秋左传正义》："《世本》云：'公明生赵夙。'《晋语》云：'赵衰，赵夙之弟。'则括之祖，公明是也。"）因为赵公明本是索命厉鬼，民间出于恐惧，便为其设香火拜祭。这也符合信仰发展的一般规律：百姓崇拜很多神明，最初并不是出于尊敬或者怀念，而单纯是出于恐惧。前面章节就提到，关羽崇拜也是从"关妖"传说开始的。马基雅弗利（也称马基雅维利）在

《君主论》中说："在受人尊敬和令人恐惧之间，我宁愿选择后者。"这句话虽然露骨，但很符合人性。

到了魏晋时期，赵公明又被传成了散播瘟疫的瘟鬼。东晋的干宝在《搜神记》里说"上帝以三将军赵公明、钟士季各督数鬼下取人"，意思是上帝派赵公明和钟士季各带大批鬼兵来索要人命，主要方式就是散播瘟疫。这里的钟士季就是与邓艾"二士争功"的钟会，因为图谋在成都自立不成而被杀，百姓也认为他成了厉鬼。还有人说这里的赵公明是赵云的弟弟，名叫赵朗，字公明。这其实是附会。虽然编得很像那么回事——古人的名和字一般有关，"朗"和"明"确实意义相近，但赵云在正史中并没有一个名叫赵朗的弟弟。与钟会一起下来夺人性命的瘟鬼赵公明，就是前面说的晋国厉鬼赵公明，从索命厉鬼转变为夺命瘟鬼，这个也很合逻辑。南宋的《无上玄元三天玉堂大法》里也说："西方白瘟鬼赵公明，金之精，领万鬼行注炁之病。"这里已经明说赵公明就是瘟鬼了。

那么赵公明又是怎样变成道教的"玄坛元帅"的呢？这个转变发生在元代。元代统治者管理粗放，对民间的造神运动少加制止。加之市井文化发达，民间盛行杂剧、散曲等文学体裁。于是曾经的瘟鬼赵公明逐渐在百姓的传说中转变为威风凛凛的玄坛元帅。元代《新编连相搜神广记》中有这么一段：

> 赵元帅，元帅姓赵讳公明，中南山人也。……其服色：头戴铁冠，手执铁鞭者，金遘水炁也；面色黑而胡须者，北炁也；跨虎者，金象也……驱雷役电，唤雨

> 呼风，除瘟剪崇，保病禳灾，元帅之功莫大焉。至如讼冤抑神，能使之解释，公平买卖求财，公能使之宜利和合。但有公平之事，可以对神祷，无不如意。上天圣号高上神霄玉府大都督、五方之巡察使……上清正一玄坛飞虎金轮执法赵元帅。

这里的赵公明已经变成了"玄坛元帅"，形象也变成了我们熟悉的样子。而且这个形象设计还很有讲究：头戴铁冠，手执铁鞭。质地是金，颜色是黑，黑色在五行中属水，所以是"金遘水厄"；赵公明脸黑，黑色对应五方中的北方，也对应五行之水。胯下骑着虎，对应西方白虎，五行也属金。"金"和"水"都有财富的含义，加上这段话后面又说赵公明处事公平，有利于"公平买卖求财"，虽然没有说他是财神，但财神的形象已经呼之欲出了。

明代又产生了不少关于赵公明助人发财的故事。比如，明代进士陆粲的《庚巳编》卷四就有一篇叫《玄坛黑虎》，说有一个叫张廷芳的喜欢斗蟋蟀，但每每落败，弄得倾家荡产，就去找赵公明哭诉。晚上他梦见赵公明对他说："你别担心，我让我的黑虎来帮你，它现在化身在天妃宫东南角树下，你快去取来。"张廷芳醒来就去找，果然找到一只深黑色的大蟋蟀，从此战无不胜，没过多久就把家产加倍赢了回来。到了冬天，蟋蟀就死了（应该是回赵公明身边去了），张廷芳痛哭，用银子为蟋蟀打了棺材给埋了。这里的赵公明已经不仅是处事公平，而且可以直接为人求财，分明就是财神了。

可能就是受到这类民间信仰的影响，《封神演义》直接把赵公明写成了"金龙如意正一龙虎玄坛真君"，虽然没直说是财神，但"金龙如意"这样的字眼已经透着富贵和喜庆了。而且《封神演义》还为赵公明配了四位部下：招宝天尊萧升、纳珍天尊曹宝、招财使者乔有明、利市仙官姚少司。这四位的名号已是明摆着跟钱有关了，作为他们领导的赵公明，当然就成了正财神。后来民间传说赵公明和这四位部下为"小五路财神"，这正是从《封神演义》而来。

说完赵公明，再来说他的妹妹三霄娘娘。这三姐妹住在三仙岛三仙洞，勤于修炼，还拥有师父通天教主赐下的法宝金蛟剪和混元金斗。金蛟剪曾经被兄长赵公明借去，将燃灯道人的坐骑梅花鹿剪为两段。后来赵公明被陆压用"钉头七箭书"暗算，三霄娘娘不顾通天教主"截教弟子不许下山，下山必上封神榜"的训诫，摆下九曲黄河阵，擒拿阐教十二上仙。后来老子和元始天尊联合破了此阵，云霄被镇压在麒麟崖下，琼霄被元始天尊用三宝玉如意击中天灵盖而亡，碧霄则被元始天尊用宝盒化为血水。后来她们三位被封为"感应随世仙姑"①。

三霄娘娘的原型很明确，《封神演义》原著里也在她们受封时明确说了："以上三姑，正是坑三姑娘之神。混元金斗即人间之净桶。凡人之生育，俱从此化生也。"三霄娘娘的原型就是"坑三姑娘"，这又是何方神圣？她们的法宝"混元金斗"其实就是马桶，为什么说凡人的生育是从马桶化生？下文将逐一解释。

"坑三姑娘"在民间一般又叫"紫姑"，是管厕所的神。"坑"

---

① 云霄明明只是被镇压在崖下，没说死了，不知为何也被封神，可能又是《封神演义》作者的疏忽。

就是茅坑。紫姑之名首见于南朝宋人刘敬叔的《异苑》：

> 世有紫姑神，古来相传云是人家妾，为大妇所嫉，每以秽事相次役，正月十五日感激而死。故世人以其日作其形，夜于厕间或猪栏边迎之。

意思是说，紫姑神原本是一户人家的小妾，被正妻嫉妒，总是被指派干一些脏活。在正月十五这一天，她终于被气死。所以人们每年正月十五元宵节就会在厕所里或者猪栏边迎接她。

你看，这又是一个厉鬼成神的故事。可见，恐惧是制造崇拜的最有力的心理动机。而且，熟悉历史的朋友看到这些关键词"小妾""正妻""厕所"，有没有联想到一个更有名的故事？

没错，"紫姑"的故事很可能是模仿自高祖刘邦的小老婆戚夫人被大老婆吕后做成"人彘"然后扔到厕所的历史。古人也意识到了两个故事的相似性，后来又有人说厕神就是戚夫人。明代冯应京《月令广义》中记载：

> 唐俗元宵请戚姑之神，盖汉之戚夫人死于厕，故凡请者诣厕请之。今俗称七姑，音近是也。

意思是说，民间有人把厕神称作"七姑"，这其实是"戚姑"的谐音，戚姑就是汉朝的戚夫人。民间迎七姑也是在正月十五元宵节，可见紫姑和七姑应是同一信仰。这位厕神在中国各地还有其他称呼，比如浙江宁波称之为"筲箕姑娘"，江苏中部、南部地区称之为"坑三姑娘"。《封神演义》作者很可能生活在这一带,所以写了"坑三姑娘"这个名称。这个"三"本来是排行,但作者可能觉得只写一位太单调,就故意曲解成了三位女性,于是创造了三霄娘娘的角色。

既然三霄娘娘原型是厕神,那么混元金斗的原型是马桶,就好理解了。问题是,《封神演义》为什么说马桶还管凡人之化育呢?因为在中国古代,尤其是明清时期,百姓认为生孩子时的污血会冒犯神明,所以会把孩子生在马桶里,把马桶当成盛放污血的容器。今天中国南方很多地区还有给新婚夫妇"送马桶"的习俗,称为"子孙桶"。当然,这些马桶很多已经变成了微缩的模型,里面还会放进红枣、花生、桂圆和莲子,寓意"早生贵子"。

所以,紫姑(坑三姑娘)以及以她为原型的三霄娘娘,就又管起了凡间的生育。《封神演义》里有这样一句话,"特敕封尔执掌混元金斗,专擅先后之天,凡一应仙、凡、人、圣、诸侯、天子、贵、贱、贤、愚,落地先从金斗转劫,不得越此",意思是不管你出身贵贱,天分高低,出生时都得在马桶里滚一回,这是不平等的现实中一点点给人慰藉的平等。三霄娘娘还管生育,这就能理解她们为什么还有一样法宝叫"金蛟剪"了,其实就是生孩子时的脐带剪。这一剪子下去,剪断前世,另启今生,能不厉害吗?

总之,赵公明和三霄娘娘的原型最初都是含冤的厉鬼,所以受人崇拜。后来百姓出于自身的需求,为他们赋予了新的神职和使命。就这一点而言,中华文化真是特别具有人文主义和平民主义的文化。

32

邓婵玉与土行孙：
美女为什么总是配矮子？

《封神第一部：朝歌风云》放出了第二部的片花，英姿飒爽的邓婵玉骑马吸引了很多观众的眼球。其实在原著小说中，虽然肯定邓婵玉是很有本事的女将，但对她的描写总是带着一点"男凝"（男性凝视）视角，还强行把她配给了矮子土行孙，这也是中国古典小说的一个常见组合：美女配矮子。

邓婵玉和土行孙这对夫妻，很容易让人联想到《水浒传》中的另一对夫妻："一丈青"扈三娘和"矮脚虎"王英。其实这里应该不是巧合，而是有意借鉴。清朝学者梁章钜曾说《封神演义》作者写作此书是"意欲与《西游记》《水浒传》鼎足而三"，这多少带有一点讽刺，意思是说《封神演义》作者自视过高。但《封神演义》确实从《西游记》《水浒传》里借了不少东西。邓婵玉这个人物，其实是《水浒传》中扈三娘和仇琼英的结合。

邓婵玉的主手武器是双刀，看家本领是暗器"五光石"。《封神演义》里说她对阵黄天化时"将双刀劈面来迎"，《水浒传》里扈三娘的武器也是双刀，小说里说她"使两口日月双刀，马上如法了得"。这里顺便一说,古代很多女将使用的武器都是双刀,文学形象和现实形象均是如此。《封神演义》中另一位女将高兰英,使的也是"日月双刀"(真没创意)。《说岳全传》中有一位女将巴秀琳,也说是"坐下一匹红鬃马,执着两柄日月刀"。甚至在国产神话游戏《刀剑封魔录》中,唯一的女性角色也叫"霜(双)刀女侠",武器是两把短刀。现实中的女将们不少居然也真的以双刀为武器。明初农民起义军领袖唐赛儿,就手使两把短刀。明朝抗倭女将瓦氏夫人,手使"瓦氏双刀"。太平天国的女将洪宣娇,民间传说也是手舞双刀。创始人被传为女性的咏春拳,也有一种独门兵器叫"八斩刀",即两把短刀。为什么现实中的女将也爱用双刀?可能是因为刀在使用上相对简单且杀伤力强。古代女性大多是半道学武,刀容易上手。双刀又可以发挥女性身形灵活的优势,比沉重的长柄武器更适合女性使用。加上各类民间文学中的女将都使双刀,现实中的女将有可能有样学样,把传说变成了现实。

说回邓婵玉。她的"五光石"技能更是家喻户晓,曾经把哪吒打得灰头土脸,回营被黄天化嘲笑。隔日黄天化亲自挑战,也被五光石砸得掩面逃回。这个五光石显然是模仿了《水浒传》里仇琼英的飞石。仇琼英是田虎的部下,小说里说她是"锦袋暗藏打将石,年方二八女将军"。宋江率领梁山好汉"征四寇"时,仇琼英与梁山好汉交手,先后用飞石打伤了王英、扈三娘、顾大嫂、林冲和解珍。后来仇琼英投降了梁山,还嫁给了同样会使飞石的"没羽箭"张清。

所以,邓婵玉其实就是扈三娘和仇琼英的混合体,甚至连她的名字也是如此。邓婵玉的"婵",一般和"娟"合用,形容女子姿态美好,扈三娘的"娘",意思就是女子。邓婵玉的"玉",又刚好和仇琼英的"琼"相应,琼就是美玉嘛。不过,《封神演义》并没有把邓婵玉写成飒爽的女将,而是对她品头论足,核心思想就一个:你一个妇道人家出来打什么架!

《封神演义》第五十三回"邓九公奉敕西征"中,姜子牙听说对方来了一位女将,就愁眉苦脸:"用兵有三忌:道人,陀头,妇女。此三等人非是左道,定有邪术。"这就已经开始歧视女性了。等到邓婵玉出场,小说里又放了一首莫名其妙的"赞诗":

> 红罗包凤髻,绣带扣潇湘。一瓣红莲挑宝镫,更现得金莲窄窄;两湾翠黛拂秋波,越觉得玉溜沉沉。娇姿袅娜,慵拈针指好轮刀;玉手菁葱,懒傍妆台骑劣马。桃脸通红,羞答答通名问姓;玉貌微狠,娇怯怯夺利争名。漫道佳人多猛烈,只因父子出营来。

你看这里,"金莲窄窄""桃脸通红",都是男性的低俗凝视。"慵拈针指好轮刀""懒傍妆台骑劣马",言下之意是绣花和化妆才是女人的本分,邓婵玉不守妇道。等到哪吒与邓婵玉对阵,哪吒一张口就是污言秽语:

> 哪吒大呼曰:"女将慢来!"邓婵玉问曰:"来将是谁?"哪吒答曰:"吾乃是姜丞相麾下哪吒是也。你乃五体不全妇女,焉敢阵前使勇?况你系深闺弱质,不守

家教，露面抛头，不识羞愧。料你总会兵机，也难逃吾之手。还不回营，另换有名上将出来。"

哪吒的话其实反映的是明朝的理学价值观，也活该被邓婵玉打得鼻青脸肿。不过，《封神演义》中最能体现病态审美的，当然是邓婵玉嫁给土行孙的情节。

土行孙在小说里是惧留孙的弟子，身材矮小但手段高强，使一条混铁棍，擅长地行术，能够遁地而行。他还偷了师父惧留孙的仙丹和捆仙绳，让阐教和西岐颇感头疼。后来他投奔周营，立下不少功劳，最后于渑池之战中，被埋伏于猛兽崖的商朝大将张奎杀死。

土行孙的核心特征是矮小而又好色。他曾经去周营刺杀武王，看到一位宫女美貌，就放着正事不顾，要和宫女交欢。谁知宫女是杨戬变化的，土行孙因此被擒。这和《水浒传》里的矮脚虎王英一模一样，王英也是看到美女就走不动路，什么都不管不顾。

在中国文化里，"好色"和"矮小"其实是有因果联系的。道教认为男人的精液是骨髓所化，好色之人会骨髓干枯。唐朝有一首《警世》诗，据说作者是吕洞宾：

二八佳人体似酥，腰间仗剑斩凡夫。
虽然不见人头落，暗里教君骨髓枯。

这虽然也有轻视女性之嫌，但古人就是这样，既贪恋女色，又视女色如虎。好色之人骨髓枯萎，自然身材矮小，形容猥琐。

在中国古典小说中,偏偏喜欢矮子配美女这个组合,光是《水浒传》中就有两对:扈三娘和王英、潘金莲和武大郎。看到美貌佳人被猥琐男人摧残以获得快感,这背后的审美倾向非常病态。

邓婵玉和土行孙夫妇最后死于自己的一对"镜像"组合:渑池县的高兰英和张奎夫妇。古典小说有一类倾向,喜欢看女人和女人打架。如果出现了一位女将,这位女将必定要和另一位女将干一仗。所以在《水浒传》中,扈三娘曾经对阵仇琼英,而在《封神演义》中,邓婵玉也遇到了一生之敌高兰英,双方几番恶战,最后邓婵玉被高兰英更为阴险的暗器太阳神针射中双目,随后被一刀斩于马下,后来被封为"六合星"。土行孙则是被高兰英的丈夫张奎暗算而死:他见张奎也会土行术,就去夹龙山飞云洞向师父惧留孙请教指地为钢之法,好破张奎的法术,不料高兰英起卦算中,就让张奎提前去夹龙山猛兽崖埋伏,只等土行孙经过,连头带肩砍为两段。土行孙死后被封为"土府星"。

总之,邓婵玉和土行孙这对夫妇,集中体现了中国古典小说在两性关系上的恶趣味。《封神演义》虽然格局宏大,但在思想性上始终未能跳出程朱理学的条条框框:讲武王伐纣,念念不忘君臣大义;写女将出马,偏偏还要品头论足。对于当时已经暴露出滞后性的理学价值观毫无批判,欣然接受,这也是《封神演义》未能入选"四大名著"的重要原因。

33

龙须虎与邬文化：
龙与巨人的传说？

本节讲一对宿敌：龙须虎与邬文化。邬文化曾被龙须虎打败，龙须虎最后却被邬文化打死。这两个人物背后都有非常明确的文化原型。

龙须虎是一个长相奇特的怪物。姜子牙去昆仑山拜见元始天尊，回来的路上遇上了他，只见他头似驼、顶似鹅、须似虾、耳似牛、身似鱼、手似鸢、足似虎，最大的特征是只有一只脚。而且小说里明确说他是"龙与豹交真可羡，来扶明主助皇图"，意思是龙须虎是龙和豹子杂交生出来的。

龙须虎见了姜子牙，要吃他的肉。姜子牙把元始天尊给他的杏黄旗插在地上，说：你要是能把旗子拔起来，我就给你吃。龙须虎拔了半天没拔出来，于是服气，拜姜子牙做了师父。

龙须虎外表奇特，《封神演义》里写他对阵邬文化，对方的反应居然是："周营来了个什么东西？"很伤他的自尊心。但龙须虎确实有真本事，他的绝活是"发手有石"，就是一伸手就能放出石头。原著里是这么说的：

子牙北海收了龙须虎为门徒。子牙问曰："你在此山，可曾学得些道术？"龙须虎答曰："弟子善能发手有石。随手放开，便有磨盘大石头，飞蝗骤雨，打的满山灰土迷天，随发随应。"子牙大喜："此人用之劫营，到处可以成功。"（《封神演义》第三十八回）

《绣像封神演义》（底本为国雪草堂本，参校金阊书坊本，选用清光绪十五年上海广百宋斋铅印本绣像插图）：龙须虎

龙须虎的外表和技能，都来自传说中的上古神兽"夔"。《山海经·大荒东经》里说：

> 东海中有流波山，入海七千里。其上有兽，状如牛，苍身而无角，一足，出入水则必风雨，其光如日月，其声如雷，其名曰夔。黄帝得之，以其皮为鼓，橛以雷兽之骨，声闻五百里，以威天下。

这里说夔长得像牛，但是没有角，最显著的特征是只有一只脚。

《说文解字》中则说夔长得像龙：

夔，即魖也，如龙，一足。

看来，不管夔长得像牛还是像龙，一只脚的形象是固定了。《庄子》里面还有一则寓言叫《夔怜蚿》：

夔谓蚿曰："吾以一足趻踔而行，予无如矣。今子之使万足，独奈何？"蚿曰："不然。子不见夫唾者乎？喷则大者如珠，小者如雾，杂而下者不可胜数也。今予动吾天机，而不知其所以然。"

清代《山海经图》彩绘本：夔

夔 状如牛苍身而无角一足 出入必有风雨沛沛山

"蚿"就是马陆，像蜈蚣一样有很多脚。夔对蚿说："我用一只脚跳跃着走，真是不如你啊！你能用这么多脚走路，是怎么做到的呢？"蚿说："不是这样啊。你见过人打喷嚏吗？唾沫星子大小不一，大的像珠子，小的像雾气，夹杂着落下来，不可胜数。（这就跟你腿少而我腿多一样。）我只是在运用我的自然本能，我也不知道是怎么回事啊。"

这个故事的寓意是万物都在运用自然本能做事情，人也要顺应自然。庄子拿"夔"和马陆做对比，说明夔只有一只脚这个形象已经被普遍接受了。不过，孔子曾经想为夔辩护一下。《韩非子·外储说左下》当中说：

> 鲁哀公问于孔子曰："吾闻古者有夔一足，其果信有一足乎？"孔子对曰："不也，夔非一足也。夔者忿戾恶心，人多不说喜也。虽然，其所以得免于人害者，以其信也。人皆曰：'独此一，足矣。'夔非一足也，一而足也。"哀公曰："审而是，固足矣。"

鲁哀公问孔子："我听说古时候的夔只有一只脚，这是真的吗？"孔子说："不是啊。夔的性格暴躁乖戾，人们大多不喜欢它。即使如此，它也免于被人加害，是因为它很讲信用。人们都说：'有这一个优点就足够了。'所以夔不是只有一足，而是有一个优点就足够了。"鲁哀公说："如果这是真的，那确实够了。"

孔子这里严守"子不语怪力乱神"的精神，对"夔一足"的典故强行解释了一番。不过，这个故事在《吕氏春秋·察传》里还有另一个版本：

> 鲁哀公问于孔子曰："乐正夔一足，信乎？"孔子曰："昔者舜欲以乐传教于天下，乃令重黎举夔于草莽之中而进之，舜以为乐正。夔于是正六律，和五声，以通八风，而天下大服。重黎又欲益求人，舜曰：'夫乐，天地之精也，得失之节也，故唯圣人为能和。乐之本

也。夔能和之，以平天下。若夔者一而足矣。'故曰夔一足，非一足也。"

这里鲁哀公也在问孔子"夔"是不是只有一条腿，但他说的夔不是那只上古怪兽，而是舜手底下的乐官（乐正），孔子回答说：舜想要任命一位乐官，伯益推举了夔。夔调整了六律五声，使得"天下大服"。重黎还想多找几个这样的人，舜却说：音乐是天地之精华，治理天下的关键，因此只有圣人才能用音乐使人心平和。夔能用音乐来平定天下，有夔一个人就足够了，不用再找了。所以"夔一足"说的是有夔一个人就足够了，不是说夔只有一只脚。

这个版本和《韩非子》里的故事相比较，孔子的人设基本一致，但夔的所指却一个是兽，一个是人，这是因为舜的那位乐官名字恰好叫"夔"，传来传去搞混了。不过，《封神演义》里龙须虎"发手有石"的本领又和这位乐官"夔"有关。《尚书·舜典》中就记述了舜任命夔为乐官的事，舜说："夔啊，我让你来负责音乐（夔！命汝典乐）。"还嘱托夔要尽乐官的职责。夔当时的反应是：

夔曰："于！予击石拊石，百兽率舞！"

夔说："好啊！我敲打拍击石制乐器，让百兽都跟着起舞！"
这里的"击石拊石"，就是敲打拍击石鼓、石磬之类乐器的意思。《封神演义》可能受此启迪，故意曲解为龙须虎可以用手发出石头，这恰好印证了龙须虎的原型就是来自上古怪兽"夔"。

说完龙须虎，再来看他的老对头邬文化。

邬文化出现得很晚，在《封神演义》第九十一回才出现。当时周军已经逼近朝歌，纣王终于知道着急了，贴出招贤榜，招募勇士去对付周军。重赏之下必有勇夫，来应募的人之中就有邬文化：

> 且说朝歌城来了一个大汉，身高数丈，力能陆地行舟，顿餐只牛，用一根排扒木，姓邬名文化，揭招贤榜投军。

邬文化虽然首战不利，被龙须虎用石头专打下三路，负痛而走，但他又趁晚上去劫了周营，打死了龙须虎，还杀了周军三十四位战将。后来，姜子牙在蟠龙岭设计，把他活活烧死。

邬文化早在元代的《武王伐纣平话》中就已经出现，名字叫"乌文画"。平话中说"乌文画者，即奡荡舟"，这里的"奡（读作'傲'）荡舟"已经指明了他的原型。《论语·宪问》中有这么一段：

> 南宫适问于孔子曰："羿善射，奡荡舟，俱不得其死然。禹、稷躬稼，而有天下。"夫子不答。南宫适出，子曰："君子哉若人！尚德哉若人！"

南宫适[①]对孔子说："后羿擅长射箭，奡能够以手推船，都不得好死。大禹和后稷亲自种地，却拥有天下啊！"孔子不答话。等南宫适出去了，孔子才说："这个人真是君子啊！他真崇尚道德啊！"

"奡"是上古时期君主寒浞的长子，也写作"浇"，因为封地在"过"，所以又称"过浇"。寒浞篡夺了夏朝的君位，后来夏朝后裔少康起兵复仇，杀死寒浞和过浇，复兴了夏朝，这就是所谓"少康中兴"。"奡荡舟"三个字，可以解释为在水里徒手推船，也有人解释为在陆地上拉船。《武王伐纣平话》里采用了后一种解释，有如下情节：

纣王游黄河时，有一只大船，名曰"和州载"，二名"七里州"，万人不可拽动。被乌文画独拽此船，逢间道岗坡或旱地，刀如水中，拽亦然。

这里就是在说乌文画可以"陆地行舟"，而且《武王伐纣平话》错把"奡荡舟"当成人名，说乌文画的别名叫奡荡舟。《封神演义》也继承了"陆地行舟"这个设定。所以，邬文化或者乌文画，最直接的原型就是"奡"。

不过，如果把龙须虎和邬文化放在一起看，似又可以联系到《山海经》中应龙与夸父之间的故事。我们熟悉的"夸父逐日"故事中，夸父最后口渴而死。这个故事其实出自《山海经·海外北经》：

[①] 孔子的弟子，不是西周著名贤臣南宫适，两人同名。

> 夸父与日逐走，入日。渴欲得饮，饮于河渭，河渭不足，北饮大泽。未至，道渴而死。弃其杖，化为邓林。

但在《山海经·大荒北经》中，却又有这样的文字：

> 应龙已杀蚩尤，又杀夸父，乃去南方处之，故南方多雨。

《山海经·大荒东经》里面，也说了应龙杀夸父：

> 应龙处南极，杀蚩尤与夸父，不得复上。故下数旱。旱而为应龙之状，乃得大雨。

"应龙"是上古传说中的一种有翼巨龙，三国时期的《广雅》中说"有鳞曰蛟龙，有翼曰应龙"，而夸父则是巨人的形象，《山海经·海外北经》中说"博父（夸父）国在聂耳东，其为人大"，意思是夸父国在聂耳国东面，国中的人身材高大。茅盾也在《中国神话》中说："夸父的巨伟多力，也就和希腊的巨人族差不多。"[1]

所以，应龙和夸父之间的战斗，应该是中国最早的龙与巨人的传说。龙须虎和邬文化的恩怨，正是这类传说在千余年之后的投影。

---

[1] 茅盾：《中国神话》，四川文艺出版社，2022年。

34

哼哈二将与韦护：
佛寺护法神是什么来历？

"哼哈二将"是中国人非常熟悉的神话人物，而且经常被用作借喻。某人手下如果恰好有两位得力干将，一般就说他手下有"哼哈二将"。比如，袁世凯手下有两名亲信，也是他的河南老乡——赵秉钧和张镇芳，就被称为袁氏的"哼哈二将"。那么，"哼哈二将"到底是何方神圣呢？

"哼哈二将"是《封神演义》的原创人物，但在现实中有原型。《封神演义》里的哼哈二将原本都是纣王手下的大将，"哼将"名叫郑伦，曾经拜度厄真人为师，学了"窍中二气"，只要对敌一哼，鼻中就会射出两道白光，能够吸人魂魄。郑伦后来归降了周武王，却又被纣王部将金大升杀死。"哈将"名叫陈奇，曾受异人秘传，养成腹中一股黄气。对敌一哈，黄气便从口中喷出，中者魂飞魄散。陈奇和郑伦外形穿着相似。陈奇的武器叫"荡魔杵"，郑伦的武器叫"降魔杵"，反正也差不多。他们的坐骑都是火眼金睛兽。郑伦手下有三千乌鸦兵，陈奇手下有三千飞虎兵。陈奇曾经与降周的郑伦作战，上阵以后郑伦对陈奇一哼，陈奇对郑伦一哈，结果双双落马，被两军各自救回，很有喜剧效果。陈奇最后在战斗中被周军的黄飞虎一枪刺死。郑伦和陈奇魂归封神台，被封为"哼哈二将"，职务是"镇守西释山门，宣布教化，保护法宝"。

《封神演义》作者之所以要把郑伦和陈奇设计成一对镜像，是因为他们二人的原型就是佛寺山门前常见的两尊护法神，他们外表相似，各执一条金刚杵。这两位护法神又是什么来历呢？

小乘佛教的《正法念处经》中记载了这样一个典故：

> 国王夫人生千子，欲试当来成佛次第，俱留孙探得第一筹，释迦得第四筹，青叶髻得九百九十九筹，娄至得千筹，盖以未来佛现金刚身，降伏四魔，护持大法也。

意思是说，某国国王夫人生了一千个儿子，要试出他们将来成佛的次序，就大家来抽签。俱留孙抽到了第一签，释迦牟尼抽到第四签，青叶髻抽到第九百九十九签，娄至抽到第一千签。所以青叶髻和娄至未来要现出金刚之身，护持佛法。佛寺山门前的两尊护法神，其实就是青叶髻和娄至。南宋范成大的《范石湖集》里就说："今寺门外两金刚神，乃贤劫最后成佛者，一名青叶髻，一名娄至。"可能是因为中国古人喜欢对称，觉得"青叶髻"是三个字，"娄至"只有两个字，两边对不上，所以给"娄至"加了一个"德"字，变成了"娄至德"。诗人陆游的《入蜀记》中就有这么一段：

正殿中为释迦；右为青叶髻，号大圣；左为娄至德，号二圣；三像皆南面。

所以，青叶髻和娄至德就是哼哈二将的直接原型。但如若我们细考源流，深入本质，青叶髻和娄至德其实又可以追溯到佛教的"密迹金刚"。我们常听说"金刚"，他们究竟是什么角色？佛教将佛陀身边的侍从力士称为"金刚"，因为他们一般手执"金刚杵"，这是古印度的常见武器。金刚杵坚固而有威力，能够摧毁一切，在佛教中是断绝烦恼、降伏外道的象征。追随和保卫佛陀的金刚，一般称为"执金刚神"或"密迹金刚"。"密迹"二字，意思是跟在佛陀身边，听佛陀说了很多秘密，但是坚决保密，烂在肚子里。看来，古今中外领导身边的警卫员，基本要求都是差不多的。

有一卷佛经名为《佛入涅槃密迹金刚力士哀恋经》，讲述了佛陀涅槃之际，密迹金刚痛哭悼念的情形，至情至性。

"我自出生以来，就追随如来，照顾他，侍奉他，从没有违逆他的话。他为什么不感念我的至诚之心，就这么走了呀！真是奇怪呀！真是痛苦啊！我这把金刚杵以后用来保护谁啊！我现在就扔了它吧。以后我该去侍奉谁啊？谁还会慈祥地给我教导？我什么时候还能看见如来的音容笑貌？"（"我从处胎以来，随逐如来如影随形，调和奉顺不曾违阙。云何不感我之至心，便见孤弃如背恩者！呜呼怪哉！咄哉大苦！此金刚杵当用护谁？即便掷弃，自今以往当奉侍谁？谁当慈愍训诲于我？更于何时得睹尊颜？"）

所以，哼哈二将从根子上可以追溯到佛陀身边的密迹金刚，他在佛寺前经常一分为二，站立在山门两边。因为本来就是从"一"中分出的"二"，所以这两位金刚力士外形相同，连武器也一致。《正法念处经》将这两位演绎为青叶髻和娄至，《封神演义》则进一步将其塑造为郑伦、陈奇这对"哼哈二将"。

佛寺中还有一位护法神，和佛寺门口的金刚力士有密切联系，他就是"韦陀尊天菩萨"。汉传佛教的寺庙只要稍具规模，一定会供奉韦陀菩萨，因为他的职责是"护寺安僧"。韦陀菩萨又写作"韦驮菩萨"，他在《封神演义》中对应的人物是韦护。

韦护本是阐教道行天尊的弟子，和韩毒龙、薛恶虎是师兄弟。师父派韦护下山助周伐纣，他曾吓跑敌将吕岳和袁洪，还曾打死渑池县守将张奎。他很受作者偏爱，没有战死上《封神榜》，而是和哪吒、杨戬、雷震子等人一起"肉身成圣"。在《封神演义》的设定里，这是最佳结局，既可享受长生，又不必受天庭管辖。作者本来可能想把他写成和哪吒、杨戬一样的主角，但笔力不够，没写出什么特色。韦护在小说里没有什么厉害的法术，全仗着一根降魔宝杵厉害。这根宝杵拿在手上轻如灰草，打到敌人身上却力如千钧，帮助韦护立下了可观的战绩。

"韦护"这个名字，应该就是根据"韦陀护法神"编出来的。韦陀（Skanda）又称"韦陀天"，其实原本的音译是"私建陀天"，本是古代印度教的天神，后来被佛教借用成为护法神。"私建陀"为什么会演变成"韦陀"呢？唐代的佛经训诂著作《一切经音义》中说：

译勘梵音云"私建陀提婆","私建陀",此云阴也。"提婆"云天也。但"建""违"相滥,故笔家误耳。

大意是说,"韦陀天"的梵语发音为"私建陀提婆","私建陀"就是阴暗的意思,"提婆"就是天的意思,"私建陀提婆"就是阴天。但繁体的"建"和"違(违)"字形相似,后来"私建陀"传抄时就成了"私违陀",又变成"违陀",最后变成"韦陀"。

韦陀菩萨的故事和佛寺门口的金刚力士其实有同源性。《大悲莲华经》里说:释迦牟尼前世曾经是"宝海梵志",座下弟子众多,最小的弟子叫"持力捷疾",发愿说要护持九百九十九位佛,最后才成佛。他成佛以后,号为"楼至佛",你看是不是和前面"娄至"王子的故事非常相似?

"持力捷疾"这个名字也有出处。丁福保《佛学大辞典》中记载了一个佛教典故,叫《韦驮天还佛牙》:"俗说佛涅槃时,捷疾鬼盗取佛牙一双,时韦驮天急追取还,至唐代授南山道宣律师。"意思是说,佛陀涅槃的时候留下了一对佛牙,

明代《韦陀菩萨像》,慈圣皇太后(明神宗朱翊钧生母)绘造,藏于首都博物馆

被捷疾鬼[①]偷走，韦驮（陀）天迅速追上捷疾鬼，把佛牙夺了回来，到唐代授予了南山道宣律师[②]。《大悲莲华经》里的"持力捷疾"可能就是"抓住了捷疾鬼"的意思，又或是"有力气，跑得快"的意思。

汉传佛教供奉的韦陀，并不是佛家弟子的形象，而是一位金盔金甲、面容俊朗的青年将军。这个形象其实源于和另一位神明的混合，这种混合和前面提到的道宣律师有关。道宣在著作《律相感通传》中提到一位"南天韦将军"：

> 有一天人来礼敬，叙暄凉已。曰：弟子姓王名蟠……弟子是南天韦将军下之使者。将军事务极多，拥护三洲之佛法。

这位"南天韦将军"就是四大天王中南方天王帐下将军，他"拥护三洲之佛法"。在唐代释道世《法苑珠林》中，韦将军有了一个大名叫"韦琨"：

> 又有天人韦琨，亦是南天王八大将军之一臣也。四天王合有三十二将，斯人为首。生知聪慧，早离欲尘，清净梵行修童真业，面受佛嘱弘护在怀，周统三洲住持为最。

[①] 捷疾鬼，古印度神话中一种行动敏捷的夜叉。
[②] 律师，"律宗法师"之意，不是现代帮人打官司的律师。

大意是说，天神韦琨是南方天王帐下八大将军之一。四大天王手下合计有三十二位将军，韦琨居首。他生来聪慧，早早就断离欲望，清净修行，曾当面领受佛的嘱托，心怀弘扬和守护佛法之志，护持三洲之佛法。这"三洲"到底是哪三洲呢？就是佛教四大部洲中的东胜神洲、西牛贺洲和南赡部洲。为什么不护持北俱芦洲呢？因为北俱芦洲的人福报甚大，寿命可至一千岁，一切享受自在，不听佛陀的教化。其他三洲多灾多难，才需要护持佛法。

唐朝确实有一位大臣叫韦琨，任职于太宗、高宗年间，官至户部侍郎、太子詹事，死后追赠秦州都督。南天韦琨将军是不是用的他的名字，已经无法确定。可以确定的是，在唐代韦陀和韦琨将军是两尊神，韦陀是佛祖的弟子，韦琨是南方天王的部下，各自身份非常明确。但到了宋代，两者逐渐混一。南宋行霆撰《重编诸天传》中就有"殷忧四部外护三洲韦陀天神"的记载。"外护三洲"分明是韦琨将军的设定，却被移到了韦陀身上，说明这两者已经被搞混了。这也难怪，两位都是佛教护法神，又都姓韦（至少在汉人看来姓韦），传着传着就混了。后世也将错就错，今天你去一些佛寺，韦陀殿上经常会挂着"三洲感应"的牌匾。

韦陀作为斩妖除魔的护法神，在民间信仰中也有很高的地位。所以在《济公全传》中有一个经典故事叫"济公背韦陀"，大意是济公背着灵隐寺的韦陀像在临安城里到处走，百姓都嘲笑他，甚至有人怀疑他故意偷走了韦陀像，连他的一些弟子都感到难为情。但其实韦陀是斩妖除魔的象征，济公这是期盼能招到一位弟子懂得此中真意，真正担负起守正除恶的大任。

总之，《封神演义》里的哼哈二将和韦护，分别来自佛寺山门外的密迹金刚和韦陀殿上的韦陀菩萨。弘法不仅要靠深刻的义理和高妙的宣讲，还要靠金刚杵的护持。毕竟这世上不是跟谁都可以讲道理的：施主若是听不懂佛法，贫僧也略懂一点棍法。

35

千里眼与顺风耳：
其实原本是门神？

　　《封神演义》里出现了千里眼和顺风耳，这也是中国人很熟悉的一对神话人物。《西游记》里也出现了这两位，孙悟空刚从石头里蹦出来的时候，"目运两道金光，射冲斗府"，惊动了玉皇大帝，玉帝"即命千里眼、顺风耳开南天门观看"，结果这两位报告说没事的，就是一块石头里蹦出个野猴子。玉帝放心了，说下方之物都是天地精华所生，不必管他。可见千里眼的"看得远"也只限于空间意义，不包括时间意义，毫无预见性。

　　《封神演义》里的千里眼和顺风耳大名分别叫"高明""高觉"，本是棋盘山上的桃精和柳鬼，下山助纣为虐，专门刺探周军军情。姜子牙在帐中每做一事，都被千里眼高明看见；每下一令，都被顺风耳高觉听见。杨戬见状，就去请教师父玉鼎真人，真人告诉他这两怪的来历和本事。杨戬回营，让姜子牙在营中挥舞红旗，锣鼓齐鸣。高明眼花缭乱，不能观看；高觉耳畔喧闹，不能察听。姜子牙又暗中派人去棋盘山，把满山桃树、柳树连根铲断，放火焚烧。高明、高觉急了，当晚来劫周营,姜子牙早有准备,将两怪团团围住,用打神鞭送他们一命归天。

这段故事里,"高明""高觉"这两个名字是《封神演义》作者自己起的,含义也很明确:"明"和"觉"都有感官灵敏的意思。不过,这两位在神话中另有原型,其实《封神演义》也已经点明了。高明、高觉出现这一回的回目叫《子牙捉神荼郁垒》,他俩刚出现的时候还有一首出场诗:

> 一个面如蓝靛腮如灯,一个脸似青松口血盆。一个獠牙凸暴如钢剑,一个海下胡须似赤绳。一个方天戟上悬豹尾,一个加钢板斧似车轮。一个棋盘山上称柳鬼,一个得手人间叫高明。正是:神荼郁垒该如此,要阻周兵闹孟津。(《封神演义》第九十回)

你看,这里点明了两怪的原型是"神荼郁垒",这又是何方神圣呢?其实他们原本是门神。

你可能会问:门神不是唐朝的秦琼和尉迟恭吗?《西游记》里讲过这个故事,说唐太宗被泾河龙王的鬼魂侵扰,秦琼和尉迟恭就自发为皇上守门,鬼魂不敢进入。后来唐太宗不忍自己的爱将日夜加班,就命画师照着他俩的样子画像,贴在门上,用来辟邪。这被百姓们学去了,于是有了贴门神的习俗。

但其实先秦时期的人民就已经开始供奉门神了。《礼记·丧大记》中说:

> 大夫之丧，将大敛，既铺绞紟衾衣。君至，主人迎，先入门右，巫止于门外，君释菜。

意思是说，大夫去世了要办丧事，已经收拾好准备入殓了，国君来吊唁，主人会迎接他先去门的右边待着，巫师会请国君先止于门外，国君把菜放在门口。为什么要放菜呢？东汉学者郑玄在这里注解：

> 释菜，礼门神也。必礼门神者，礼：君非问疾、吊丧，不入诸臣之家也。

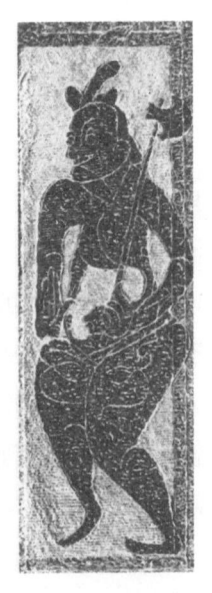

汉代南阳画像石：神荼、郁垒像，河南省南阳市东关出土

这句话意思是说，国君放菜是为了礼敬门神。为什么要礼敬门神呢？因为依礼而言，国君除非是探病或者吊丧，平常是不会去大臣家里的，所以大臣家里的门神不认识国君。国君去的时候给点菜，算是跟门神打个招呼。

这个时候的所谓"门神"，并没有人格化的形象。从汉代开始，出现了"神荼"和"郁垒"这样的人格化门神。

神荼和郁垒这两个名字非常奇怪，究竟是从哪里来的呢？东汉学者王充在《论衡·订鬼篇》里说：

> 《山海经》又曰："沧海之中，有度朔之山，上有大桃木，其屈蟠三千里，其枝间东北曰鬼门，万鬼所出入也。上有二神人，一曰神荼，一曰郁垒，主阅领万鬼。恶害之鬼，执以苇索，而以食虎。于是黄帝乃作礼以时驱之，立大桃人，门户画神荼、郁垒与虎，悬苇索以御。"

王充在这里说《山海经》里提到了神荼、郁垒，但这段文字在今天的《山海经》的任何版本里都找不到。所以王充所引可能是《山海经》的佚文，又或者这段根本就不是《山海经》里的文字，王充引错了。这段文字平易近人，和现存《山海经》文风相去甚远。不过这段提到了很多关键信息：神荼、郁垒生活在长有大桃树的山上，监督万鬼，对那些恶鬼就用苇索（芦苇编织的绳索）绑起来，拿来喂老虎。于是黄帝就让人们立起桃木做的人，在门上画神荼、郁垒和老虎，用来抵御恶鬼。

这些说法在别的文献里也能看到。比如，比王充略晚的东汉应劭在《风俗通义》中说：

> 上古之时，有荼与郁垒昆弟二人，性能执鬼，度朔山上章桃树下，简阅百鬼，无道理，妄为人祸害，荼与郁垒缚以苇索，执以食虎。

这段的大意和前面说的差不多，但这里提到的名字是"荼"与"郁垒"，并非神荼、郁垒。这又是怎么回事呢？这里的"神"可能只是尊称，"神荼"就是"荼"。那这两个名字到底是什么意思呢？在这个问题上众说纷纭，这里只列举其中一种我觉得较为靠谱的说法。

语言与训诂学者杨琳认为，"荼"其实就是"菟"，而"菟"是楚人对老虎的称呼。《左传·宣公四年》："楚人谓乳谷，谓虎于菟。"这里的"于菟"也被简称为"菟"，"菟"转写为"荼"，所以"荼"其实就是老虎。而"郁垒"就是"郁櫑"，《广雅·释诂二》："郁者，长也。"而"櫑"字通"藟"，意思是粗藤。"郁櫑"就是又长又粗的藤索，与前面说的"苇索"意象相近。[①] 所以，前面的故事里说神荼和郁垒用"苇索"捆绑恶鬼，再丢给"老虎"吃，其实神荼自己就是那只老虎，而郁垒自己就是那条苇索。

后世百姓并不关心神荼、郁垒究竟是谁，他们继承和发展了

---

① 杨琳：《门神的祭祀及演变》，《民族艺术》，2000年第2期。

这个习俗，把神荼、郁垒的画像贴在门上。南北朝时期记录南方楚地民俗的《荆楚岁时记》里就说："正月一日……绘二神，贴户左右，左神荼，右郁垒，俗谓之门神。"还有百姓因为神荼、郁垒在桃树下的传说，就把他们刻在桃木牌上，挂在家门口辟邪（桃枝可以辟邪这个说法也是从神荼、郁垒的传说而来），这个就是所谓"桃符"。宋朝王安石的诗《元日》里说"千门万户曈曈日，总把新桃换旧符"，说的就是新年到来，百姓在门口更换新的桃符。所以，神荼、郁垒其实是中国最早的有具体名字的人格化门神。

那么现代人更熟悉的"门神"秦琼和尉迟恭又是怎么来的呢？《西游记》里说唐朝就有这个习俗了，这是小说家言。其实，古代被老百姓画成门神的还有赵公明、伍子胥、赵云等人，元代以后，秦琼、尉迟恭才慢慢成为主流。成书于明代的《三教源流搜神大全》就记载了《门神二将军》，分别是秦叔保（宝）和胡敬德[①]。天津杨柳青于明朝万历年间开始盛产年画，所绘的门神就基本是秦琼与尉迟恭了。

在《封神演义》中，把千里眼高明（神荼）写成桃精，这遵循了神荼、郁垒在桃树下的传说。不过作者可能觉得只有桃树有点单调，所以又把顺风耳高觉（郁垒）写成柳鬼。这就又引出一个问题：作者为什么要把本是门神的神荼、郁垒写成千里眼和顺风耳呢？这其实是作者把不相干的神整到一起的结果。

---

① 胡敬德，即尉迟恭，字敬德，"胡"是指胡人，尉迟恭是鲜卑人后裔。

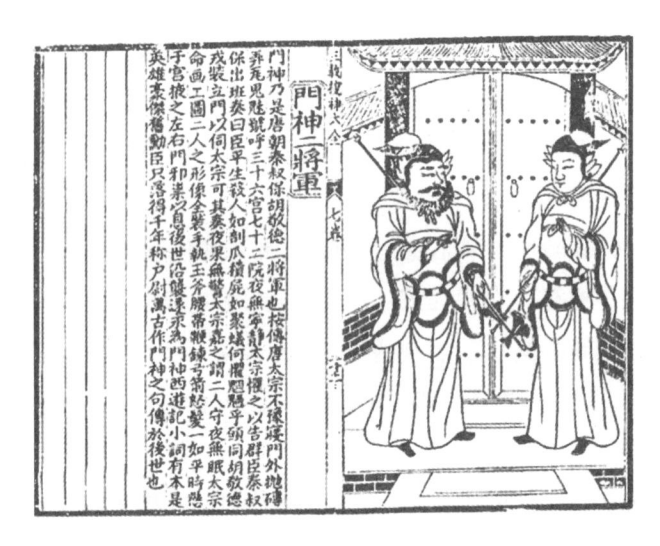

《三教源流搜神大全》，卷七，宣统元年（1909年）刻本

《封神演义》原著里玉鼎真人介绍千里眼和顺风耳来历的时候，是这么说的：

> 真人曰："此业障是棋盘山桃精、柳鬼。桃、柳根盘三十里，采天地之灵气，受日月之精华，成气有年。今棋盘山有轩辕庙，庙内有泥塑鬼使，名曰千里眼、顺风耳。二怪托其灵气，目能观看千里，耳能详听千里……"（《封神演义》第九十回）

玉鼎真人的意思是说，棋盘山上的轩辕庙里有千里眼和顺风耳的塑像，桃精高明和柳鬼高觉是托了塑像的灵气，才能目看千里,耳听千里。说白了,高明、高觉其实就是神荼、郁垒,他们借了千里眼、顺风耳塑像的灵气,才有了同样的本事。作者这里是把两组本来没关系的神(神荼、郁垒,千里眼、顺风耳)给强行捏合在一起了。

我们对比另一部小说,就更明白了。明代余邵鱼有一部小说叫《春秋列国志传》,成书于嘉靖、隆庆年间,从商纣王得妲己,一直写到秦始皇灭六国,其中商周战争部分吸收了《武王伐纣平话》不少内容,也可以被视为《封神演义》的源流之一。《春秋列国志传》第七回已经出现了"高明、高觉"这组人物:

> 渑池城主秦敬闻知大惊,坚闭不出,打书入洛阳,问徐盖求救。西兵攻打不息,城池将陷,秦敬惊惧,日思无计。渑池城东有轩辕庙,倾颓冷淡,庙中有木刻千里眼、顺风耳,二小鬼乃托物为人,前见秦敬曰:"吾乃城东小民,颇能武艺,今西兵攻城,闻主公欲降,小民愿出力解围。"敬曰:"汝姓甚名谁?"二人脱虚报曰:"小民姓高名明,弟名觉,至亲兄弟。"

你看,这里就很明确,说轩辕庙里木刻的千里眼和顺风耳两个小鬼托化为人,虚报姓名叫高明、高觉。《封神演义》借鉴了这一段,又硬要把神荼、郁垒也糅进去,所以说是桃精、柳鬼,借了塑像的灵气,才有了千里眼、顺风耳的本事,反而弄得特别复杂。

千里眼和顺风耳其实本是有原型的,《武王伐纣平话》里称他们为"离娄"和"师旷",原文是一个小兵向姜子牙报告:"此二人:名离娄者是千里眼;名师旷者是顺风耳。二人别无一能,只除远近皆闻皆见。"离娄、师旷在历史上也有出处。《孟子·离娄上》:"离娄之明,公输子之巧,不以规矩,不能成方员;师旷之聪,不以六律,不能正五音。"离娄据说是黄帝时期一位目力极强的人,能于百步之外望见秋毫之末。师旷是春秋时期晋国的宫廷乐师,被称为"乐圣",辨音能力极强。所以《武王伐纣平话》把他们作为千里眼和顺风耳的原型,是很合适的。《封神演义》作者大概是觉得他俩并不是神明,于是就放弃了。

最后再附送一个小知识:《封神演义》里其实还有一对门神,并不是上节说的哼哈二将(他俩只负责守卫佛寺山门),而是小说第八回就出现的方弼、方相兄弟俩。他俩本是商纣王的镇殿将军,因为见纣王杀死姜皇后,还要杀王子殷洪、殷郊,于是痛骂纣王无道,反出朝歌。方弼、方相的原型其实是先秦时的"方相氏",也就是古代傩祭(驱鬼仪式)的主持者。《周礼·夏官司马》:"方相氏:掌蒙熊皮,黄金四目,玄衣朱裳,执戈扬盾,帅百隶而时难,以索室驱疫。"意思是方相氏要蒙着熊皮,再配上一身装备,去主持傩祭,驱散瘟疫。此外,方相氏还要负责在送葬队伍中为死者开道,驱逐一种叫"方良"(后世所谓"魍魉")的邪祟。《周礼·夏官司马》:"大丧,先柩,及墓,入圹,(方相氏)以戈击四隅,驱方良(魍魉)。"后来,中国民间也效仿这种礼仪,在送葬队伍中有人走在前面,负责驱鬼。但有这种技能的人不是随时都有,于是有的百姓就扎了高大的纸人,举在队伍前面,称之为"显(险)道神"或"开路神"。《水浒传》里有个"险道神郁保四",身材高大,负责在队伍里扛帅旗,其实就是类似的角色。

在《封神演义》里,作者把"方相氏"变成"方相",又造出一个"方弼",因为"相"和"弼"都有辅佐的意思。方弼、方相最后被封为太岁部下的"显道神"和"开路神",其实履行的就是"方相氏"的职责。他们两个本来负责开路,并不是把门,但因为《封神演义》里说他俩是"镇殿将军",百姓认为他们是给纣王看守宫门的,所以有的地方也把他俩画成门神。凤翔木版年画代表性传承人、中国工艺美术大师邰立平先生有一套作品叫《八大门神》,其中有一组门神就是方弼、方相。

由《封神演义》中千里眼和顺风耳引出的这些关于"门神"的故事,就讲到这里。中国老百姓创造出各种门神形象,归根到底还是出于对"平安"的渴望。

36

魔家四将：
和佛教四大天王是什么关系？

在《封神演义》读者中，魔家四将的人气一直很高。因为他们的造型与法宝都很威风，四人一起出场也充满压迫感。他们的原型很明确，就是佛教的四大天王，但他们和四大天王的对应关系却很混乱。这可能是作者故意为之。

魔家四将出场是在原著第四十回，这一回的回目就叫"四天王遇丙灵公"，指明了四将与佛教四大天王的关系。四将出场时是未见其人，先闻其名：

> 子牙正商议军情，忽探马报入相府："魔家四将领兵住扎北门。"子牙聚将上殿，共议退兵之策。武成王黄飞虎上前启曰："丞相在上，佳梦关魔家四将乃弟兄四人，皆系异人秘授奇术变幻，大是难敌。长曰魔礼青，长二丈四尺，面如活蟹，须如铜线，用一根长枪，步战无骑。有秘授宝剑，名曰：青云剑。上有符印，中分四字：'地、水、火、风'。这风乃黑风，风内有万千

戈矛。若人逢着此刃，四肢成为齑粉。若论火，空中金蛇搅绕，遍地一块黑烟，烟掩人目，烈焰烧人，并无遮挡。还有魔礼红，秘授一把伞，名曰混元伞。伞上有祖母绿、祖母印、祖母碧，有夜明珠、碧尘珠、碧火珠、碧水珠、消凉珠、九曲珠、定颜珠、定风珠，还有珍珠穿成四字：'装载乾坤'。这把伞不敢撑，撑开时，天昏地暗，日月无光，转一转，乾坤晃动。还有魔礼海，用一根枪，背上一面琵琶，上有四条弦，也按'地、水、火、风'。拨动弦声，风火齐至，如青云剑一般。还有魔礼寿，用两根鞭。囊里有一物，形如白鼠，名曰花狐貂，放起空中，现身似白象，胁生飞翅，食尽世人。若此四将来伐西岐，吾兵恐不能取胜也。"

这段话辞藻华丽，整理一下就是：
老大魔礼青，法宝是青云剑；
老二魔礼红，法宝是混元伞；
老三魔礼海，法宝是琵琶；
老四魔礼寿，法宝是花狐貂。

这和佛教的四大天王既有相似，又有不同。佛寺里一般都有"天王殿"，里面供奉着四大天王。在佛教的世界观里，世界中央耸立着须弥山，四周围绕着"四大部洲"，也就是《西游记》里提到的东胜神洲（孙悟空的家乡）、西牛贺洲、南赡部洲和北俱芦洲。四大天王分别居住在须弥山上的四座山头，分管四大部洲：

管辖东胜神洲者为东方持国天王,手持琵琶,"持国"意思是护持国土;

管辖南赡部洲者为南方增长天王,手执慧剑,"增长"的意思不是增长利润,而是"增长善根";

管辖西牛贺洲者为西方广目天王,手盘龙蛇,或是赤色绳索,"广目"意思是目力广大,观照人间;

管辖北俱芦洲者为北方多闻天王,一手执宝伞(宝幡),一手执神鼠。也有的造型是一手托塔,前面讲到李靖时说过,这就是"托塔天王"的前身,"多闻"意思是精通佛法,福德闻于四方。

《封神演义》作者的创作态度一贯是找一个原型,然后加以改造。总之不能和原型一模一样,这是他最后的倔强。所以,魔家四将和四大天王又有一些差别。魔家四将被封为的四大天王是这样的:

  增长天王　魔礼青掌青光宝剑一口　职风
  广目天王　魔礼红掌碧玉琵琶一面　职调
  多文天王　魔礼海掌管混元珍珠伞　职雨
  持国天王　魔礼寿掌紫金龙花狐貂　职顺(《封神演义》第九十九回)

对比一下佛教的四大天王,首先是顺序有调换,老大变成了南方增长天王,老二是西方广目天王,老三是北方多闻天王,老四是东方持国天王,居然顺序完全打乱,一个都对不上。其次是法宝有调换,四大天王中持国天王的琵琶,到了广目天王魔礼红的手上,而且这跟《封神演义》前面也对不上,魔家四将刚出场时,明明拿琵琶的是老三魔礼海,这里却给了魔礼红;四大天王中多闻天王手拿宝伞和神鼠,宝伞倒是还在这里的多文天王魔礼海手上,但神鼠却给了持国天王魔礼寿,还变成了紫金龙花狐貂,而且这里的"紫金龙"和神鼠怎么也搭不上,很可能是来自四大天王中广目天王手上的龙蛇。只有四大天王中增长天王手中的慧剑,这里仍然属于增长天王魔礼青,变成了"青光宝剑"。而且《封神演义》作者这么一调整,还凑出了"风调雨顺"四个字。青光宝剑有锋,谐音"风";碧玉琵琶需要调弦,对应"调";混元珍珠伞自然对应"雨";花狐貂可能是因为皮毛顺滑,所以对应"顺"。

《封神演义》这样设计,和民间一些说法倒也对得上。清人梁章钜在《浪迹续谈》卷七解释"风调雨顺"时说:

> ……武王伐纣,五方神来受事,各以其职命焉。既而克殷,风调雨顺。王业《在阁知新录》:"凡寺门金刚,各执一物,俗谓风调雨顺,执剑者风也,执琵琶者调也,执伞者雨也,执蛇者顺也,独顺字思之不得其解。"杨升庵《艺林伐山》云:"所执非蛇,乃蜃也,蜃形似蛇而大,字音如顺。"然则《风神传》之四大金刚,非无本矣。

这里的《在阁知新录》应该是清人王棠的《燕在阁知新录》,

王棠写成王业，可能是因为繁体的"業"（业）字与"棠"字形相近，传抄或刻印过程中出现讹误。这本书里也说四大天王手中法宝寓意"风调雨顺"，但象征"顺"的并不是花狐貂，而是佛教四大天王中广目天王手中的蛇。为什么蛇代表"顺"？明人杨慎[①]在《艺林伐山》中说，那个不是蛇，而是"蜃"，形状像蛇，但比蛇大，"蜃"和"顺"谐音。所以《封神演义》里四大天王对应"风调雨顺"是有根据的。

不过，这是典型的佛教中国文化改造，佛教四大天王手中的法宝其实和他们的部众有关。

东方持国天王手持琵琶，手下部众主要是"天龙八部"中的乾闼婆和紧那罗。乾闼婆是专司雅乐的天上乐师，紧那罗中男性能歌，女性善舞，所以持国天王其实管着一支乐队，自然就手持琵琶了。

南方增长天王手执慧剑，手下部众主要是鸠盘茶之类魅魔和薜荔多之类饿鬼。鸠盘茶又称"魇魅"，据说长得像冬瓜或者水缸，是引发"鬼压床"的元凶。增长天王统率这一群鬼魅，所以要手执慧剑。而且佛教说慧剑可以斩断颠倒梦想，自然有利于改善鬼压床的问题。

西方广目天王手盘龙蛇，是因为他手下部众主要是"天龙八部"中的"龙众"，也就是那伽。还有一种说法是，广目天王为大鹏金翅鸟所化，古印度神话中大鹏金翅鸟以龙众为食，所以手里总是抓着龙蛇。

[①] 杨慎，号升庵，《三国演义》卷首词《临江仙·滚滚长江东逝水》的作者。

北方多闻天王一手拿宝伞，一手拿神鼠。手拿宝伞是因为他手下部众都是夜叉、罗刹之类的恶鬼，需要用宝伞护佑众生，不受恶鬼侵扰；手拿神鼠的原因前面章节讲李靖时说过，最早来自古印度财神俱毗罗手中的印度獴，在中亚被改造成老鼠。因为多闻天王的原型就是古印度财神，所以这只老鼠又被称为"吐宝鼠"，据说能口吐宝珠。

所以，佛教四大天王其实本来有精心的设计，但《封神演义》的改编弱化了他们和古印度文化的联系，代之以中国老百姓的美好愿望：风调雨顺。今天你去一些明清年间修建的佛寺，天王殿里的四大天王未必是按照佛教四大天王的设定塑造的，而是根据《封神演义》的形象来的，持国天王手上赫然有一只花狐貂。这也很正常，神明也要入乡随俗，服务于当地人民需要。不少公司的增长团队甚至还会定期去拜"南方增长天王"，希望能讨个好彩头。毕竟，人民才是创造历史的动力。

37

九龙岛四圣：
和孙悟空是老相识？

《封神演义》里有一个奇怪的四人组合，唤作"九龙岛四圣"，四圣们的名字听上去也很社会——王魔、杨森、高友乾、李兴霸，感觉是道上的兄弟。在小说里，他们是截教的外门传人，本是九龙岛炼气士，被申公豹挑唆，前往青龙关援救殷商守将张桂芳。四圣凭借开天珠、辟地珠、混元珠等法宝一度大败姜子牙，后来姜子牙去找元始天尊要来法宝"打神鞭"，又请来金吒、木吒出山相助，终于消灭了九龙岛四圣。他们四人后来被封为"镇守灵霄宝殿四圣大元帅"。

九龙岛四圣的原型也很明确，小说里也写明了，镇守灵霄宝殿的就是道教的"马、赵、温、关"四大元帅。这四位在《西游记》里也出现过，和孙悟空还是旧识：

  菩萨叫声"孙悟空"，两个一齐答应。菩萨道："你当年官拜弼马温，大闹天宫时，神将皆认得你，你且上界去分辨回话。"这大圣谢恩，那行者也谢恩。二人扯扯拉拉，口里不住的嚷斗，径至南天门外。慌得那广目天王帅马、赵、温、关四大天将，及把门大小众神，各使兵器挡住道："那里走？此间可是争斗之处？"（《西游记》第五十八回）

这里的"马、赵、温、关"是道教的四大护法元帅，威镇道门。四大元帅说法不一，"马、赵、温、关"说法最为常见。其中的"马"是指马灵耀，在道教中又称"华光大帝"，百姓多称之为"马王爷"。马灵耀有三只眼，"马王爷三只眼"正是由此而来。华光大帝信仰起源于"五显"信仰，"五显"起源于江西婺源，这里也是徽州文化的发源地。元人程钜夫所著《雪楼集》卷一三《婺源山万寿灵顺五菩萨庙记》中说："五显神……在徽之婺源，吴、楚、闽、越之间皆祀之，累朝封号甚尊显。"所谓"五显"原本是婺源民间传说中的五位神灵，本无具体人格形象，其实指代的是五方五行之气，对他们的信仰缘于百姓驱逐瘟疫的需求。这五位神灵在宋代不断获得加封，由侯封公，由公封王，封号也越来越长，但封号中始终带有"显聪""显明""显正""显直""显德"的字眼，所以合称"五显"。但朝廷并没有赋予"五显"人格化形象，是道教完成了这项工作。

道教经常吸收民间信仰，再为其设计人格化形象，并赋予其具体姓名。比如，《道法会元》卷三十六有《正一灵官马元帅大法》，其中说"都天罡主正一灵官横天马元帅，青面朱发，白蛇冠，三目，金甲绛袍绿靴，背火瓢仗剑，白蛇从后"。《正一吽神灵官火犀大仙考召秘法》中的马元帅头顶蹙金罗花帽，身穿红锦雁花袍,手执金枪金砖,足踏火轮,这基本确立了马元帅的形象。让华光大帝马元帅形象为更多百姓知晓的则是明人余象斗的小说《南游记》,起这个书名是为了与《东游记》《西游记传》《北游记》凑成"四游记",比较好卖。其实这本书原名叫《五显灵官大帝华光天王传》,主要情节是华光天王本是灵山弟子妙吉祥,为如来佛祖堂前一盏油灯之灯花,为火之精灵,因为烧死独火鬼王,犯了杀戒,被如来佛祖贬下灵山,先后三次投胎,分别名叫灵光、灵耀和华光。在三次投胎转世过程中,他曾自称天王、题反诗、两次闹天宫、鞭打玉帝太子,好不痛快!

在《封神演义》里,其实有两位人物的原型都来自马元帅,其中一位就是九龙岛四圣的老大王魔,因为现存的马元帅画像大多是白胖的圆脸,而《封神演义》里说王魔"面如满月"。另一位则是殷郊的部下马善,本是燃灯道人琉璃灯里的灯芯之火,生有三眼,而且不怕刀砍,也不怕火烧,因为他本来就是一团火。马善的出身和形象都是道教马元帅的翻版。

"马、赵、温、关"中的赵元帅,就是赵公明,这个前面章节细讲过,此处不再赘述。《封神演义》里除了直接化用赵公明之外,九龙岛四圣中的杨森也是以赵公明为原型的,因为小说里说杨森"面如锅底,须似朱砂,两道黄眉",这副长相,尤其是那张黑脸,也与赵公明的主流画像相似。接下来是温元帅,大名叫温琼。他本是浙江的地方神,后来上升为全国性信仰。关于温琼的出身,说法不一。南宋的《地祇上将温太保传》中说,温琼本是唐朝大将郭子仪部将,有异能,郭子仪觉得不安,想要杀他。温琼察觉到了,就逃到泰山脚下,以屠牛卖酒为生。后来被东岳大帝三太子炳灵公（就是《封神演义》中的黄天化）点化，为东岳庙化缘三年，后来站在庙中去世，死后成神，为百姓降雨除魔，后被张天师保奏为"助法翊灵昭武大使太保"。明初政治家、学者宋濂曾作《温忠靖王庙堂碑》，里面又说温琼是唐代温州平阳人，自小通五经与佛、道二教，二十六岁考进士落榜，感叹说若是生前不能造福苍生，死后愿为泰山神，为天下除恶。后来四川叶天师用他留下的神符驱逐了瘟疫，于是各地为温琼立祠，朝廷也为温琼加封，初封翊灵昭武将军正佑侯，宋末加封正福显应威烈忠靖王。

这两种说法——一说温琼是武将，一说温琼是儒生，无论起源如何，温琼的形象后来在道教中逐渐定型。《法海遗珠》中这样描绘温琼的形象：

> 青鬼面，金睛，四利牙，头戴三尖帽，红抹额，皂长袍，红锦缘，小金束带，黄勒昌，袒胸前露，金甲掩心，绿靴，手提狼牙杖，骑白马，诸将侍从。

可能因为温琼是"青鬼面"，民间又流传着这样的传说：温琼晚上读书时听瘟鬼密谋向井中投毒，于是劝乡民们不要喝井水，乡民不听，温琼就跳入井中，受了瘟毒，捞上来时已经死去，全身青黑。从温琼的各类故事中不难看出，对他的信仰也和民间驱逐瘟疫有关。

在《封神演义》中，与温琼相关的角色也有两位：一位是九龙岛四圣中的高友乾，小说中说他"面如蓝靛，发似朱砂，上下獠牙",这个大蓝脸也显然来自温琼。此外,殷郊还有一个部下叫温良,和前面说的马善是结义兄弟,曾一起占山为王(两人名字合起来就是一对"善良"的土匪),这个温良的原型也是温琼。因为根据《三教源流搜神大全》的说法,温琼的母亲在怀他的时候梦见天神送给自己一只玉环,所以取名叫"琼",意为美玉。而在《封神演义》里,温良有一件法宝就是白玉环。

最后就是关元帅,这位大家最熟悉,就是三国名将关羽。其实直到唐代,关羽还曾被视为妖鬼之流,是能够率领阴兵入城作祟的"关三郎"。宋代以后,关羽逐渐被神化,并不断被加封,在万历年间被封为"三界伏魔大帝神威远镇天尊关圣帝君"。关羽也被道教吸收,成为护法四元帅之一。《封神演义》里,九龙岛四圣中的李兴霸正是关羽的化身,小说里说他"面如重枣,一部长髯",这显然就是关老爷的相貌。

有意思的是,四大元帅的青、白、红、黑四张脸,其实又对应东、西、南、北四方。四大元帅在其他文学作品中也经常客串,比如明代罗懋登的《三宝太监西洋记通俗演义》里就描述了张天师作法请四大元帅降临的场面:

> 只见张天师披头散发,手杖宝剑,踏罡步斗,捻诀念咒,高举念牌,手起牌落,连敲三下,猛喝一声:"一击天门开,二击地户裂,三击马、赵、温、关赴坛!"猛听空中噼噼喇喇,四位元帅从天而降。

四大元帅如此深入人心,归根到底还是百姓在灾难面前需要心灵寄托。让古代百姓受害最深的灾难,除战乱外莫过于瘟疫。马灵耀、温琼、赵公明三位元帅,均直接与驱疫活动相关,关圣帝君在瘟疫发作之时也经常受到百姓叩拜。在医学不甚发达的古代社会,瘟疫其实是造神运动最深厚的土壤。

38

梅山七怪：
二郎神的好兄弟来自湖南？

《封神演义》里，殷商阵营中有一个七人组合，号称"梅山七怪"，都是动物成精，有狗精戴礼、白猿精袁洪、水牛精金大升、野猪精朱子真、蜈蚣精吴龙、白蛇精常昊，以及羊精杨显。这七怪各显神通，给武王伐纣制造了不少麻烦。

不少读者以为梅山七怪的老大是白猿精袁洪，其实原著中有交代，狗精戴礼才是真正的老大。他出场时跟着一首赞诗，其中后两句是"七怪之中他是首，千年得道一神獒"。但戴礼本事并非七怪中最强的，下场却是七怪中最惨的：他居然被杨戬放哮天犬咬死了。一只狗被另一只狗咬死，伤害不小，侮辱性更强。七怪的姓名大多与其本相有关，狗精起名叫戴礼，疑似在套用一句民间俗语：狗戴礼帽——装人。

七怪之中名声最大、人气最高的是袁洪，原著里说他是白猿成精，手执一条铁棍，能日行万里，还学过"八九玄功"，能够腾挪变化。很多读者都认为，袁洪其实就是孙悟空，日行万里就是筋斗云，八九玄功就是七十二变。应该说，《封神演义》作者在塑造袁洪的时候肯定参考了孙悟空,他的武器是铁棍,所学不多不少刚好是八九七十二玄功,也应该是故意模仿孙悟空的七十二般变化。但袁洪并不等于孙悟空,他是一个独立的文学角色,所属的"梅山七怪"也有自己的独特渊源。

梅山七怪的原型就是"眉山七圣",是二郎神的七个结义兄弟。元代杂剧《二郎神醉射锁魔镜》中,二郎神出场时有这样一段自我介绍:

> 吾神姓赵名昱,字从道,幼年曾为嘉州太守。嘉州有冷、源二河,河内有一健蛟,兴风作浪,损害人民。嘉州父老,报知吾神。我亲身仗剑入水,斩其健蛟,左手提健蛟首级,右手仗剑出水,见七人拜降在地,此乃眉山七圣。吾神自斩了健蛟,收了眉山七圣,骑白马白日飞升。灌江人民就与吾神立庙。奉天符牒玉帝敕,加吾神为"灌江口二郎"之位"清源妙道真君"。

前面专讲二郎神的章节中提到,二郎神原型之一是隋朝嘉州太守赵昱。事实上,嘉州在隋朝时叫"眉山",在唐朝时才改为"嘉州"。有学者根据这出杂剧认为,"梅山七怪"来源于赵昱斩杀蛟龙上岸后看到的跪倒在地的那七人,这里的"梅山"可能就是"眉山"的转音。

关于梅山七怪的来源还有一种说法,与二郎神的另一个原型——李冰次子李二郎有关。近现代历史学者罗骏声在《灌志文征·李冰父子治水记》中说:

> 二郎喜驰猎之事，奉父命而斩蛟，其友七人实助之，世传梅山七圣。

神话学家袁珂先生根据这条记载进一步考证，指出"梅山七圣"可能是古代的采煤工人：

> 四川民间传说，则谓是猎户七人，俱李冰子二郎之友。或又称为煤山七友。二郎擒孽龙所在之灌县玉垒山一带，均产煤之山，七友盖古代采煤工。该县二王庙旧有"七圣殿"，塑七友像，以其形状诡异，俗亦谓之"七怪"。①

大意就是说，李二郎故事的发生地即灌县玉垒山一带产煤，李二郎与工人群众打成一片，梅山七圣其实就是"煤山七圣"，他们还被百姓塑像，因为外形诡异，也被称为"七怪"。

不过，不管是"眉山七怪"还是"煤山七怪"，都可能是后来的附会。在中华大地上，曾经存在一片被称为"古梅山"的地区，梅山七圣的传说可能与这一地区有关。

今天湖南的益阳市安化县到娄底市新化县一带，在古代被称为"梅山"，这据说是因为西汉将领梅鋗助汉高祖灭秦有功，被封为"台侯"。管辖台岭（大庾岭）以南一带，这一带多崇山峻岭，因此被称为"梅山"。古梅山地区山高林密，交通不便，与中原文化交流不多，居民以瑶族、土家族先民为主，形成了带有

---

① 袁珂：《中国神话传说词典》，上海辞书出版社，1985年。

浓厚巫术色彩的封闭土著文化。当地人供奉"梅山神",梅山神传说是远古时代的一位女性猎人,名叫"媒嫦",在饥荒之年进山打猎,将猎物平分给乡民,因此受到乡民爱戴,同时受到野兽忌恨。一日野兽们围攻媒嫦,媒嫦虽然打败野兽,但在野外筋疲力尽,吃野草充饥,结果被毒死(一说是被猛虎咬死)。媒嫦死后被天帝封为"梅山神",是专管狩猎的猎神。

梅山神原是女神,这显然是母系社会的产物。进入父系社会以后,梅山又出现了男性梅山神"张五郎"的形象。梅山地区的猎户们曾有一种习俗,在猎叉上绑着红纱包裹的张五郎裸体神像,保佑自己打猎平安。关于张五郎的民间传说很多,主流说法是他本是猎户,后跟随太上老君学法术,却和太上老君的女儿姬姬私订终身。太上老君大怒,用法术追杀张五郎,姬姬把张五郎的身子倒转,双手着地,双脚朝天,这才躲过了老君的法术。所以今天流传的张五郎塑像,一般都在做倒立。

马少侨、王扬修指出,元明之间伴随着明太祖朱元璋推动的移民和军屯,湖南地区的梅山文化也随移民一同进入了四川、贵州等地区,这很可能是二郎神"猎神"形象的来源。[①] 本书在前面提到,二郎神的形象以祆教的雨师为基底,融入了李二郎、赵二郎等四川本土形象,但这些形象确实不足以解释:二郎神为什么经常带着狗,和梅山七圣一起打猎?二郎神搜山打猎在中国古代是一个重要的绘画题材,比如美国波士顿美术馆就保存了一幅

---

① 马少侨、王扬修:《梅山神初探》,《邵阳学院学报:社会科学版》,1996年第1期。

二郎神搜山图（局部），明代，设色绢本，波士顿美术馆藏

中国明代的《二郎神搜山图》，展现的是二郎神和梅山众兄弟进山扫荡各种山精野怪的情景。

因为梅山文化进入四川，融入了二郎神信仰，二郎神才产生了"金弓银弹"，携带猎犬的猎人扮相。所以，"梅山七圣"应该来自湖南的古梅山，和"眉山"或"煤山"的谐音只是巧合。马少侨、王扬修还指出，"梅山七圣"的"七"原本不是实指，三国吴人徐整在《三五历记》中说"数起于一，立于三，成于五，盛于七，处于九"，"七"是盛大之数。"梅山七圣"原本是泛指梅山神的随从之多，后来"七"才变成了实数，七圣甚至也逐渐有了具体姓名。比如元代杂剧《二郎神锁齐天大圣》中，有"二郎神引郭牙直、抱刀鬼、奴厮儿、狗儿上"的描述，可见梅山七圣中已有一位名叫"郭牙直"。在明代《二郎宝卷》中，这位"郭牙直"被称为"各牙洽"："二郎变化有神通，八装圣宝紧随跟，出门先收各牙洽。"到了《西游记》中，梅山七圣变成了六兄弟，且名字更为具体："康、张、姚、李四太尉，郭申、直健二将军。"这里的"郭申、直健"可能就是把"郭牙直"一分为二的产物。为什么梅山七圣变成了六人？大概是《西游记》作者把这六人和二郎神放在一起合称"七圣"了。

到了《封神演义》里，梅山七圣变成了七怪，这是因为作者让他们助纣为虐，当然不能称"圣"。七怪都是各种动物成精，这可能是因为梅山七圣在传说中跟随二郎神打猎，这里把他们恶搞成了曾被他们狩猎的白猿、野猪之类，而且最后还是要靠二郎神去收服。《封神演义》第九十二回的回目就叫"杨戬哪吒收七怪"，虽说是"收"，但其实七怪最后都被杀死，法力最强的白猿袁洪也被杨戬用女娲娘娘所赐的"山河社稷图"擒拿，然后被姜子牙用陆压留下的宝葫芦杀死。七怪死后都被姜子牙封为正神：四废星袁洪、天瘟星金大升、荒芜星戴礼、伏断星朱子真、破碎星吴龙、刀砧星常昊、反吟星杨显。[①] 所谓"收七怪"，意思大概是七怪死后封神，再去跟二郎神做兄弟吧！

关于梅山七怪的来龙去脉，就讲到这里。**他们七人虽然只是配角，从中却可以看出中国如同一个巨大的文化熔炉，阴阳为炭，万物为铜，每一个看似不起眼的传说人物，身上都融合了各地人民口耳相传的文化元素。**

---

① 七怪被封神的情节出现于晚清广百宋斋本《封神演义》，最早的明代舒载阳刊本中七怪并未被封神，这可能是因为最初的《封神演义》版本认为妖怪不能被封神。李天飞对这一问题有过讨论，参见李天飞：《号令群神：李天飞"封神"笔记》，江苏凤凰文艺出版社，2020年。

本章是对全书的总结，《封神演义》作为一部有缺陷的小说，文化价值却可能超过了《儒林外史》这样公认的杰作。而且，这种文化价值不仅具有民族性，也具有世界性。

终章

《封神演义》的精神意义

39

民族性：
《封神演义》如何影响了中国文化？

讲几个小故事。

山西省吕梁地区有一个重要的非物质文化遗产，名叫"九曲黄河阵"。每年正月十五，当地民众会摆上一个由九个"万"字组成的灯阵，灯阵内有平安灯、送子灯、发财灯、步步高升灯等等。游人在灯阵里绕游一圈，据说可以祛病除邪，祈福求财。当地传说此阵是姜子牙所创，实际上它来自《封神演义》中三霄娘娘为报杀兄（赵公明）之仇而摆下的杀阵，原著中说：

> 杨戬等各忍怒气，保着子牙来看阵图。及至到了一阵，门上悬有小小一牌，上书"九曲黄河阵"。士卒不多，只有五六百名。旗幡五色。怎见得，有赞为证，赞曰：阵排天地，势摆黄河。阴风飒飒气侵人，黑雾弥漫迷日月。悠悠荡荡，杳杳冥冥。惨气冲霄，阴霾彻地。消魂灭魄，任你千载修持成画饼；损神丧气，虽逃万劫艰辛俱失脚。正所谓神仙难到，尽消去顶上三花；那怕

你佛祖厄来,也消了胸中五气。逢此阵劫数难逃,遇他时真人怎躲?(《封神演义》第五十回)

九曲黄河阵原本是凶险的恶阵,却被山西吕梁人民改造成了游乐的灯阵,这是当地民俗对于《封神演义》的创造性继承。

我们再把镜头对准西北地区。在甘肃省陇南市成县,有一座三霄殿,供奉的是三霄娘娘。但这三霄并不被称为云霄、碧霄和琼霄,而是金霄、玉霄和碧霄。这三位娘娘负责送子,当地人常向她们求子。三霄娘娘并不是道教的正统神明,而是《封神演义》的原创。所以成县的三霄娘娘其实也来自《封神演义》,同时也接受了人民群众的改造。三霄娘娘负责送子,这也符合原著的设定,因为三霄娘娘被封为"感应随世仙姑",本就既管厕所,又管生育。

再来看四川地区。在四川江油市郊有一座山,名叫"金光洞",据说是太乙真人修行处。山上还有"八臂哪吒墓",据说是哪吒的衣冠冢。山下还有一个小镇,居然叫"陈塘关镇"。因为哪吒是道教供奉的中坛太子,台湾地区笃信哪吒的信众还经常来乾元山上香。

问题是,太乙真人在乾元山金光洞修行,收哪吒为徒这些情节完全是《封神演义》的创作,"陈塘关"也是《封神演义》编造的地名。而且,原著里的陈塘关显然在海边,不然哪吒到哪里去闹海?四川江油远在川西北,离海十万八千里,离青藏高原倒是很近,陈塘关怎么会在这里?江油的这些名胜,应该是附会《封神演义》情节而人为创造的,但确实给当地带来了不错的文化和旅游效益。

《封神演义》对于民俗的影响还不止于此。民俗学家李乔曾在《中国行业神崇拜》中指出，中国很多行当的祖师爷都来自《封神演义》：

> 《封神演义》是从业者造神时取材最多的一部通俗小说。《封神》人物被奉为行业神者为数颇多：抽龙筋做绦带的哪吒被绦带业奉为祖师，殷纣王的太师闻仲被糕点业奉为祖师，武成王黄飞虎被老羊皮业奉为祖师，火龙岛焰中仙罗宣被冶铸业、煤炭业奉为祖师，殷纣王之子殷郊被与骡马有关的行业奉为祖师，斩将封神的姜太公被渔民奉为祖师，请姜太公坐"鸾舆"的文王被洋车夫奉为祖师，比干、赵公明被工商各业奉为文武财神。此外，被一些行业奉为行业神的二郎神、老君、周公、太乙真人、伏羲、女娲、燧人氏、神农等，在《封神》中也有所描写，从业者奉这些人物为行业神，有可能受到《封神》的启发。①

这段描述很有意思。哪吒是做腰带的祖师爷，因为哪吒闹海，抽了东海三太子敖丙的龙筋，给他爹李靖做腰带。闻仲是糕点行业的祖师爷，因为他最后是在绝龙岭被云中子困在八根通天神火柱中间，再扣上燃灯道人的钵盂，被活活烤死的。糕点行

---

① 李乔：《中国行业神崇拜》，中国华侨出版公司，1990年。

觉得这个结构很像烘糕点的焖炉，所以就奉他做了祖师爷。你看看，就问你过不过分吧。黄飞虎是老羊皮业的祖师爷，因为他曾经烧过狐狸精的轩辕坟巢穴，把死狐狸的皮剥下来做成皮衣，由比干送给了纣王。火龙岛"焰中仙"罗宣，在《封神演义》里最后被封为"火德星君"，他成为冶铸业和煤炭业的祖师爷也很正常。殷郊被奉为骡马行的祖师爷，这可能是因为他最后受犁耕而死，骡马可以拉犁。姜子牙曾经是"东海上人"，又有钓鱼的故事，所以成了渔民的祖师。周文王曾经给姜子牙拉车，所以成了洋车行的祖师。更不要说比干和赵公明成了文武财神。所以，中国的行业神谱有相当一部分来自《封神演义》。

所以，《封神演义》造出的神仙故事，几乎席卷了中国的大江南北、长城内外。你可不要觉得这件事稀松平常，如果你将《封神演义》创造的众神故事视为一种"民间宗教"，那它在东亚大陆上影响了数万万人的集体心理，让这数万万人笃信姜子牙执掌《封神榜》，佛寺门卫是哼哈二将，哪吒拜师太乙真人，观音的前身本是慈航，这是一桩何等宏伟的"立教"和"传教"事业！立教其实是在编写故事，传教就是在传播故事。罗马帝国时期，基督教的著名传教士圣保禄一生致力于传播福音，用《圣经》的话来说："他出入于伟人之中，周旋于王侯之前；周游异民的邦国，考察人间的善恶。"[1]但即使是圣保禄，就传播宗教故事的深度和广度而言，都不能与《封神演义》相比。本书第一章就指出，《封神演义》其实志在编纂一部百姓自己的神谱，这个

---

[1] 出自《旧约·德训篇》39：1-5。

志向其实已经圆满达成了。

而且,《封神演义》对中国文化更大的一桩贡献,在于它推动了中国精神世界的"三教合一"。

"三教"在中国一般指儒、释、道,三教在中国历史上曾经彼此有过龃龉和斗争,释、道两教都曾经对儒教提出挑战,同时释、道两教也彼此论战争斗。宋元时期,全真教兴起,力主"三教合一"。全真教祖师王重阳曾说"儒门释户道相通,三教从来一祖风"(《重阳全真集》),注重三教在义理上的融通。明代小说创作也受这一思潮影响,比如《西游记》就显示出三教合一的基本立场,在西游世界中,人间、天庭和灵山并存于世,并无高低之分。孙悟空的启蒙恩师菩提祖师就是一个三教合一的理想人物,他的出场诗中说"西方妙相祖菩提",说明他与佛教有渊源,但他初见孙悟空,却让弟子"教他洒扫应对、进退周旋之节",这是在用儒家教育小孩的方式教育悟空。朱熹在《〈大学章句〉序》中说"至于庶人之子弟,皆入小学,而教之以洒扫应对进退之节",而菩提祖师教给孙悟空的法术,却又都来自道门。

《封神演义》则用更为直白的形式揭示了"三教合一"的理念。小说第六十五回中有这么一段对话:

> 广成子谢曰:"弟子因犯杀戒,今被殷郊阻住子牙拜将日期,今特至此,求借青莲宝色旗,以破殷郊,好佐周主东征。"
>
> 接引道人曰:"贫道西方乃清净无为,与贵道不同。以花开见我,我见其人,乃莲花之像,非东南两度之

客。此旗恐惹红尘,不敢从命。"

广成子曰:"道虽二门,其理合一。以人心合天道,岂得有两?南北东西共一家,难分彼此。如今周王是奉玉虚符命,应运而兴,东西南北,总在皇天水土之内。道兄怎言西方不与东南之教同?古语云:'金丹舍利同仁义,三教元来是一家。'"

广成子面对接引道人(原型是佛教的阿弥陀佛)的推拒,说出了"金丹舍利同仁义,三教元来是一家"的宣言,这是对于全书核心思想的直接点破。同时,《封神演义》还运用大量显白的象征手法,让市井百姓也能接受这一思想。前面的章节一再强调,《封神演义》以阐教代表道教,以西方教代表佛教,以"人道"(只是偶尔提到,主体故事部分对此缺乏照应)代表儒教,而以截教代表民间各种原始信仰,完成了中国思想世界的完整拼图。同时,作者虽以阐教为主角(越发说明作者可能是道士),但对其他几种信仰并非喊打喊杀,而是抱着理解与宽容的立场。阐教虽代表现实中的道教,但作者并不以阐教为"天道"的唯一代表,而是另造了鸿钧道人这一人物来代表天道,从而建立了"一道传三友,二道阐截分"的信仰格局,承认民间信仰和道教同样源于天道。而对于佛教,作者虽然描写阐截二教众多仙人加入西方教,暗示佛教源出中土,想占佛教一点便宜,但至少对佛教并无贬斥之意。对于"人道",即儒教,作者虽然着墨不多,但黄飞虎等并无仙家身份的凡人死后都在《封神榜》上有名,说明人道与阐截二教也并无高下之分。

百姓们诵读《封神演义》的故事，认为鸿钧道人最大，元始天尊和通天教主源出一家，西方教的佛菩萨们都来自阐截二教，黄飞虎这样的凡人也能封神，很自然地会模糊三教之间的界限，也就避免了无谓的信仰之争。"三教合一"思潮滥觞于上层精英，落实于基层民众。清代康熙年间，江西饶州府人黄德辉创立了弘阳教，后来又改名为青莲教、先天教。这一教会所奉的经典大多来自道教，却自称来自禅宗达摩祖师。教徒们既要读道教的《性命圭旨》《悟心穷源》，也要读佛教的《金刚经》。在百姓这里，三教并无界限，这种信仰结构的形成经历了一个长期过程，《封神演义》在其中居功甚伟。

无论是对民俗的深远影响，还是对"三教合一"的有力推动，都可以归结为"人民性"，也就是尊重人民的智慧，从人民的立场来看待历史和文化。《封神演义》的生命力，在于它是一部有着深厚人民性的文学著作，所以它虽然文笔欠佳，却比立意、文笔均是上佳的《儒林外史》更为历久弥新，后者终究只是文人士大夫小圈子的写作。而且《封神演义》对于自身的这种人民性其实有着深刻的自觉，在万仙阵中截教落败，通天教主危在旦夕的时刻，鸿钧道人亲自下场，拯救通天，这是因为通天和截教代表民间信仰，而鸿钧道人代表的"天道"不愿看到民间信仰被佛道二教联合绞杀。民间信仰尽管并不精致，在义理上也经常不能自洽，但它们是中国宗教在现实中的实践形式，也是思想信仰的活力源泉。正是因为这种"人民性"，《封神演义》才深刻地影响了中国人的"民族性"，因为组成民族的主体永远是广大的人民。

40

世界性：
《封神演义》为何与特洛伊传说
如此相似？

放眼世界文学史，我们会发现一个有趣的现象：中国的古典小说《封神演义》和西方的特洛伊传说①在故事结构上惊人地相似。

我们对比一下这两个故事。

《封神演义》讲述的是商周战争，《伊利亚特》讲述的是特洛伊与希腊联军之间的战争。

《封神演义》的故事原点是纣王题淫诗激怒了女娲娘娘；《伊利亚特》的故事原点是特洛伊王子帕里斯把象征美的金苹果判给了爱神阿芙洛狄忒，激怒了争夺金苹果的天后赫拉，以及智慧与战争女神雅典娜。

---

① 这里的特洛伊传说，是指由《荷马史诗》中的《伊利亚特》为主干，吸收欧里庇得斯的《安德洛玛刻》《特洛伊妇女》《海伦》，古风时代的《塞浦路斯史诗》，伪阿波罗多鲁斯的《文库》等相关文献记述而形成的关于特洛伊战争和木马屠城记的传说故事。在《荷马史诗》中，其实并没有中国读者熟悉的"纠纷的金苹果""木马计"等桥段。

纣王接受了冀州苏护进献的美人苏妲己，后者也被九尾狐夺舍，承担起颠覆成汤江山的任务；帕里斯从希腊拐走了"世界上最美丽的女人"海伦，成为特洛伊战争的导火索。

在商周战争中，阐教截教仙人下场参战，各自支持一方，打了一场盛况空前的人仙混战；在特洛伊战争中，希腊众神也分为两派，或支持特洛伊，或支持希腊联军，演变成人神混战。

《封神演义》的结尾是周武王攻陷朝歌、分封诸侯和姜子牙封神，特洛伊战争以希腊联军用"木马计"攻陷特洛伊城而告结束。

总之，《封神演义》和特洛伊战争在起源、过程和结局上都极为相近，不排除特洛伊传说曾经由贸易和传教传入中国，启迪了《封神演义》故事的创作。毕竟《封神演义》的前身是元代的《武王伐纣平话》，而元代是中国对外交流极为兴盛的时代，当时的元大都是东方国际贸易中心，西方、阿拉伯、印度半岛的商人都汇聚在这里做生意，各种文化、信仰、民间传说都在此交汇，元代的杂剧戏曲也从中汲取了不少养分。文化的交流并不以"我是发源地"为荣，也不以"我吸收了别人的东西"为耻，因为文化在各个族群之间彼此借鉴流传，本就是历史的常态，而且吸收本身也一定伴随着再创造。

《封神演义》既通过诠释诸神来源，对中国精神世界进行了一次大整理，也吸收和发展了不少外来元素。比如，哪吒闹海时遇到的"巡海夜叉"李艮，背后其实就是外来文化和本土文化融合的结果。夜叉本是印度教和佛教传说中的"天龙八部"之一，性格勇猛，行动迅速，而且是一种吃人的恶鬼，后来受了佛祖的感化，改邪归正，成为佛教的护法神。问题是，佛经里只有天夜叉和地夜叉，并没有海夜叉。海夜叉的出现是因为夜叉有个"叉"字，所以在中国就演变成了手执钢叉的形象（其实"夜叉"本是梵语 Yakṣa 的音译，与"叉"无关）。钢叉形似渔民用的鱼叉，夜叉也就慢慢跟海洋挂上了钩，在中国神话里就出现了"巡海夜叉"，是海里的杂兵。

因此，《武王伐纣平话》和《封神演义》吸收了特洛伊传说的一些元素并非不可能，但本书无意于证明这种吸收关系一定存在，而是要借此说明，在士大夫阶层眼中有些下里巴人的《封神演义》其实具有很强的"世界性"，它拥有一些全人类共通的故事模型和叙事语法。法国学者格雷马斯（Algirdas Julien Greimas）曾在《论意义：符号学论文集》[①]一书中谈到在童话和民间故事中存在的"社会契约"模型，即故事的进展依据的是各方力量在事先签订的"契约"，情节的推进、个人的命运，都是契约中的"定数"。《封神演义》的故事基底正是阐教、截教、人道三方共立的"封神榜"，商周战争中的个人生死早已被《封神榜》提前确定，这其实是"社会契约"模型的体现。

从故事模型或文化母题的角度去看待《封神演义》与特洛伊传说的相似性，我们不难看出，两者的相似点其实也正是人类神话和故事中的共通模型。法国戏剧家乔治·普洛蒂（Georges Polti）曾在《三十六种戏剧模式》（*The Thirty-Six Dramatic Situations*）一书中将戏剧模式归结为 36 种，这其实也是对故事模型和文化

[①] 格雷马斯：《论意义：符号学论文集》，百花文艺出版社，2011 年。

母题的归纳总结。我们可以从中找到与《封神演义》和特洛伊传说相对应的故事模型。

女娲娘娘与赫拉、雅典娜的报复行为，对应第 31 种模式"人与神的斗争"中的子模型"因为神前傲慢而受罚"。

纣王因为苏妲己、帕里斯因为海伦而遭遇的下场，可以归结为第 22 种模式"为了情欲的冲动而不顾一切"中的子模型"因为情欲的罪恶而丧失了生命、地位、荣誉"。

阐截两教参与商周大战、希腊众神参与特洛伊战争，可以归结为第 24 种模式"两个不同势力的竞争"中的子模型"神与人"和"有妖术者与平常人"。

武王伐纣和希腊联军远征特洛伊，可以归结为第 9 种模式"壮举"中的子模型"冒险的远征"。朝歌和特洛伊城的沦陷，则可以归结为第 6 种模式"灾祸"中的子模型"战败"和"亡国"。

甚至《武王伐纣平话》和《封神演义》中的一些其他情节，都可以在万里之外的法国人乔治·普洛蒂的著作中找到对应物。比如《武王伐纣平话》中的殷交（殷郊）原本因母亲姜王后被纣王所杀而决意为母报仇，这可以对应第 4 种模式"骨肉报复"中的子模型"母亲的死，报复在父亲身上"，而《封神演义》中的殷郊虽然一度向师父广成子承诺助周伐纣，却因为申公豹的蛊惑，出于对父亲的亲情，以及为弟弟殷洪复仇的决定，而选择背弃承诺，助纣为虐，最后应了誓言，受犁耕而死，这又可以对应第 21 种模式"为了骨肉而牺牲自己"中的子模型"为了父母或一个所爱的人的生命而牺牲了自己的生命与荣誉"。姜子牙刚下山时做生意屡屡赔本的经历，也可以对应第 7 种模式"不幸"中的子模型"能人,有力的人在困苦贫乏中"。

所以,《封神演义》与特洛伊传说的相似性,未必是因为直接的借鉴,也可能是因为这两个故事各自包含了一些相似的文化母题,碰巧组合的方式也很相似。除了文化母题,一些民间口耳相传的故事模型也可以在《封神演义》中找到对应的情节。李天飞就曾指出,姬昌在古墓边发现了还是婴儿的雷震子,这其实源于民间故事模型中"墓中产子"的故事,这作为一种文化母题,收在美国民俗学家斯蒂·汤普森的《世界民间故事分类学》里,甚至中亚地区也有类似的故事。[1]

所以,《封神演义》既是一本很接"地气"的小说,也是一本颇有几分"洋气"的小说,它背后的底层逻辑是"人民性"和"世界性"的内在同构:越是为人民群众所喜闻乐见的,其实越具有跨文明对话的"世界性"。因为上层社会可能因为政治和经济斗争而产生隔阂,人民群众却很容易彼此平等对话,产生共鸣。各国群众彼此对话的主要载体就是"故事",世界上除了商品、钱币、武器、宗教和思想的传播,还存在"故事"的传播。人类在"故事"上的全球化,其实还要早于经济上的全球化,世界各地神话、童话、民间传说中的相似之处便是明证。东亚大陆上一户人家点燃烛火,给孩子讲述的睡前故事,可能正在大西洋沿岸的一户欧洲家庭中被作为饭后谈资;印度次大陆上邻里之间闲聊的段子,可能也正被一支阿拉伯商旅作为在沙漠中解除疲倦

---

[1] 李天飞:《号令群神:李天飞"封神"笔记》,江苏凤凰文艺出版社,2020年。

的良药。

所以,《封神演义》其实也体现了中华文化的"世界性",东亚大陆上的华夏族群并非隔绝于外部世界的孤岛,而是世界民族之林中的一棵巨木。全世界的人类都是人同此心,心同此理,华夏族群既从世界文明中汲取养分,也向世界输出自己的文化、观念、智慧,以及故事。南宋心学宗师陆九渊在《杂说》中有一番议论,可以视为古代中国对这种"世界主义"的认知,本书也谨将其作为全书的结尾:

四方上下曰宇,往古来今曰宙。
宇宙便是吾心,吾心即是宇宙。
千万世之前,有圣人出焉,同此心,同此理也!
千万世之后,有圣人出焉,同此心,同此理也!
东南西北海有圣人出焉,同此心,同此理也!